国家出版基金项目
NATIONAL PUBLICATION FOUNDATION

华北抗日根据地及解放区文艺大系

陈晋 郑恩兵 主编

《晋察冀日报》文艺文献全编

外国文艺

第一卷

张川平 编

河北出版传媒集团

河北教育出版社

图书在版编目（CIP）数据

《晋察冀日报》文艺文献全编．外国文艺．第一卷／张川平编．－－石家庄：河北教育出版社，2023.12

（华北抗日根据地及解放区文艺大系／陈晋，郑恩兵主编）

ISBN 978-7-5545-7662-5

Ⅰ．①晋⋯ Ⅱ．①张⋯ Ⅲ．①文艺－作品综合集－世界－现代 Ⅳ．①I11

中国国家版本馆 CIP 数据核字（2023）第 043832 号

书　　名	《晋察冀日报》文艺文献全编·外国文艺·第一卷	
	JINCHAJI RIBAO WENYI WENXIAN QUANBIAN WAIGUO WENYI DI-YI JUAN	
编　　者	张川平	
责任编辑	郝建东	
装帧设计	郝　旭	
出　　版	河北出版传媒集团	
	河北教育出版社　http://www.hbep.com	
	（石家庄市联盟路705号，050061）	
印　　制	石家庄众旺彩印有限公司	
开　　本	787毫米×1092毫米　　1/16	
印　　张	19.5	
字　　数	262千字	
版　　次	2023年12月第1版	
印　　次	2023年12月第1次印刷	
书　　号	ISBN 978-7-5545-7662-5	
定　　价	115.00元	

版权所有，侵权必究

丛书编委会

顾　问
陈平原　刘跃进　王长华　李　扬

编委会主任
吕新斌

编委会副主任
彭建强　孟庆凯　刘　月

主　编
陈　晋　郑恩兵

副主编
董素山　向　回　汪雅瑛

编　委（按姓氏笔画排序）
马春香　王少军　田浩军　包来军　吉　喆　刘书芳　刘贵廷
关小彬　杨　程　杨春生　宋少净　张　辉　张川平　赵　华
高露洋　郭义强　阎晓宏　梁晓晓

编纂说明

在中国共产党百年发展历程中，文艺始终是党领导人民开展进步事业的有机组成部分，是党在各个历史时期的中心工作的实时反映和重要推动力量。"华北抗日根据地及解放区文艺大系"，是一部全面展示抗日战争和解放战争时期华北地区党的历史创造、奋斗风采和形象建构的大型革命历史文艺文献丛书，对于深入研究华北地区革命文艺史、红色新闻史，弘扬伟大建党精神、梳理中国共产党人精神谱系，是必不可少的第一手资料，是我们在新时代坚定树立文化自信的重要思想资源。

一、编纂缘起

抗日战争及解放战争时期，华北地处各方政治与文化力量激烈博弈的前沿，这种特殊政治、军事、文化、地理环境中产生的革命文艺，具有鲜明的地域性特征，是五四新文化运动以来的革命文艺发展史上的突出标识。

但一直以来，由于史料文献整理不足，对华北抗日根据地及解放区文艺的研究，始终未能深入，其独特的地域性实践价值和蕴含的文化创新意义被严重遮蔽。这些史料文献主要以党报党刊的形式呈现，梳理汇编这些党报党刊中的革命文艺史料，借之以探索华北革命文艺的发展路径、发展方向、创造机制和创新经验，是深入贯彻习近平总书记关于"把红色资源利用好、把红色传统发扬好、把红色基因传承好"，"用好红色资源、赓续红色血脉"等系列重要讲话精神的有力举措，也是新时代文艺研究者不可推卸的责任。

2017年6月左右，我们去中国社科院文学所拜访时任所长刘跃进先生，协商合作研究事宜，寻求中国社科院文学所的帮助。请教过程中，刘先生建议我们结合地方特色，做好地方红色文艺文献的搜集整理与编纂出版工作。经过一段时间筹备，2017年底，我们以"河北红色经典系列丛书"为名，正式申报"2018年度河北省省级宣传文化发展专项资金"项目并成功立项，旨在通过选定刊行河北红色经典作品、梳理汇编河北红色经典研究资料、系统阐述河北红色经典发展历史等基础性工作，打造一个集大成式的河北红色经典文献资料库。

项目最初设计共二十四卷，包括六大板块：《河北红色经典史》一卷、《河北红色文艺作品选》六卷、《河北红色经典作家作品索引》三卷、《河北红色经典研究资料汇编》四卷、《〈晋察冀日报〉副刊文学作品全编》六卷、《晋冀鲁豫抗日根据地文艺作品及〈新华日报〉太行版文艺作品汇编》四卷。但在项目实施过程中，我们充分吸收专家意见，认为网络时代和大数据背景下的科研活动有了很大变化，《河北红色经典作家作品索引》与《河北红色经典研究资料汇编》的编纂工作，在当前学术生态中价值不大，并予以取消。同时，在项目实施过程中我们发现，《晋察冀日报》《人民日报》等党报除刊发大量文艺作品外，还有大量记录边区文艺工作者行迹，反映边区戏剧、音乐、文学、美术、舞蹈、曲艺活动与报刊书籍出版发行等各方面情况的文艺史料，以及体现我党文艺方向、方针变化的政策文件与重要领导讲话，是华北地域党和人民对敌作战的重要宣传武器，更是飘扬在华北地区军民心中一面旗帜。这些史料是华北地域革命文艺发生、发展与壮大的真实记录，对我们正确认识革命文艺的特点与历史地位有重要的决定性作用。

为此，我们精心整理了《〈晋察冀日报〉文艺文献全编》《晋冀鲁豫〈人民日报〉文艺文献全编》《〈晋察冀画报〉文艺文献全编》《晋察冀日报社人物志》（共五十一卷），同时收入全国抗战时期和解放战争时期与河北地域相关且被广大群众所喜爱并广泛传唱的红色文艺作品，结集为《河北红色文艺作品选》（共六卷），至此形成丛书目前的五大板块，而且将名称由"河北红色经典系列丛书"改为"华北抗日根据地及解放区文艺大系"，方便以后在此基础上做进一步拓展。

二、地域范围及文艺特质

华北抗日根据地包括当时山东、河北、山西、察哈尔、绥远、热河全部及豫北、苏北、皖北部分地区，分晋绥、晋察冀、晋冀豫、冀鲁豫、山东五大块。1941年，冀鲁豫合并到晋冀豫，称晋冀鲁豫。其中晋察冀抗日根据地作为开辟最早、地域最大、人口最众的模范抗日根据地，是华北抗日根据地的坚强堡垒，牵制和抗击了三分之一以上的华北日军和二分之一的伪军。

在河北及其邻省周边地区开辟与创建华北抗日根据地，是红军长征到达陕北之后党中央迅速做出的重大战略决策。这些根据地地处对日武装斗争最前线，不仅打开了抗战的新局面，成为华北敌后抗战的主战场，而且进行了新民主主义社会的实践探索，对解放战争的历史进程产生了巨大影响，成为我党开辟东北解放区的前进基地和逐鹿中原的战略后方。随着抗日根据地的开辟，延安文艺工作团、西北战地服务团、东北促进纵队干部队、八路军总政治部前线记者团等大批文艺工作者，随同党政干部一道陆续抵达华北，东北、平津的青年学生也纷纷冒着生命危险来到边区。他们一手拿枪，一手拿笔，深入农村与抗战前线，切身体会工农兵的生活，深刻了解工农兵的需求，从而根本上克服了艺术至上主义思想倾向。所以，华北抗日根据地及解放区文艺，既响应了伟大的民族抗战对文学艺术提出的时代要求，亦充分兼顾到广大人民群众的接受习惯和欣赏水平，真实地反映了华北人民火热的战斗与生产生活。很多作者本身就是农民、战士或基层工作者，他们把自己的经历和熟悉的人和事，通过小说、戏剧、诗歌、报告文学、歌曲、绘画、舞蹈等文艺样式记录下来，语言通俗平实，富有生活气息。由于产生于特定时代、特定区域而又适应特定需要，故而无论是题材、语言还是风格，在体现革命大众文艺共性的同时，又具有强烈的华北地域特性。

华北抗日根据地及解放区文艺的繁荣发展，是专业文艺工作者与工农兵群众共同创造的结果。人民群众不仅是革命文艺运动的主导主体、推进主体、受益主体，还是一切成败得失的评判主体。华北抗日根据地及解放区文艺，归根结底，是"以人民为中心"的文艺。

三、学术价值

今天的河北在抗日战争、解放战争时期是晋察冀、晋冀鲁豫两大根据地的中心区域，有着悠久的革命历史传统和丰厚的红色文化底蕴。据不完全统计，抗日战争和解放战争期间，仅晋察冀边区专区以上就办有报刊四百余种，编印图书五百余万册。如果将这种统计扩大到环绕河北的整个华北抗日根据地及解放区，时间扩展至从中国共产党成立到中华人民共和国成立，数据更为可观。这些红色图书、报刊的出版发行，团结了一大批来自全国各地的著名革命文艺家和专业文艺工作者，其中有大量文艺相关信息，是研究近现代中国革命文艺的重要史料。但因受当时物质条件及复杂局势影响，它们传播范围有限，保存困难，如今已普遍出现老化或损毁现象，面临着消失、断层的危险。

长期以来，由于对抢救、整理和利用红色文艺文献的意义认识不足，现行的科研评价、出版机制亦难以有效刺激科研工作者积极从事老旧报刊等红色文艺文献的系统整理，大量有待整理的红色文艺文献尚未进入学界的视野。特别是华北抗日根据地及解放区的文艺文献，有很多甚至还是学术盲区。如《冀中导报》《救国报》《边政导报》《冀南日报》《团结报》《前进报》《新察哈尔报》《冀热察导报》等各类党报，以及《冀热辽画报》《冀中画报》《北方文化》《五十年代》《新长城》《新群众》《诗建设》《诗战线》等期刊，虽有部分学者对其办报（刊）历程、思想以及传播等方面予以研究，但均无系统的文艺文献整理本。"华北抗日根据地及解放区文艺大系"整理的《晋察冀日报》、晋冀鲁豫《人民日报》、《晋察冀画报》，是当时华北抗日根据地及解放区党报党刊的典型代表，是党的理论和实践同文艺结合的主要媒介和载体，是华北革命文艺重要的传播平台。这些报刊，既客观记录了华北革命文艺的传播与发展，也完整展现了华北革命文艺的特殊使命与风格特征，具有极其重要的史料价值。在此基础上，我们还会将视角延伸到《晋绥日报》《新华日报·太行版》《新华日报·太岳版》等党报，不断地充实这套大型文献史料丛书，以此来系统建构华北抗日根据地及解放区的"文艺史料学"。

四、丛书特色

这套丛书的编纂,主要以抗日战争及解放战争期间华北境内各根据地、解放区出版、发行、制作之图书、期刊、报纸等红色文献中的文艺资料为内容。编纂特色主要包括:

(一)抢救珍贵历史文献,弘扬伟大建党精神。

华北抗日根据地及解放区的红色文献发行于条件艰苦的战争年代,数量少,印制质量粗糙,历经岁月的洗礼,留存下来的品相完好者已经很少,有些到今天已成孤本。这些文献作为特定历史时期和区域的产物,见证了中国共产党领导华北人民争取民族独立和人民解放的伟大历程,反映了华北近代社会的巨大变化,蕴含着珍贵的史料价值和鉴往知来的现实意义,是中国共产党领导的文艺事业、新闻出版事业与意识形态建设发展的历史见证。它们诠释了党的初心和使命,蕴含着坚定的理想信念与崇高的革命精神,到今天仍然具有强大的感染力与说服力,是陶冶情操、磨炼意志,走好新时代长征路的有效精神资源。抢救性搜集、整理与研究这些珍贵历史文献,有利于增强党政干部政治信仰,弘扬伟大建党精神和践行社会主义核心价值观。

(二)文艺与党史密切融合,拓展革命文艺与党史研究的新视野。

革命文艺作品的创作、发表和传播,和党的历史任务和奋斗实践是分不开的。在艰苦卓绝的革命岁月,奋斗前行的中国共产党始终强调,既要拿"枪杆子",也要拿"笔杆子"。革命的文艺工作者,一手拿枪,一手拿笔,深入农村与抗战前线,以人民大众易于接受和欣赏的形式,宣传党的政策,推行党的方针,为中国共产党顺利完成不同历史阶段的中心任务和伟大使命发挥了独特而重要的作用。本套丛书收入的文献史料，主要是抗日战争与解放战争时期党报党刊中的文艺作品与文艺史料，它们鲜明生动地体现了党的历史，党领导人民争取民族独立、人民解放的奋斗历程和精神面貌，从而为学界从文艺角度研究党史和从党史角度研究文艺提供了有力支撑。

（三）作品汇编与史料梳理并行，还原革命文艺的历史场域。

"华北抗日根据地及解放区文艺大系"的编纂，全面辑录华北抗日根据地及解放区党报党刊上刊登的诗歌、小说、戏剧、报告文学、散文、歌曲、版画等文艺作品，并系统梳理当时文艺发生、发展、传播以及社会各界文艺活动的各类消息和报导，同时选编了大量的河北红色文艺作品作为补充。这种文艺史料与文艺作品的配合整理，还原了革命文艺的历史场域，有利于构建对革命文艺的科学认识。

五、丛书内容

（一）《〈晋察冀日报〉文艺文献全编》共三十八卷：

诗歌三卷

戏剧一卷

小说二卷

文艺评论三卷

文艺史料九卷

外国文艺二卷

散文报告文学十七卷

歌曲版画一卷

（二）《晋冀鲁豫〈人民日报〉文艺文献全编》共十一卷：

诗歌一卷

戏剧、小说、文艺评论一卷

散文报告文学五卷

文艺史料四卷

（三）《〈晋察冀画报〉文艺文献全编》一卷

（四）《晋察冀日报社人物志》一卷

（五）《河北红色文艺作品选》共六卷：

诗歌一卷

戏剧一卷

散文一卷

小说三卷

六、编纂体例

（一）整套丛书题材丰富、门类众多，在体裁上不做强行统一。

（二）丛书中所录作品均为当年报刊发表的原文。为确保丛书的文献性、学术性、专业性和资料性，丛书编辑加工的总原则为保持文献原貌，内容上不做改动。

（三）文字的使用

1. 丛书中文字的使用以 2013 年教育部、国家语言文字工作委员会公布的《通用规范汉字表》为准。

2. 丛书中的古体字、通假字、俗体字，以及所涉及姓名字号、职官地理等专用字，均予保留。

3. 丛书原文字迹模糊残损，但仍可辨认或可依上下文校正，以字外加方框"□"表示；原文缺字或无法辨识，且无法校补，每字以一个方框"□"表示；如无法统计所缺字数，则以"☒"表示。

4. 丛书中数字的使用，保持原貌。

（四）标点符号及其他符号的使用

1. 丛书在不改变原文意义的情况下，将旧式标点改作现行标点符号。

2. 丛书原文中出现代表文字的符号，如"×""△""○""▲"等，保持原貌。

3. 丛书原文中的着重号、专名号等不再保留。

（五）其他

1. 丛书原文中的注释，保持原貌；编者亦出部分注释，供读者参考。

2. 因为原始文献本身产生于战争年代，保存不易，漫漶不清处较多，丛书疏误之处在所难免，希望专家读者批评指正。

七、鸣谢

本套丛书得以顺利面世，要特别感谢中共河北省委宣传部、河北省社会科学院、河北教育出版社的资金支持，以及北京大学陈平原教授、中国社科院文学所刘跃进研究员、南开大学文学院李扬教授、河北师范大学文学院王长华教授等，为丛书编纂提供了多方面的学术支撑；晋察冀日报社老报人及报史研究会诸位老师，中国社科院文学所现代室、中国丁玲研究会、中国现代文学馆各位专家，也在丛书编纂过程中提出了许多建设性意见；院内外的数十位年轻科研工作者，在原文录入和校对方面付出了艰辛劳动，确保了项目的顺利进行。在此一并致谢。

把艺术交给大众（代序）
——祝贺"华北抗日根据地及解放区文艺大系"结集问世

中国社会科学院　刘跃进

由河北省社会科学院文学研究所编纂、河北教育出版社出版的"华北抗日根据地及解放区文艺大系"结集问世，值得庆贺。

文艺是时代前进的号角。1937年7月7日，卢沟桥事变爆发，全面抗战由此而起。广大的爱国知识分子和青年学生，表现出同仇敌忾的民族气节，走出书斋，走出校园，用知识，用智慧，用不屈的精神力量唤醒民众，用实际行动担负起抗日救亡的历史重任。在此后的岁月里，延安文艺和华北抗日根据地及解放区文艺，是中国共产党领导下的两大主体，双峰并峙，展示着那个时代的风貌，引领了那个时代的风气。

随着抗日根据地的开辟，延安文艺工作团、西北战地服务团、东北促进纵队干部队、八路军总政治部前线记者团等大批文艺工作者，随同党政干部一道陆续抵达华北，东北、平津的青年学生也纷纷冒着生命危险来到边区。他们一方面积极创作大量街头剧、活报剧、街头诗、墙头小说、木刻版画、歌曲、舞蹈等革命文艺，开展抗日救亡宣传运动；一方面也通过开办文艺干训班，开展各行业、各阶层甚至全民的文艺创作与评选活动，吸引工农兵群众加入文艺队伍，掀起了"晋察冀一周""冀中一日"等具有深化性质的群众写作运动，以及"创造模范村剧团""穷人乐"等群众戏剧运动，为晋察冀文艺史添上了浓墨重彩的一笔。

说到这里，我想起2009年参加《北平学生移动剧团团体日记》捐赠仪式的一段往事。从1937年到1938年，在中国抗战史上唯一以大学生组成的"北平学生移动剧团"在长达一年半的时间里，历尽艰难，转辗于国民党第五战区的各个战场，演出话剧，创办报纸，宣传抗日，鼓舞斗志，谱写出响彻云霄的时代赞歌。移动剧团的成员每人一周轮流记述，用日记形式记录了那段不平凡的岁月，《北平学生移动剧团团体日记》就是这部历史的记录。它不是写给个人看的私密记录，也不是为将来面世扬名。作者完全出于一种历史责任，真实客观地记录了那段鲜为人知的历史，体现出强烈的史家意识。日记封面上有这样一段题记，"北平学生移动剧团·愿我永恒·中华民国二十七年二月二十三日始·璧华"。孤立地看这部日记，也许没有什么轰轰烈烈的战斗业绩，也没有什么感人肺腑的情感纠结。客观、平实是它的本色，正是这种本色，为那个历史年代留下一段真实。"北平学生移动剧团"的抗日活动，是文艺工作者投身抗日洪流中的一个历史缩影。

随着抗战的胜利，察哈尔省会张家口解放，晋察冀文协、晋察冀剧协、晋察冀音协、晋察冀美协、晋察冀通讯社、晋察冀边区剧社、晋察冀日报社、晋察冀画报社等文化团体随中共晋察冀中央局和军区领导先后开赴华北根据地，一大批文艺工作者也随之来到华北，开展丰富多彩的文艺活动。他们坚持毛泽东《在延安文艺座谈会上的讲话》中指出的方向，一手拿枪，一手拿笔，深入农村与抗战前线，既为切身体会工农兵的生活，也为深刻了解工农兵的需求，从而在根本上克服了自身相当普遍和严重的艺术至上主义思想倾向，为工农兵而创作，为工农兵所利用，以人民大众易于接受和欣赏的形式，普遍写人民大众的生产战斗故事。譬如左翼作家邵子南，于1938年10月随西战团到晋察冀，主持战地社日常工作，主编《诗建设》；1943年整风运动后，他到阜平任小学教员，在反"扫荡"中与群众、民兵一起转移、战斗，还直接在五丈湾跟随李勇的游击组对日寇展开地雷战；1944年5月随团回延安，在鲁艺任教，后调陕甘宁文协搞专业创作，开始大量创作反映晋察冀边区生活的小说。他以亲身体验为基础创作的短篇小说《李勇大摆地雷阵》（后改为《地雷阵》），运用阜平农民群众的语言，以口语化方式讲述了爆炸英雄李勇的抗日故事，明显吸取了民间说唱文学的优点，特别是在白话叙述中还插入不少快板式的韵白，更适合群众的喜好，因而在当时广为流传，家喻户晓，起到了很大的宣传鼓动作用。其他作品，如《荷花淀》《太阳照在桑干河上》《漳河水》《赶车传》《王九诉苦》《孟祥英翻身》《新儿女英雄传》《白求恩大夫》《我的两家房东》《穷人乐》《李殿冰》《戎冠秀》《没有共产党就没有中国》《团结就是力量》《没有土地的人们》《白毛女》等，都是成功的文艺典范，在现代中国文学史上占据比较重要的位置。

在华北抗日根据地及解放区的文艺创作成果中，还有数以万计的文艺作品和极具研究价值的文艺史料刊发在根据地及解放区所办的报刊上。很多作者，本身就是农民、战士或基层工作者。他们把自己的经历和熟悉的人和事，通过小说、戏剧、诗歌、报告文学、歌曲、绘画、舞蹈等文艺样式记录下来，语言通俗，富有生活气息。人民既是历史的创造者，也是历史的见证者；既是历史的"剧中人"，也是历史的"剧作者"。让故事中的人物自己编词、自己表演的创作方式，很好地反映出人民的心声，并让人民群众从生动活泼的艺术作品中得到教育，这确实是一个成功的尝试。

配合党的中心工作，"把艺术交给大众"，通过文艺唤醒大众，这已成为华北文艺工作者的自觉意识。他们积极响应伟大的民族抗战对文学艺术提出的时代要求，充分兼顾到广大人民群众的接受习惯和欣赏水平，创作了大量的作品，真实地反映了燕赵儿女火热的战斗与生产生活，起到了良好的宣传教育与鼓动激励效果。刘萧无编排新闻报道剧《李殿冰》，编剧与演员一起住到李殿冰家里，以便于熟悉主人公的生活，搜集真实生动的群众语言，还模仿他们的动作，理解他们的心理，甚至还让主人公李殿冰等直接参与剧本的修改和编排。描写群众的生活，邀请群众参与创作，这是当时文艺工作者走群众路线的生动体现。该剧演出后获得当地老百姓的极大赞赏，鲁中实验剧团还专门学习该剧的创作方法，创编了三幕五场话剧《过关》。艾思奇《前方文艺运动的新范例》更是誉其开创了前方文艺的新范例。抗敌剧社的《王老三减租小唱》、冀中火线剧社的话剧《我们的母亲》，也都具有这种特色。

这些文艺作品，可能略显仓促，有的甚至急就于战火中，所以在素材提炼、人物形象塑造以及语言的使用、细节的刻画等方面还有很多不足。但是，这不是一般意义上的创作，而是燕赵大地为争取民族独立、人民解放的集体记忆和行动号角，是中国革命事业的重要组成部分。华北抗日根据地及解放区的文艺，有很多这样未经沉淀的纪实作品，不管其艺术性如何，但在发动群众、组织群众、铸就抗击日寇和国民党反动派铜墙铁壁方面，发挥了无可替代的作用。20世纪五六十年代，河北地区涌现出大量的红色经典，便是华北抗日根据地及解放区文艺的传承和发展。

2017年6月，河北省社科院文学所郑恩兵所长来京与我们协商合作研究事宜。我根据所了解的信息，建议他们结合地方特色，做好地方红色文艺文献的搜集整理与编纂出版工作。"华北抗日根据地及解放区文艺大系"就是那次商讨的成果。全书由五个部分组成：第一部分为《晋察冀日报》文艺文献全编，第二部分为晋冀鲁豫《人民日报》文艺文献全编，第三部分为《晋察冀画报》文艺文献全编，第四部分为晋察冀日报社人物志，第五部分为河北红色文艺作品选。全书收录各种文体的作品六千余种，包括小说、诗歌、文艺评论、戏剧、报告文学、散文、文艺通讯、美术、书法和音乐、文艺史料，还有文艺信息、文艺广告，基本涵盖了华北抗日根据地及解放区的文艺创作情况，具有很高的研究价值。

时值中华人民共和国成立七十五周年之际，我们有机会阅读这部皇皇五十余册的"华北抗日根据地及解放区文艺大系"，更加深切地感受到新中国的建立真是来之不易，她是无数条战线的可歌可泣的人们不懈奋斗的结果。在这样一个特殊的日子里，我们感念当年那些有名无名的作者，感谢参与整理工作的学者，当然，更要感激我们这个伟大的时代。

目录

散文、报告文学

罗曼·罗兰向希特勒抗议	3
爱与憎	5
我在晋察冀边区的观感	8
革命的灵活性与坚定性的统一	11
非常时的风景线	15
新生的亚美尼亚	19
希特勒所最怕的是他的敌人们的团结	22
在日本法西斯铁蹄蹂躏下的朝鲜人民	24
走向光明之路	28
捍卫苏维埃国土的红色英雄们	31
我怎样来到边区	33
伊加尔卡的孩子们	39
胜利是属于我们的	41
"我在八路军的有力的庇护下了！"	44
希特勒已成秋天的枯叶	47
以眼还眼，以牙还牙！	51
苏联的文化	53
苏联人民及红军的伟大的英勇精神	55
宁死不屈	59
我们建设了就要保卫它	62
活跃在德占领区的苏联游击队	65

苏联英雄阿拉金兹的荣耀	67
庆祝新年词	69
追念柯棣华	72
纪念雷斯科娃少校的殉职	75
纪念柯棣华大夫	77
边区第一届参议会观感	81
岩崎一等兵的新生	84
穿军服的姑娘	86
走向新的战斗和胜利	89
苏联敌后游击点滴	91
林迈可先生在文联二次代表大会讲话	93
农民社会的文化建设	95
告日本国民书	97
外国记者眼中的重庆	115
我从中国解放区回来	118
苏联大后方的工业中心斯维德罗夫斯克	122
苏联的家庭、结婚与恋爱	126
我所看到的陕甘宁边区	130
女神枪手巴芙里琴珂	136
我怎样成为一个苏维埃的知识分子	142
谨防意外	151
晋察冀印象记	154
一本武士道匪徒的照相簿	158
作家在前线	162
莫斯科大会战	172
斯大林格勒之战	184

论苏维埃文化	189
柯斯佳伯伯的游击队	217
战争中辛苦的人	221
在满洲	227
论爱国	233
兖州之夜	243
中国解放区的家庭生活	247
列宁和我们同在	250
南库页岛	252
延安被炸目击记	254
女英雄莉良娜	257
美国人需要世界观	260
醒醒原子弹的神经病	265
我对美国的印象	267
游美观感	270
我是个民主的商人	273
作家的呼声	277
我看到了真正的中国	282

散文、报告文学

罗曼·罗兰向希特勒抗议

世界已被蹂躏正义和自由的暴行弄得厌倦了。自从世界大屠杀（译者按：指第一次世界大战）以后，自从在千万的尸体和千百万被奴役和压迫所污损了的灵魂上建立起法西斯制度以来，简直没有一天不带给我们一种新暴行的回声和牺牲者的呻吟。在我们西方各国，在抵抗法西斯瘟疫过程中，有许多最优秀的分子终于在每天重复着的苦难和羞耻的冲击前屈服了；他们除了表示一种无效的同情外，就没有什么了；他们转过自己的视线，躲藏在一种恐怖的不关心中。

但我们必须把他们从不关心中拉出来。不关心是卑劣的最高度，这是一种卑劣的死。我们决不能让西方的民主政治坍台，也不能让我们法国古代的荣誉减色。我们法国一向受着全世界所受的苦难，法国一向感觉到自己被侵犯全人类尊严的罪恶所侵犯，法国将永远不得休息，直到那些罪恶被报复，被超度了为止。

英美法的自由的公民们，古代民主政治的自由精神几世纪来一直追求着为着人类的自由和进步的骄傲而斗争，不要让步！仍旧挺直身体，睁开眼睛，接受绝不能被宽恕的暴君们所伤害的自由之求助呼声！时刻须记着那些为着全人类的主义而在牢狱里受苦，等待着刽子手的人们！

四年以来，希特勒的独裁，紧抓住欧洲的心的恐怖的统治，已把一个伟大民族的最尊贵、最勇敢，给予了人类极大贡献的子孙拘禁在牢狱里了。

最尊贵的德国人，泰尔曼、奥西斯基、密雷托夫、白兰德司（一个七十岁的老人）、纽保、斯杜克、立敦……以及许多别的人们，都把自己的生命献给了大众的主义，献给了对压迫的英勇的反抗，任何东西都不能使他们动摇，使他们让步。他们的光辉范例证明他们被剥夺了言论自由的同伴们的不能毁灭的道德的力量。还有千千万万的德国人，男人和女人，被拘禁在集中营里，因为他们由于对全人类的忠诚，由于对和平的愿望而侵犯了由"元首"（译者按：指希特勒）收集来钳制"警告的呼号"的一群军阀。"元首"就靠着他们的沉默，靠着他们对西方民主政治（被各国政府的懦怯的软弱而出卖了的民主政治）的忘怀而维持自己的生命，维护自己的权利。

但是"元首"错了。我们并没有忘怀。我们永远忘不了压迫者的罪孽，永远忘不了被压迫者的英勇。罪恶越持久，则苦难和灾祸留在我们记忆里的犁沟越深。德国被压迫、被牺牲的人民的反抗，是维持德国和平的主要的保证。我们一定要从希特勒的威胁下救出这些和平的抵押品！

（《抗敌报》1938年10月23日）

爱 与 憎

明秋 译

　　这篇文章，是一个住在战区的日本女世界语者所写的，强烈地表达她仇恨日本帝国主义的思想和情感，并且对其本国弟兄呼□"不要白流掉你们的鲜血，你们的敌人不是在隔海的这里"。

这个国际城——上海，已为火和烟笼罩着，听到的都是恐怖和可怕的声音。突然大炮声打破了寂寞的中午，当时成百上千的人民一定□炸倒，有的奄奄一息，有的是为血腥所染和泥浆所溅而抽搐在苦闷中了。一架银灰色的飞机出现在高远的蔚蓝的天空中，忽然它又隐没了，好像三两片白云飘荡在空中。

充满着难民的街头，在法租界的每个角落里都充满着蝼蚁般的流亡群，我们跑入任何一个街头，都会撞见微小的褶皱的手和胼胝的手伸向我们求乞。

"谁造成这现象？日本人民？"

"否，"我摇着我的头，憎恨填胸地回答，"这是日本帝国主义造成的。"

夜间，我被轰炸声惊醒，不能再眠，便步入露台，遥望西北方炽烈的火焰，好像1932年焚烧时一样。而现在这样的灾难不但在上海、北平、天津以及其他城市，并且全中国三四千年来的优秀的旧文化也同样遭殃了。倘若这个烈火加以吹拂，它将和遥远的西班牙燃成一片，使全世界都陷入地狱的深渊中。日本这侵略的国家也是我自己亲爱的祖国和人民，已经被灰色的棺罩所压□窒息得透不过气来了，这是我决不会忘记的一件事。

国内的工人，因日常必需品价格的高涨，而呻吟、失望；老人、妇女因儿子和丈夫被征为兵役而痛哭、悲啼。这些景象异常活跃在我的眼前。同时，住在上海已二十年左右的我的本国亲戚和朋友，也为恐怖的炮火所威胁……使我感到极端痛苦。

我的心头禁不住叫出："为着中日的人民利益计，应立刻停止日本侵华的战争！"

不要虚假的和平

我们能够以中国人民的屈辱而求虚假的和平吗？否，千万个否！中国人民牺牲了自己的血肉，一定要达到自由的目的。同时，由于日本人民的帮助，他们一定会得到最后的和平，正像他们自己所坚信的一样。所以，我很愤怒日本只有少数人民，为着这些目的而奋起。固然，在暴力压迫之下，日本人民对于战争，表面上还是沉默着，但是岂能说这是不惊不觉地同情人类的侵略？

日本士兵是被迫参战的

我听到这样的消息："日本士兵已经二次拒绝登陆。第三次是受到处死的恫吓而登岸的。"

在东京，有整百个日本和中国的学生，因为鼓动反战而被枪杀。

由此，我的心头涌起热烈的情绪。

常常见到被狂暴压制得透不过气的日本人民，禁不住发现他们的真情。

我爱日本，因为她是我的祖国，那里有我的双亲、兄弟和姊妹，还有亲戚和朋友，以及许多不可忘记的人们。

我爱中国，我的新家乡，这里有我许多亲□的活跃的同志。

我憎恨正在屠杀中国人民的日本军阀。作为一个世界语者，和爱好世界文化的人，我愿保卫中国的文化，不为日本强盗所掠夺；同时，我是一个女性，人类一分子，也本能地希望和平。

如果可能，我将加入中国军队，因为他们是为着民族的自由独立而战，是反对日本帝国主义，而不是反对日本人民，并且他们的胜利，是保证东方前途的光明的。

我对日本的弟兄们大声疾呼："不要白流掉你们的鲜血，你们的敌人不是在隔海的这里。"（译自《国际英文选》第一卷第六期）

（《抗敌报》1938年10月24日）

我在晋察冀边区的观感

Sheridan 作 温洲 译

这是最近到边区来考察的一位国际名记者为本报特撰的稿子，这是一篇珍贵的文字，兹译载于此，以飨读者。谨向我们敬爱的国际朋友，本文的原作者薛立登先生致最热烈的谢意！

——编者与译者

自从我遇见八路军和这个边区的朋友美国军官卡尔逊以后，我就切望到这里来访问你们。卡尔逊军官告诉他所遇到的每一个人关于这个地区惊奇的组织性和同志的优良的精神；关于你们在被战争不断摧残着的地区里正常地继续生活与工作的方法；关于让这些事实成为可能的游击队以及鼓舞着从司令员到小鬼，从政府领袖到村庄中最穷苦与最多有受过□□的每一个人，使他即使在最困难的环境中也能继续愉快地工作的那种新的"游击精神"（我喜欢这样称它）。他说边区有两□东西是他永远不会忘掉的，那就是他所过之处民众的歌声和进军的脚步声。

现在我已经能够亲自来看这些东西了，而且通过我自己的经验了解到他所说的都是真实的。我深深地被那似乎抓住了这里的每个人的那种伟大的魅力或新的生活所感动。这里，没有一个在肉体上或精神上是游惰的，每个人都是"热爱着生活"，每个人都是愉快地生活着，没有一个人害怕为他所认识的正义而死。每个人不但对于地方的事务以至于他们自己的广大的国家和四万万同胞的事情饶有兴趣，而且对于其他国家和全世界的事情也同样感到兴趣。自从到这里以来，我发现了我对于我自己的国家所知道的事情实在太少了，因为我时常发觉自己对于这里的朋友们向我所提出的关于我的国家的许多问题不能回答。

前些时候,我到过日本,那里的人民固然也"忠实"于他们的国家,但是我确切感到他们已愈加不信任他们政府的话了,而且他们虽然很难看到任何书籍或报纸;除了他们政府的欺骗宣传外,也听不到任何人的话,但是他们却已经逐渐相信了他们自己的国家在中国正在做着一件错误而可怕的事情。日本的男人、妇女和学生也都被组织在许多所谓爱国团体里,他们在那所谓爱国主义的精神下备尝艰苦。他们的精神,就像陈腐了的面包,因为他们不能像你们这样地确信,你们的战斗是正义的。你们的精神是坚强的,它还要愈益坚强地增长起来,直到最后使日本侵略者离开中国。日本人民的精神是疲惫的,而且它还要随着他们愈加疲惫和愈加不信任他们的政府领袖而濒于衰颓。

日本的财政情形也是非常严重的,日本国会一个著名的议员告诉过我他们的财政实在太严重了,日本当政的人对它万分焦虑。这对于你们中国人民是非常有利的。战争本来是非常浪费的,日本原先希望能够以华北来抵偿它在中国其他部分战争的损失,但是你们的决心和技巧却已大大地阻止了它这一企图。你们正阻止着从中国富饶的土地上出产的货物走到城市中的日本人的手里,而且你们拒绝日货在你们区域销售,因此,日本在中国每天耗费着大量的金钱,而所得的报偿却极少,早晚日本必然就会破产了。

从军事的观点说,华北也是最重要的。华北是日本进攻华中、华南的战略根据地与后方,你们过去把它困掣在这里,已经阻止了它在中国其他部分的继续深进,而今天和将来你们会继续把它困掣在这里。你们必然会阻止它沿陇海铁路向西安而达兰州,或从武汉而南从广州□北迂回而取湖南以锁粤汉路的进攻企图。你们的军队领导者是首先看透了日本两大战略的弱点——时间与空间——并且凭此弱点而策划着一个既长期而又广泛的战争的杰出人物。

上星期的一个夜里，我去参加一个群众大会，当我站在那里听着各种歌声和口号，从那漆黑的夜色里，我感触到了中国的新精神。此前我脑中虽已知道中国的统一，但直到我到过这个边区，我才算是真实地在我的心里感触到它，虽然也许这只有你们大家所感触到的十分之一。

我离开这个地区后，一定要尽我的力量，把我在这里的所见所感的一切，告诉给全中国和全世界的人民！

在这里，我感谢你们对我的热烈的欢迎。

（《抗敌报》1939年4月26日）

革命的灵活性与坚定性的统一

斯托里雅洛夫 作　进程 译

斯大林在他的"列宁主义的基础"上，指出战略领导的下列任务："经过千难万苦，坚决地走向已经展开的道路，逐渐实现那一个目标，就必须前行者具备斗争的基本目标，而群众不迷失路途，走向那一个目标，并且□力□结着□□。破坏了这个条件，就陷于重大的错误，享盛□的海员他的名字是——'失途'。"

在这种思想当中，非常明确地表现出斯大林领导最伟大的特征，指出斯大林——社会主义革命领袖和辩证家——的一切伟大。

在科学社会主义的早期，它的基本任务，是反对旧的形而上学，特别重视"一切的流动的一切是改变的"这□辩证法的命题。辩证法允许有最大的灵活性，重视科学社会主义的基本问题，可是，马克思主义的辩证法□显著地允许并需要一定程度的确定性、巩固性和坚定性。

列宁在一九二〇年十二月说道："在我们的革命当中，经过了三年半，我们在实际□□地把矛盾统一起来。"灵活性和坚定性的统一，是这种对立的统一的一个例子。这是对立的统一的现象之一，它是辩证法的基础。

第一次世界大战以前的机会主义者们，第二国际的分子也往往要装着从辩证法上去了解和提出灵活性这一□题，但他们的灵活性（是与否）却走向烦琐主义的模糊不□□及纠缠紊乱里去，"一方面是不能不承认，而另一方面又不能理解"。

这种典型的烦琐主义者和形而上学者们，如托列斯基在布列斯特和约发生的时期,大家都知道,他的口号是"和约是不缔结,战争也不进行"。这种机会主义"灵活性"的事例,与马克思主义的辩证法,丝毫没有共同之点。在一九一四——一九一八年帝国主义战争的时期,托洛斯基派的口号还是这样:"既不胜利,也不败北。"这不是辩证的,而是烦琐主义的□□。

社会主义最流行的方法,是引用"辩证法"来□避坚决的答复。在一九一四年的大战时,考茨基表明他对于战争的态度,就引用"不断的多方面的行动"这句话。列宁就揭露这句"貌似辩证法的引言"认为是烦琐主义。列宁说:"无疑的,行动是不断的多方面的,这是神圣的真理,可是,也无可疑义的,在这种不断的多方面当中是有两个主要的和根本的流派……"

考茨基引用"不断的多方面的行动"是企图规避主要的和根本的东西,规避一切确定性,这是烦琐主义的特征。他们认为具体的东西是和强固性、明显性、坚定性分立的。烦琐主义者知道在战时与在战前比较要走到"在具体的说是另一种的态度"。可是他就规避那"战争是另一种方法继续着的政治"这一命题。他们的政治的原则是仍然和战前一样。特别是考茨基、普列哈诺夫以及其他的人物,在一九四一年帝国主义战争时期都是这样的。

普列哈诺夫对于辩证法了解的错误是很特殊的,他对于灵活性与确定性的具体了解完全陷于机会主义的泥坑。在他看来,确定性和强固性是形式逻辑与形而上学所特□的,所以普列哈诺夫以形式逻辑来"补充"辩证法。□□过:"在某种程度,形而上学的(换句话说就是合理)思维是完全必要的,可是对于正确地认识自然过程的社会生活是不够的。他应该用辩证法的思维来补充。"

也可以说,普列哈诺夫用形式逻辑来"补□"辩证法,可以说

因为他是依靠克拉替尔的观点来解释辩证法的，虽然他本人在他的论文集中会把克拉替尔提出错误解释"一切都是流动的、一切都是转□的"思想的例子。

列宁经常揭露这种把灵活性看成烦琐□学的、机会主义的观点。机会主义者的灵活性与坚定的原则性是不能□立的。

这种辩证法一般法则中分流出来的灵活性，能不能说布尔什维克运用得很好呢？斯大林说，我们的党"因为在人的契机上，能够改编自己的队伍，并且集中千万的党员在人类的广大工作上，同时并不影响他的环境，所以达到空前的灵活性"。

列宁、斯大林在反对机会主义与烦琐主义者过程当中，在发扬马、恩观点的过程当中，经常地指出灵活性对于布尔什维克，在估计客观现实的基础才是可能的。只有在统一性以及最大的原则性、强固性的基础上，坚信党的基□的根本的目标才有可能。布尔什维克的灵活性不仅不与坚定的原则性对立，而且与原则性和坚定性形成不可分裂的统一性。斯大林在他的"□列宁"的演讲中说："原则上的政策，是唯一的正确的政策，由于这□公式的帮助，列宁就对新的'非进攻的□态□加□攻击□把普罗的优秀分子，争取到革命的马克思主义方面来'。"

目标的明确性，为实现目的而斗争的坚定性，以及强固性——这种特质，是斯大林用来教育群众和党员的。没有这种斯大林式的革命的机动灵活性，就只能有机会主义的附和。在这最伟大的革命时期，这种革命的特性与实质，对于一个群众领袖是比任何人都来得必要。这种革命的特征与实质，斯大林是最精辟的模范。

附志：本文系苏联 A. 斯托里雅洛夫所著《现阶段辩证法的

问题》中之一十节，这对于每一个现代的革命家，每一个实际工作的干部都是伟大的教育与深□启示和指导，它极扼要地提示了列宁、斯大林在实际斗争领导上的最精粹而又最生动最极微的□□，□得读者细心□会的。

（《晋察冀日报》1941年4月5日，《文化思想旬刊》第4期）

非常时的风景线

大宅壮一

二等客和黑市场

不久以前,铁道省还张贴了各式各样的广告,要人们去看花、滑雪、游温泉,来打动人们的游心。可是到了最近,铁道省因为旅客膨胀,闷苦起来,开始宣传道:"鉴于时局严重,请游山玩水者自重。"想来铁道省决不至于舍不得出卖车票吧,其中原因,和我们向酒店里去购买一升酒,而酒店却回答"对不起,请你打五合吧!"的情形,不无相同之点。

从交通机关的营业上说来,头等车、二等车向来是赔钱的,得把三等车的红利拿来补贴。然而,到了最近,情形不同,二等车客多过三等车客。三等车往往是宽舒得很,而二等车却挤得水泄不通。本来,根据铁道省的规则,买了二等票,假使二等车坐不下,可以退换三等车票,这时候,多出的钱还能找出来。然而,听一个管车的说,最近即使把这条规则告诉二等车客,要他们改坐三等去,他们却坚持在二等车厢里,反说:"我赶火车,又不是为了要坐位子。"很多人以为自己坐了二等车,颇觉洋洋得意。

总之,近年来,国民中的一部分人,不是往下跌,而是往上涨了。从向来的三等层中产生了庞大的二等层。不仅如此,这回乘东海道火车时,旁边一个商人打扮的人告诉我说:"过去坐二等车的,多半是些跑衙门、钻空缺的;现在,大部分都是干黑市的朋友们!从前,向公司里订购物品,只要打个电话,或者写封信就行了,现在必须亲跑□上门去,详细商量。"

于是乎我就下了决心，暂时再也不坐二等车。

对于"纯"的迷信

我们家里吃的饭，按着规定是掺着洋米的，最近在朋友家里，吃到了纯粹的白米饭。

问了朋友，才知道这叫做"精捣米"。实际上，在我说来，倒也还不怎样想吃"精捣米"，原来是我的舌头生□感觉颇为迟钝，正好适应了这□非常时。洋米也好，七分捣米也好，纯白米也好，吃起来都是差不多。

但是，一到吃不上纯白米的时代，人们对它（纯白米）的渴望和追求，在我看来，几乎近于"迷信"。时常听说，有人把白米藏在载重汽车底下，从乡下偷运进来。

说到纯棉花、纯羊毛也是一样。近来听到四五个娘儿们，聚在一块，谈论用什么方法才能把纯棉花搞到手。说是有一部分，准备出口的纯棉花，运到东京湾后，转装上渔船，又给运回来。现在想起买到这种棉花的娘儿们，那副骄傲的面孔，以及旁听着的娘儿们，那副羡慕的神情，也觉得非常滑稽。

听说过去在满洲，曾经出卖过"走私背心"，并且还有专门的"□运公司"。这是拿了物主的保证金，保险送到目的地的组织，万一中途被发觉而没收时，这个公司便赔偿损失。现在在日本，不一定没有这种专为走私的载重汽车的"新发明"□！

近来，无线电以及其他地方，□在□□着种棉花，到百货公司一看，□小纸包棉花种子，共有十粒，定价三□，假使顺便买些油粕作肥料，一盒都要大洋五毛，终于花去大洋一元。买回来，种在园子的一角落，可是到了秋天□究竟能有多少收获呢？

但是，话又说回来，小市民层的穷人家们，虽然只收获了一摄的

棉花，而□是花费代价大洋一元，但他总获得了憧憬着的"纯棉"，该多么喜欢啊！而且又有一种满足感，就是"协力了国策"。

不过，想起日本政治、经济的现状，竟至于此，实在未免令人有些难受。

"时世倒过来了"

日本的饭馆、食堂中，最忠实地执行着"七分捣"和"洋米混入"的国策的，不得不首推列车里的食堂。当然，这是铁道省监督下的特殊营业，一般应该作个模范，同时又是独占营业，根本用不着特别地博取主顾的欢心。

可是，说老实话，正是这些地方，倒希望"国策"能够例外一下，为什么？因为不光是日本人，就是外国人的眼睛最容易接触到的，正是这些车内食堂。就算是要反映战时日本的国力，倒不一定要把国内物资缺乏的情形那么老老实实地反映出来。要协力国策，大家应该从家庭做起，最后才轮到公共食堂。再者，现在这种时势，虽然根本谈不到什么"阔气"，不过，出外旅行的人，谁也希望能够吃到比较好吃的东西吧！

虽然如此，内地的火车食堂，和外地（外地即指朝鲜、满洲——译注）比较起来，已经是好到天上去了，朝鲜比内地更差，至于满洲，那么连我这条钝惑的舌头，也不得不叫苦连天，因为全都是紫黑的洋米，里面不知掺杂了些什么东西。

"□□满洲国"招待内外观光客和视察者，大吹大擂，宣传"首都"新京的威容，以及各方面的"发展"，而火车食堂里的饭，却糟得咽也咽不下。

本来，糟糕的不只是火车里的饭，饭馆和一般家庭的饭，□□是半斤八两。只有酒，□比内地那种"带酒气的清水"要好喝一些。

有一次，在满洲，有个朋友请我吃了纯白米，问他怎样买来的，他说若是派满人佣仆到满人街上去买的话，要多少就有多少。原来当统制生活必需品，禁止米价高涨时，那些永不会吃亏的满洲商人，囤积了大量的白米。另一方面，不受统制的高粱，却天天高涨，白面因受统制，买也□买到。

因此，满人倒在吃着比较便宜的白米，而不吃白米一天也活不成的日本人，却感到白米的缺乏。于是分配到日本人家□的食粮□，不仅有洋米，而且还掺杂着高粱。

有个朋友笑着告诉我："现在倒是满人常吃白米，老实些的日本人吃着高粱，□想些办法的日本人，□了高价，从黑市□□买些白米吃。"

渴望着有伟大的政治家出现的，该不只是我一个人吧！（节译自《经济学者》）

（《晋察冀日报》1941年10月25日）

新生的亚美尼亚

——为纪念她的革命二十一周年而译

杰里·迦克连 著　锤冷 译

　　目前德国法西斯,在苏联南线正在进攻克里米亚半岛,法西斯的阴谋并不只想占领克里米亚,它还想以克里米亚为根据地之一以实现其进攻苏联油库——高加索的诡计。这篇文章是一个美国作者为亚美尼亚的"十一月二十九日"的革命二十周年(一九四〇年)纪念写的。在它的革命成功二十一周年节日的今天,亚美尼亚许多的新建设当然较文中所云更加突飞猛进,但在现今形势下,此文发表仍有其意义。

——编者

　　十一月二十九日,是亚美尼亚民族最可纪□的一天!二十年前的今日,亚美尼亚的工农阶级,在一片无边的怒潮里挺立了起来!他们从暴君、大地主、贵族之手脱离了而宣布:亚美尼亚从这一天起,为一个新的工人的国家,一个新的苏维埃国家——苏联的亚美尼亚。

　　二十年的光阴过去了!一个伟大的□异的二十年!在这之间的每一年中的进步,每一年中的活动与飞跃,都可以抵得上过去亚美尼亚的黑暗的可怕的历史中的百年的。

　　亚美尼亚的历史,通篇记载着些诡异的战争和分期地胶着的兴废的故事,原来这是寄居着一个历史悠久的民族的一片历史悠久的土地,他们从印度日耳曼族分支过来,其远史是可以推到纪元前三千年的。当纪元□□亘斗的时候,他们移居到亚拉拉特谷地,在高加索之南,与黑海及里海之间。这样到现在为止,这个民族□可追溯的历史至少也该有两千九百多年。

近代所记载着的，亚美尼亚的统治与开发□，大约北部是沙皇的统治地带，而南方则是土耳其苏丹的势力圈。这两个统治势力的残暴，确实已达到专制史上的最高潮，而亚美尼亚的美丽的国土，遂也不止一度地为那里和平寄居着的民众们的血所染遍了！

第一次大战来了，亚美尼亚广大的群众，自动地站到了协约国这方面来，因为他们希望这个战争的结果会带给这个长期被"压迫"所掩埋着的民族以解放的光明，但等合约订立了以后，亚美尼亚人的光明的希望又复归于破灭。事实证明了，在战胜者这一方面的主人，仍是一些□□的压迫者，而这时高加索半岛上新的"国民大众党"掌握了这片土地上的政权的三个国家，反而自相残杀起来了。

继之的是瘟疫掠过了这片土地，每天有着大批的儿童在死亡，这□□之所及巨量的无产者，与监狱中的政治犯们的吼声，传遍了这个国家，不少的监狱的围墙，因而坍塌了。然而那个昏头昏脑的政府，因为协约国家的助力，仍继续着它的盲目的统治。

但那吼声更加扩大了，对政府的普遍性的怨恨的怒潮，无止境地在高涨着。对和平的热望，与对饥饿的难忍，都已变成一种一发而不可再遏的高度传染性的大众情绪，于是由一些革命领袖们所领导着的群众势力，遂向全世界宣告道："由于革命大众之迫切的愿望，我们宣告自即日起，亚美尼亚已成为一个苏维埃社会主义共和国！"

现在，亚美尼亚的民众是在庆祝着他们的革命二十周年纪念日，以前曾□漫于山野间的沉□低徊的牧羊人的歌声，已不再为人们所听见，劳苦大众绝望的怨音，也从此消灭。一切的愚昧与对于将来的茫然，都从此被抛弃，今天的工人大众和集体农民，都在享受着知□识字的幸福，他们已在□分地做着他们自己的主人，社会化了的土地与产业，新熏陶出来了多少愉快的亚美尼亚的公民□实在的，他们的生活，已整个地变换了，从沙□大拉巴特原野到长□五尔山，无论男女老幼都只被一种新的愿望在追逐着，一种迫使他们永远要采取行动的愿望——去建造一个更好的生活。

　　这个年轻的国家如一个巨人似的建立起来了！她的工业以差不多二十倍于从前的速率在增长着，多少新的炼钢与化学工业在这片土地上建立了起来。而世界最大规模的橡皮厂最近亦已完工，最新的灌溉制度，使每一片草原与沙漠都布满了棉花、小麦、水果、烟草以及一切其他的农产品。

　　过去的亚美尼亚的文明今天又是以社会主义为内容，以民族形式为形式地再生了。一些过去连莎士比亚、□格纳尔、贝多芬的名字全没听说过的群众今天已都懂得怎样欣赏他们的作品，交响乐、歌剧、戏曲都大量地往近代化的戏院中运送着，这种新的工作，现在在亚美尼亚正在往最高峰上迈进。

　　在达曼杨氏的建设计划下，亚美尼亚的首府——埃里温——更是在向着一个近代化的都市的建设发展着。附着一个大的剧场的"苏维埃之宫"，曾经达诺教授宣称：认为是世界奇迹之一。许多文化公园、俱乐部、图书馆、疗养院和医院，每天都在为人民福利着想的建设计划中增添着。

　　一个新的亚美尼亚——"一个更快乐文化优美的生活。"

一九四一年十月十九日译完

（《晋察冀日报》1941年11月29日）

希特勒所最怕的是他的敌人们的团结

爱伦堡

（本报特稿）莫斯科二月二日塔斯社电：爱伦堡氏近于《红星报》发表一文，其□为《希特勒所最怕的是他的敌人们的团结》。其文如下：

希特勒现在只是想把全欧洲的国家，用愚蠢的手腕割裂开来，他只是想骗取全欧洲去反对美利坚。他在所用的标语和口号里，很明显地，他在企图在我们民众的心里多播些狐疑的种子，他想骗我们自己和自己反目。他说："你们的联盟国，什么援助也不会给你们的。"他这是自己在做梦，他梦着要拆散一个历史上空前的有力的联盟。他那架一边散着传单，一边扔着炸弹的飞机，就在莫斯科的郊外被击落了！击落他的不是别的，正是一架由苏联飞行员所驾驶的最新式的美制战斗机。我们没有义务告诉德国人，说：我们的同盟国究竟已给了，和将要给多少军事用品给我们！我们的任务，只是——怎样去多杀一个希特勒德意志的侵略者，而不用问是我们自己的战斗机也好，美制的战斗机也好；我们的坦克也好，英制的坦克也好。我们不用报告希特勒，说：第二战线，将在何时何地，就要建立起来。反正英国人是要看着这条新战线从他们手中制造的。同时也将不只是一条，全欧洲的人类解放战争，都□火山似的爆发□来的。那时，欧洲将没有一个角落，不成□□以致希特勒于死地的第几百第几千条战线。历史上将是空前绝后地不会再有比为粉碎希特勒而结合成的联盟更为坚固的了。

我们为什么而战？为了我们自己。大不列颠为什么要整天地□□炸□尔？为了伦敦还□继续生存下去。为什么北美合众国要用他们的运输舰，装载无敌的坦克给我们？为了使他们的子孙绝掉做别人的□□。这中间，我们今天还是在充当着一个重要无比的角色，敌人□我们直接地□行着无耻的掠夺，我们是被侵略国中的首当其冲者。一年以前，希特勒想占领伦敦，但他没有成功。今天他却又□想占领莫斯科，但他也将永不会达到他的目的。我们保卫了我们的国家，也就是保卫了我们的全世界。

"你们的联盟国，一点援助也不会给你们的。"这只是希特勒的梦话。我们只要相信——帮助我们，也是帮助自己，而在明天，他们就可以□轻易地在陆上在空中□□消灭掉希特勒的生命了！

(《晋察冀日报》1941年12月5日)

在日本法西斯铁蹄蹂躏下的朝鲜人民

林平

日本帝国主义强占朝鲜已经三十一年了。朝鲜人民失掉了独立与自由,生活在日本帝国主义极□残暴的屠杀和压迫榨取下,其所受痛苦的深重,除了自己亲身体验以外,谁都不可能知道。

处于日本帝国主义统治下三十一年的朝鲜是一个血腥的屠场,人民变成了敌人的俎上鱼肉。三十一年是没有太阳的长夜,在这黑暗的长夜里,我们三千万人民的民族,为了自由,为了生存,摸索着光明像孩子摸索母亲的奶头一样。□□痛的血丝交织的长页部史,可是在那黑暗的血泊里,朝鲜民族的斗争是好像一根红线似的不断地贯穿了这三十一年,这血丝交织的斗争史,使得我们□□和兴奋。

这里,我沉痛地写下在中日战争后,□□国人民——尤其敌后人民所关怀的近年朝鲜人民的生活。

一、中日战争后日本帝国主义对朝鲜民族的统治政策

日本帝国主义统治朝鲜的一贯方针是要完全灭亡朝鲜民族。根据不同的时期和环境采取不同的政策,有时是暴力压制,或怀柔同化,有时则并用兼施。由于统治殖民地的经验的增长,实施手段则更狡猾和毒辣了。其政策演变基础是以(一)日本帝国主义本身矛盾的发展(经济政治、国际关系等等);(二)朝鲜人民的民族解放斗争运动;(三)统治殖民地经验的增长。

在一九三一年曾任关东军司令的南次郎调任朝鲜总督后,所发表的今后统治朝鲜政策的基本内容是:

"朝鲜是皇国大陆进出的兵站基地,因此,今后努力的总方向,朝鲜应是皇国的人的源泉、物质的源泉。其次,朝鲜人应完全是皇国

的臣民，朝鲜人完全皇国臣民化。为实现上述□项政策起见，具体内容是：（一）文化彻底统一；（二）建立志愿兵制度（实施义务征兵的第一步骤）；（三）刷新朝鲜人民精神；（四）改姓名（改成日本的姓名）；（五）建立国民精神总动员联盟；（六）建立大量的神社（供天照大神的庙）；（七）增设日语训练班（每村设立一所）。"

二、毒策实施的步骤

在三十一年中用暴力、怀柔，一切奴化政策归于失败，而朝鲜人民的灵魂还健全地活着。故现在毒政实施方针，中心环节是着重消灭朝鲜人民的民族意识。

（一）彻底破坏朝鲜民族的文化、言语，甚至连极小的生活习惯风俗传统都在内。故而经常停刊的三家朝鲜文报纸，共出版一百万份的《东亚日报》《中央日报》《朝鲜日报》，最后被下令强迫封锁了。初级小学、中学，一律禁止用朝鲜文的课本，禁止讲朝鲜语，禁止横行写笔记，如果日记或笔记上不小心横写了，被警察宪兵发现的话，挨骂挨打是好的，有的还被处罚一两个礼拜的拘禁。每村设立日语讲习班，强迫学习日语，强迫供天照大神（即日本大和民族的第一代祖宗），甚至连服装颜色都要按照日本式。各种宗教团体及由宗教团体所经营的教育机构遭受解散。

（二）实施极端恐怖的法令，屠杀革命者与平民。例如"保护视察法"，其规定范围是过去参加过革命活动的，连家族也在内，都集中到所谓保护视察所罪恶的监狱里。再说"预防拘禁法"，即将被认为是嫌疑分子、纳税延期的农民、工厂里得罪过工头的工人，逮捕押进牢狱。"搅乱法"则是将被认定为违反皇国战时体制者，不折不扣地处以死刑，由于这法令是绝对秘密的，所以被屠杀的无辜的朝鲜人民究竟有多少还不知道。在这个法令下被扣押起来的，则不下四十万人之多。呵！朝鲜是个监狱，是屠杀场！朝鲜人民是囚徒，是俎上的鱼肉呀！而志愿兵演变的义务征兵制，从昭和元年以后出生的朝鲜男子，一律服兵役，充当日本帝国主义者侵略战争的炮灰的事实，也使人万分沉痛和悲愤。

三、在铁蹄蹂躏下朝鲜农民和都市产业劳动者的生活

这一幅画卷更加残酷。按最近敌官方税表统计，全朝鲜可供耕作的土地百分之八十以上是属于日本银行家和日本大地主、高利贷者所有。其余百分之二十可耕作土地也早就不全是朝鲜人民的了，大部分已经押到日本银行家或高利贷者的手里，深深地埋藏在他们的金库里。再按敌人统计，其所占有的百分之八十的耕地面积，产粮额超过全朝鲜产粮额的百分之九十，因为他们所占有的都是油滴滴的肥沃的黑土，所剩百分之二十的土地都是贫瘠的土地。这就是朝鲜每年不管收成如何，而饿死的总有几万人，农村中永远陷在饥馑中的道理。倘若收成不佳，农民饿死的更不知有多少。最近在敌人残酷的食粮统制之下，以致农民吃不到一粒用自己的劳动力换取的大米。一个善良的农妇为父亲的生日而盗藏了一升米，被经济警察发觉，决定罚银一千多元，结果这个因无米而偷窃的农妇当然无力出款，只好让丈夫被处决徒刑，从此贫穷的家庭，生活更无法维持，这种被压榨下因而骨肉离散而破产了的朝鲜农民已经普于全国。现在朝鲜因为日本警察严厉限制通行和家家没有多余的粮食招待来客，所以农村中几乎没了往来做客的人了。因为有了"为国奉仕"的口实，农家的金属器具、破碎布条、生锈的小钉子……差不多都被没收走了。

那么朝鲜的工人生活怎样呢？全朝鲜的产业工人大约有八十万，最大的工厂是朝鲜北部兴南窒素化学工厂，现在那里已经变作火药和毒瓦斯工厂。它有工人三万五千人，工厂内配备着武装警察，有工厂监狱。该工厂从开办至现在仅仅十五年的时间，而失踪的工人则有一千多名。其中有的是被摔入电解料和硫酸锅里活活致死！现在朝鲜工厂里设有警察及工厂监狱已是普遍的现象。工作中稍有"疏忽"即有被捕入狱的危险。工作时间，借着什么爱国劳动周、防空劳动周

的口实无理强迫延长，微薄的工资也被动听的所谓"爱国献金"剥夺去一大部分。然而在屠夫刀下，朝鲜人民像绵羊般地屈服就戮吗？忍受下去吗？不！朝鲜人民在英勇斗争着。

四、最近朝鲜人民英勇的革命斗争

不管敌人的暴力是如何的横蛮，政策是如何阴毒，英勇的朝鲜人民，雄伟地站立起来，展开了为民族解放的斗争，更加热烈顽强起来了。敌人压迫愈甚，而反抗愈烈，不管如何狡猾，总欺骗不了朝鲜人民，而只能加深民族仇恨。例如，改换朝鲜人的姓名，敌人用尽各种手段，终未有所成就，及至最后强迫改姓名、反对志愿制的暴动。同年南部有反对强迫粮食统治的暴动。一九三九年任兴南方一个军火工厂被烧，另外更有鸭绿江的破坏计划被发觉的事件。敌人组织的四十万班的"精神动员联盟"变成了地下活动的革命者的小组。这些，却被封锁发表，然而这些事实总是掩盖不住的，亡国三十一年的人民是在英勇地斗争着，挣扎着，走向自由和胜利。

（《晋察冀日报》1941年12月11日）

走向光明之路

池田静子

齐藤、西川两君,被编在北支派遣军第四混成旅团,吉田大队志贺中队第×小队,派往盂县下社镇,西川是一等兵,齐藤是上等兵。他们都是昭和十五年(一九四〇年)十一月被征入伍,在欺瞒和压迫的政策之下,走上华北的战场,成为日本法西斯军部的战争消耗品。

被征集的时候,军部对他们说,现在华北已经明朗化了,你们到那里,不过担任一些警备任务而已。然而在一年来的实际生活中,在战争的体验中,完全不是那么回事。战斗频繁地来临,而且残酷地威胁着他们的生命,无数战友被战争吞噬了。但八路军还是不断地前来袭击,像这样不安定的,死神时刻威胁着他们的战地滋味,早就使他们感到莫大的苦闷、嫌恶和厌倦了,何况这永远猜不透何时可以停止的战争,更使他们感到无法摆脱!

他们认为最不堪忍受的事,是班长和老兵对新兵的压迫和虐待。例如班长和老兵,随时随地可以叫新兵给他洗那些又臭又脏的袜子和衬裤,而新兵不能不干。要是稍微洗得不干净,那就要挨罚,有时叫你用口衔着那臭袜子,两手按着地,像一只狗的样子到各班门口去兜圈子。从这一点上看来,挨几下耳光的处罚,已经算是很文明的了。老兵虐待新兵打骂新兵,什么时候都行。有那么一天,西川君被殴打,稍微不留神,露出一点泪痕,给长官看到了,他说:"你,这样还能算个军人吗?"说完,接着就是一顿毒打。又有一天,齐藤在被殴打的时候,稍微有点苦笑,班长就说:"你这个顽固的家伙……"又是打个死去活来。部队的薪饷,从上到下被无理克扣了好几重,生活在一天天地恶化，再也不会有满意的一天了。就是现在这么严寒的天气，还是穿着那破破烂烂的单薄的军衣，这种生活，使他们满胸只有充塞着悲哀和愤恨的情绪。齐藤君曾经想把他的小队长杀死，来洗雪他心头的积恨；西川君则企图自杀了事，但是后来他又自动考虑起来，没有那样去做。

同遭逆境的这两个人，在同病相怜的情形下，常常私语着："早点满期不就好吗？我的妈呀！"

"哼，满了期还不是要再把你叫出来！百年战争呢。呵！说实在的，这种战争，就是把我们的性命当做他们赌博的资本，这真是可恨的事呢！这样长期地战争下去，怎么办好呢？到哪里去找一个世外桃源可以躲藏我们两人呢？"

"世界是广大的，但是何处是我们的安身处呢？法西斯统治之地内，当然不能让我们插足，更何况哪有让我们居停的场所？那么，这之外，只有敌人的地区了。"

"是的！听说八路军对日本士兵是优待的，况且还说有不少的反战反法西斯的战友，在那里组织反战同盟呢！到那里去吧！哼！去吧！那里一定比这里好！人到了没有办法的时候，怎么也得干一下，何况……"

太平洋战争的炮火，惊破了西川君的"满期回国，家庭团聚"的好梦。同样，这时齐藤也感到命运的险恶。就在第二天，他们两个，携着手，用"探险家"的精神，迅速逃出了他们的队部，请求一位农民做向导，找到了八路军。

他们在八路军这里，接受了国际主义者的阶级友爱的慰藉，接受了恳切而又真挚的欢迎与待遇。

第六天——他们逃出来的第六天，在华日人反战同盟晋察冀支部，为了他们二人，特地开了一个隆重的欢迎大会。他们刚一进门，一群反战反法西斯的革命的日本兄弟们和八路军的代表们,一齐拍手欢迎,声音有如雷鸣。至诚的慰问,彼此的敬礼……他们两人在内心也庆幸着他们已经越过了死线。

他们两人,受到反战同盟支部全体盟员和八路军同志们比他自己父母兄弟还亲切的慰藉和招待,心在跳动,血在奔腾,无边的光荣和欣喜,在他们俩的脸上呈现出来。

司仪员宣告开会,宫本支部长跳上了台,发表他的热烈的欢迎词。八路军的代表,发表了八路军对日本士兵及劳苦群众永远赤诚的演讲。他们二人,在这里体验了可贵的实际智识,发现了伟大的真理:很明显地,日本法西斯是全人类的公敌,八路军才是他们的亲友,特别是他们已经认识了今后斗争的方向。

第七天。

早晨,齐藤和西川,怀着感激的满腔热情,走进反战同盟支部,提出了加入同盟的要求……

光荣的革命战士的服装,将他们从外表上来一次革新,他们和一群革命战士紧紧地握着手,他们走上了永远光明的大道,而今已经开始迈步了。(若人译自《日军之友》第三期)

(《晋察冀日报》1942年1月31日)

捍卫苏维埃国土的红色英雄们

一、"以一当百"

"苏联英雄"斯来布里分队战士艾斯莫德洛夫,他有一次悄悄地摸到敌人的堡垒附近突然用手榴弹打死堡垒里的敌人,冲入其中用敌人的机枪向敌人扫射了两小时,打死敌人一百二十名。

敌人从后面赶到,高呼:"俄国人投降吧!"

他这时很沉静的,他看见自己的侦察队来了,他便沉着地又用刺刀刺杀敌人十五名;用手榴弹打死三名,冲出重围,回原队了。

在这次战斗中,他共消灭德寇一百三十八名,他自己虽负了几处伤,但很快就好了。苏联政府,遂给他"苏联英雄"的光荣称号。

二、苏联敌后游击战争英雄

游击战争的火焰,在敌后猛烈地燃烧着。红军把德寇侵略者越是向西赶得远,敌后游击战争的火焰也就更加猛烈。这种铲除德寇侵略者报复德法西斯万恶行为的真正人民大众的战争,每天都在产生着光荣的英雄。

敌后的广大人民,都给游击队以巨大的帮助。比如:曾得到荣誉奖章的女教员玛兹里佛加雅,她曾替游击队员打听重要消息,掩护游击队员藏在她家里。

在游击队中有许多女青年。在获得奖章的人们中,有个叫格乐宁格的,是一个二十三岁的青年女子,她与自己的同志一起,不止一次地进行反法西斯的斗争,她不止一次地参加袭击汽车纵队的战斗,有一次格乐宁格破坏铁道,使一列军用品列车出轨。图拉省未斯克罗克乡村有一个名叫比加凌的青年在全国获得了"苏联英雄"的光荣称号，他经常地和他的同伴在德寇后方勇敢无畏地活动着。有一次，他被德寇捕捉了，但是又从德寇的魔爪中逃脱，并且安全地回到自己的游击队中。

可是，有一次比加凌同志正在害着很重的病的时候，德寇闯进他的病室来了，法西斯军官劝他投降，可是他揭开手榴弹引线，抱定决心与法西斯同归于尽，决不投降。但是手榴弹没有爆炸，于是他就被德寇军官押送到司令部去，德寇用空前未有的严刑来拷打他，但始终不能逼迫这位勇敢无畏的游击队员说出一句他所需要的话，没有办法，疯狂的德寇只好把他处死。

当法西斯用绳索吊他的时候，他一点都不畏惧，高声地喊着："我们的人士是无穷无尽的，万恶的法西斯不能把我们杀尽，胜利是属于我们的！"（莫斯科广播）

（《晋察冀日报》1942年3月1日，《子弟兵》周刊第34期）

我怎样来到边区

班威廉作 冷译

一九四一年十二月八号的上午八点钟,"嘭!嘭!嘭!嘭!嘭!"从我们的前门,传来了一阵连续的敲门声,昨天晚上我们睡晚了,这会儿我刚刮完脸,身上还穿着睡衣,正在拿着一条裤子往腿上拉,但由于前门的紧急的敲击,我们已经感到有什么事情在发生了。

"日美战争爆发了,你们能不能在二十分钟内准备好呀?"林迈可君在门外大声喊。"可以的!""你的手枪我给你拿来了。""你打算怎么用它?"我虽然长于使用气枪,但我却从来没有使过真的手枪,不过要是日本人真的在校门口布上哨,或者有什么武装□□在路上拦截我们的话,我们会开枪的,妻子们也都同意我们的冒险,而愿意跟着我们一起。事前迈可君已经布置好了一部车子,于是我们一直坐着车冲到校门,一看还没有什么人,便径直向大道拐过去了,站在转弯的那里的警察,还照常地用手向我们指挥了一下,当走到道路交叉的地方,警察放过一辆日本军用车,在我们前头驰过去了,但我们提速超过了它,这时差一点把行人道上的一个日本兵士给撞倒了。

中途我们避过了驻着武装警察的地方,但最后,我们不得不在日本兵打靶的地方停下。我们把车子丢在一边,就在日本哨兵的众目睽睽之下,我们开始爬上了山。我们的心,一直都紧张着,但日本兵却是茫然的,因为他们那时还没有得到太平洋已经打起来的消息,等知道了日本的军事联络是如此阻滞,回想我们出发时的紧张,反而感到了一种歉疚。

经过一天的往返奔波,我们和八路军的游击队取得了联系,在九号到十号之间的午夜里,我们在山里一些足迹稀少的小径上,开始赶路，一直到十号的早晨五点，才到了游击队的根据地。这中间在爬山的当儿，我们感到困惫，感到气喘不过来，而每隔几分钟我们还要在石头堆里藏起，好看看四周是不是有日本的哨兵，接着便要拼命地爬，拼命地奔。到游击队根据地的那天早上，我们毕生第一次尝到了"热炕"的滋味，和五六个疲倦了的士兵，就在这一个炕上睡下了。到吃饭的时候，尝到了新鲜的小米粥，和在北平吃烤鸭一样可口，可是我们还不能在这里住得太久。下午五点，我们重新出发，在漆黑的夜里，我们穿过了好几个村落，静悄悄地，只怕老百姓看见了我们，半夜过后，我们赶了差不多五十里路，最后才又到一个村落。我们进了一所院子，喊老百姓想借一个地方休息一下，但却把全村的人都惊起来了，壮丁们都爬上了山，因为他们错认我们是日本兵来了。我们因为怕日本兵真的会来，而不得不随时提防着，也只潦草地在一张凉炕上，睡了一小会儿，怎么着也不舒服。十一号的早晨，我们才又出发，中间经过好几个全部烧光了的村庄，那里第一次给我们鲜明的敌人兽性的例证。第二天我们在山上找到了一家老百姓，在那里我们从十二号住到二十六号，整整两个礼拜，每天我们都打好行李，准备随时都可以拔脚就走。老百姓跑了三次，因为他们听说敌人就从附近几个庄子里经过，有一次听说敌人已经到了村口，于是我们也跑着躲了起来。结果却没有。在这两个礼拜里，我们大部分都吃小米和核桃，不过那家老百姓待我们太好了，他每次都要跑到集上去带些白菜和羊肉回来给我们吃，这样一直住到十二月二十五号，好消息来了，八路军准备护送我们过敌人的封锁线到××的八路军司令部去。二十六日我们通过了一条距敌人堡垒只有三百米远的封锁线，但他们都睡熟了，那一天我们从早七点一直走到晚十一点，差不多全部疲倦了。二十七号的早七点，我们又开始出发，爬过一个和××山同样高度的峰尖，下来时差不多用了一个半钟头的时间。林迈可君的胡子上悬着条约莫三寸长的冰溜,天气是特别冷,我一双脚的后跟,又起了一个泡,一直到下午四点,我们才马马虎虎地找到了一个宿处。第二天要过一条更危险的封锁线,一清早便起来了,当通过的时候,我们远远地望见一个离我们南边不到十里路的一个村庄还在冒着烟,我们猜测大概是敌人刚到过了。我们便赶快爬,等过了封锁线到达一个谷地时,仍不敢休息,当走到一个小村子附近,老百姓又都以为我们是日本兵,吓得要跑,因为昨天日本兵刚刚来过,经过我们解释,他们才安下了心,但等我们向他要一点开水喝时,他们又都催着说:"这地方不能够歇着的,敌人随时都可以来的呀!"我们只得再爬,一气过了好几条冻结了的山涧,才到达了另一个小村庄。在那里我们慌急地喝了一点水,等再向他们要的时候,他们也说:"你们快一点吧,敌人怕要来!"我们只好再提起了脚,这样过了一个半钟头,我们才到了一个八路军的防营,时间还不到下午一点多钟。就在那天晚上,一个满头大汗的老百姓跑来说,就在我们喝完水走了后不到十分钟的工夫,敌人便去了,强迫地召集了一个会,会后捕去几十个老百姓,并且有一个当场被打死了,我们这才知道真是虎口余生,更一同感到无比的兴奋。那天晚上,算是睡得比较痛快一点,第二天,虽然每个人都还疲倦着,但早上八点钟过后,又出发了,一直到下午四点,空着肚皮走了六十多里路,晚上却和昨天一样,睡得还算舒服。十二月三十日的早晨,我们准备在八点半左右出发,但消息传来,说敌人现在正在我们既定的路线左右出没着,因此我们不得不把出发时间拖延到正午,以便过封锁线的时候正是黑夜。这一路的老乡们,都经过我们预先嘱咐,把狗都系起来,如果它们还要叫的话,那就把它们的喉管扼住。这一路上我们要爬过很多松了的石头,若不这样,我们的脚步声便会惊动了所有的狗,而把我们的目标暴露给敌人。我们动身了,等翻上一个坡儿的时候,我们果然听见了"呜呜"的狗叫声,但就是一响，再也听不见了，我们想该是那老百姓一听见狗叫，便马上把他的喉管扼住了。因此我们这一路很平顺地过去了。说实在的，若是万一敌人被我们惊醒过来，我们的掩护部队的机关枪也早已向着他们的炮楼架好了。

这一夜我们在一个前一天刚被敌人烧过的村子住下，晚上的觉倒还睡得舒服，连着几天的疲劳，也大致恢复了一下。第二天下午两点，吃了一顿饭，吃完又睡了差不多两个钟头，五点才又动身，黄昏前，又过了一道封锁线，便到达了另一个八路军的防地。第二天早八点，又吃了一顿饭，再准备出发，这次离××的根据地只有最后的五十里了，但因为实在太疲倦，我们于是计划着分两天走，在元旦日到达。可是司令部派来欢迎我们的那位同志，太好了，我们不得不要在一天之内把这五十里走完。毕竟我们在一九四一年的除夕到达了××司令部，我们既疲倦，又饿，再加上司令部给我们预备的饭食，简直太丰富了，更是过去这三个礼拜所梦想不到的。结果每个人都吃得过饱□而至于第二天都还不能动。

在××司令部，我们待了四个礼拜，在这里我们得到不少关于××在我们离开了以后所发生的一些事情，据说日本人当我们走后十分钟之内便从×门进去了。我们想起都不免叫一声侥幸。因为我们随身带来的衣服，都不合适，司令部给我们做了棉军装，林迈可君帮司令部的电台做了一些应用方面的工作，我则是给他们无线电学校讲一些理论的东西；因为我的工作先完，所以我们夫妇便先来了。

到军区来的途中，要过一道敌人的封锁线，还要翻一座大山，前后差不多九十里路的样子，我们从头一天的中午一点半一直走到次日凌晨的一点半。这路上差不多我们每到一站，都有欢迎会在迎接我们，他们唱歌，举行反法西斯大会。从××司令部到军区，事实上紧着走只是五天的路程，但我们却走了差不多四个礼拜，因此路上每个有意思的地方，我们全到了。在一分区，我们住了五天，我们看了两次话剧，他们熟练的技巧，简直叫我们惊奇。在联大与三分区之间，我们走了一个星期，在这一个星期里，我们参观了军分区医院，白求恩大夫纪念医院，卫生学校和专员公署。联大文工团还出演了果戈里的"巡按"，在这样艰苦的环境里，这一切的教育与卫生的设备，只有叫我们惊奇，叫我们不知说什么好。在工矿局我们住了一天两夜，对于他们所做的工作，我们感到异样的兴奋。同时我们想，将来新中国的建设，已经由今天中国的青年科学家们在敌人的后方奠下基础了。当我们在温塘的时候，我和烈士纪念塔的建筑师关于他在这里要建设一所新的医院的计划谈得很久。在抗大，我们参观了陆军中学和大学部，抗大各团也给了我们以很多的热烈招待。我对这些科学教育的计划，非常感兴趣，同时我还希望能和他们合作，在这方面的工作有所改进。

给我们印象最深的，恐怕要算当我们参观烈士纪念塔和白求恩墓的时候，所发现的敌人给他们的破坏了！而表现敌人的兽性最露骨的，也就是纪念塔四周的村庄和纪念塔本身被彻底毁破的惨状，我不懂是不是敌人在想——把这样一个纪念千百万在抗战中牺牲掉的中华儿女的建筑物摧毁掉，就可以使今日活着的无数中国英雄的精神也随之而一同灭亡呢？我们亲眼见过这些英雄，我们也听见他们在他们被毁了的庐舍和被敌人残害了的他们亲爱的人的尸体的周遭唱着英勇的愉快的歌曲。他们的精神是不可屈服与不可战胜的。

简单地，我对边区的印象，可以这样来说：（一）边区军民对我们的感情是无可比拟的，我们只怕我们不配接受这样的美意，同时我们现在只是想，如何能替边区的军民，尽一点力量，好偿还一下我们背上所负的重债。（二）仅在这短短的两年中，边区进行了彻底的社会和政治的革命，从旧的封建制度到最近代的民主，从妇女奴役到两性同权,从文盲到普及教育。在短短的两年中,内部毫无阻滞地,边区完成了苏联经过多年的流血革命,终竟完成而西方各国还根本没有起始的事业。而更难能可贵的,这一切都是在敌后,在敌人经常来破坏的威胁下,成功地完成了。边区的事业,是将要在未来的上下古今的历史上,形成一件几乎令人难以相信的革命的奇迹。

(《晋察冀日报》1942 年 3 月 21 日)

伊加尔卡的孩子们

苏联儿童 集体创作　戈宝权 节译

这本书是苏联儿童的集体创作。在创作之初他们曾经写过信给高尔基。那信中写着：

"亲爱的高尔基，我们对你有一个很大的请求。我们大家有个很大的愿望，想写一本关于我们在北极圈内如何生活和学习的书。我们热忱地请你告诉我们：怎样能把这本书写得好？"

高尔基回复了一封信，开头这样写着："先向你们这些未来的医生、工程师、坦克车手、诗人、飞机师、教师、演员、发明家及地质学家致热忱的敬礼！"

高尔基告诉了孩子们怎样写法，孩子们就根据他的计划，将全书写成了九章，有诗歌、有日记、有短文。这些作者是谁呢？他们是伊加尔卡的一百一十五个小孩子，最小的是十一岁，最大的是十五岁。

而伊加尔卡在什么地方呢？这是一个什么样的城市呢？这正如孩子们所说，这是一个"在地图上没有的城市"，这是一个在七八年前才诞生的城市，位置在苏联北极圈内叶尼塞河口，是苏联在北冰洋的一个重要的港口。

我们节登几个断片，但从此我们也可看出儿童创作的新作风来，写到这里，要问一问晋察冀的孩子们：我们的《晋察冀的孩子们》呢？

——编者

在伊加尔卡的生活是更好和更愉快了

我们想讲我们以高尔基的名字命名的高尔基少年先锋队。在队里我们分成许多组，并且开始了自己队伍里的愉快的工作和生活。

冬天，当在伊加尔卡是严寒的时候，我们就在学校的大厅里举行少年先锋队的集会。讨论我们国内的政治新闻、合唱、游戏、跳舞、阅读书籍。我们每五天举行一次集会。

在休息日，我们一定作集体滑雪，从山上滑下来。晚上我们经常是到电影院去。

在七月，在北极是完全暖和了。这时候我们在学校里结束了功课。好的少年先锋队员——"优等生"，就到全国各地的少年先锋营去休息。

在我们伊加尔卡，夏天是很好的，夏天的集会是特别有趣味的。当太阳整天照耀着的时候，我们从早晨一直到夜晚，都是在大街上。整队的或是整组的，到城的近郊去旅行和研究北极的大自然……

每年来，在伊加尔卡的生活是更好和更愉快了……我们感谢党、政府和斯大林同志，给了我们这样幸福的童年时代！（第一小学高尔基少年先锋队。）

再见吧，冬天！

你好吧！你好吧！美丽的五月天！
我们等待着你的来临。
白昼是长的，黑夜到处是光明（注）……
喂，再见吧，冬天！祝你好！（玛鲁霞·拉格兰科，十三岁。）

（注）在北极圈，有半年为北极夜，全不见太阳，有半年则昼夜通明。

——译者

（《晋察冀日报》1942年4月3日，《晋察冀艺术》副刊第34期）

胜利是属于我们的

加里宁

战争已继续了九个月，希特勒匪徒在开始发动这场战争的时候，曾幻想轻易获得胜利，而现时希特勒匪徒都在惊慌发抖，他们都已了解自己打错了算盘，都已了解把苏联力量估计错了。苏联及其军队所表现出的力量，要比德寇指挥部及许多外国军事家所估计的要大得多，红军已给予法西斯军队以许多严重的打击，但这只是初步的打击，而更厉害的打击还在前面哩！敌人是要被击溃的，胜利是属于我们的。

我们在与法西斯斗争的全部过程中，到今天所实际形成力量的对比都说明我们要获得胜利，保证胜利主要的原因之一就是军队的士气，即军队在精神上的情绪。我军的士气是处在很高的水平上的，而且在战争过程中这种士气更加高涨。我军士气的高涨其深刻来源，就是我们的人民更加明了法西斯侵略者的危险，更加深刻地了解战争的实际，就在于更明显地了解侵略者想把奴役的锁链套在他们身上；为保卫自己的自由与光荣而与敌人斗争的人们，是敌人最可怕的力量，我们的红军战士、指挥官、政工人员都有高尚的战争的目的，而这种高尚的战争的目的正在感动着战士，而且是不能不把他们感动的。祖国处在严重的关头，法西斯侵略者已威胁我们父母妻小，凡是忠勇的人们，对外国侵略者的劫掠屠杀都不能袖手旁观，所以我们的战士都充分了解到除了杀尽敌寇以外再没有其他的出路，红军正在进行战争，正在进行保卫祖国之自由独立的战争。斯大林同志在□命令中说："红军有自己一种贵重高尚的战争目的，而这种目的正在鼓励他们创造丰功伟绩，红军的力量就在于此。□法西斯军队的弱点，首先就在法西斯军队中没有这种高尚的战争目的，而且逼迫他们来抢劫其他民族来进行战争。"不管德国人怎样被希特勒所蒙蔽，不管希特勒制度怎样厉害，他们是不会不想到干的强盗抢劫勾当横行霸道的行为，只是在比较容易的条件下，才能让人们来干的，同时抢劫行为愈快，盗匪行为愈大，则匪帮也瓦解得愈快，这种战争也更加厉害更加激烈，德军巨大数量的战士正在逃亡。从前我们只是利用（缺）德国军队材料对法西斯力量估计得非常大，（缺）就是根据法西斯军队在欧洲所举行的胜利战争来判断德军力量与技术，当我们与法西斯军队举行九个月战争的时候，我们指挥部透彻地了解法西斯军队的弱点与优点，现时德空军已失掉了空中的优越地位，当然他还能调派而且正在调派一些空军到某些地段上来，现时德指挥部更加时常迫不得已地采取这种步骤以保卫自己部队与自己阵地，以抵挡我军的进攻，这都是我们指挥部逼迫他干的，结果每次都使德机遭受很大的损失，每天的战斗更明显地证明我们空军的质量，空军干部已大大超过德空军。

  在坦克方面两方力量的对比正在（平衡）起来。第一，我们的空军与炮兵正在顺利地消灭德国的坦克，我们的步兵已学会了怎样与坦克进行战斗，现在我们的步兵已知道德国的坦克在哪方面都不是不可摧毁的力量，都知道怎样来毁灭这种坦克，而且正在消灭它。第二，我们的坦克数量大大增加，而且根据一般的意见我们的坦克的质量大大超过法西斯。

  一切武装斗争胜利属于我们的因素之一，正如斯大林同志所指出的，是我们军队长官的组织能力。德寇指挥部在反苏战争中无数计划的破产，充分说明德国将军团的能力曾被过分预估。关于德寇指挥部一切行动，都是有计划性的神话，关于它善于预料的神话——希特勒匪徒造成的这种神话，由于红军的打击已最终被摧毁了。

在德国法西斯制度中有许多弱点，这些弱点就决定德寇必然遭受失败的命运。法西斯制度主要弱点之一就是它对于生产劳动是不中用的，被德寇所侵略的国家与所谓与德寇联盟的国家，都已被弄得贫困至极。上述事实证明不管法西斯采取怎样的恐怖手段，在德国本国及全欧都不能替自己军队搜集起必需的冬衣，希特勒会大声高喊所谓"春季进攻"，而在最近的演讲中希特勒已改口说"夏季进攻"而不再说"春季进攻"，春天到来给德国增加了新的困难，希特勒匪徒早望不到牛奶黄油鸡鸭，而乌克兰、别洛露西亚是不会以粮食供给它的，不管法西斯政府是否愿意，一切粮食都迫不得已地要从德国运来以供给德法西斯军队。这一切都使得我们得出这样的结论，现在德法西斯军队的战斗力与过去比较起来已大大降低了，而将来在红军打击之下，德军战斗力必将更厉害地低落下去，德军新补充的军队已不像过去那样顽强而老练，战士也比较从前更容易投降当俘虏。法西斯军队登峰造极的时期已经过去了，而现时法西斯军队正在向下低落，正在衰败下去。需要多少时间完全粉碎希特勒匪徒，完全要靠我们的人民，这完全依靠红军光荣的斗争。我们的力量是非常多的，我们有充分力量来完成我们的任务，而且这种力量要比我们所预料的超过许多倍，苏联的人民正在鼓励我们与法西斯进行残酷的斗争，他们正在帮助我们光荣的红军去打击敌人，而举行正义的解放战争的红军是会最终击溃德国法西斯侵略者的，胜利是属于我们的。

（《晋察冀日报》1942年4月16日）

"我在八路军的有力的庇护下了!"

布朗斯基 作　君一 译

我觉得很高兴,我自己能在八路军里待了四个多月,因此有这个好机会写出我的印象来。

当我的祖国跟日本一开战后,我就像一个亡命者似的从北京逃出来,原先我是没有目的地的,唯一的愿望就是远离日本人血腥的统治。

在北京,关于八路军我知道的不多,在严厉的新闻检查制度下,报纸上找不到什么消息。另外日本人对市民的恐怖政策,使大家不敢吐露出实际情形,除非在可信任的亲友间。

当初我臆想今后将会有一个长时期的流浪生活,一直到我能够到达我自己的国土,或是其他同盟国家。这真是一件非常令人惊奇的事情,没过几天我就遇上了"八路军",现在再不用在艰难困苦的长期危境中单身亡命,我已经处在八路军有力的庇护下了。在我到达他们某某司令部以前,我和这批八路军战士同行了几个星期。路上一个个毁坏不堪的村子,引起了我对敌人万分的厌恶。万幸这些村里的居民都逃亡到安全地区去了。一路上我看见了很多遗迹,也听见了不少故事,这一切都描□着日本人的野蛮和残暴。

在八路军我遇见一个谦恭的人——唐立新,他辛勤地劳作着。这个朴素而沉静的士兵,在任何环境里,无论酷热、严寒、下雨、下雪都是愉快而刚健。我也遇到了他们的首长们,都是有伟大理想的人物。这些人物到任何社会中都应该担负辉煌的工作,他们团结得像一个人似的,为他们坚定不移的信仰而共同奋斗!

世界上很少有这样一种民族。在那里他们没有钢铁能造枪支武

器，内科医生牙医诊断与治病不用机械和药品，而这些一般的都是被视为必需品的。在那里，科学家以代用品来顶替他们精致的仪器。在那里，一切所需要的都为战争所指导着而创造出来，克服了当地自然条件上的贫乏，而且这些创造都得到很大的成就。这是他们的坚定意志的最好证明。无论哪一个人，无论哪一件事情，决不为任何打击与阻碍所征服。一切都为了永远解放他们的民族和国家，即使处在凌迟和暴虐之下，决没有半点动摇。

在自私自利的资本主义社会住了很久的我，没有想到会存在着另外一个世界。在那里，有那么多可尊敬的人们团结奋斗着，为了一个共同的信仰。在那里，已获得了很可信的成果。在那里，我□现我自己置身在一批从不为个人打算，一切都为了大众的幸福的人群中。在那里，我发现人们的兄弟之情并不因为宗教信仰或是人类的虚伪而有一点差别。这种纯洁的兄弟之情完全基于共同的意志，这样就造成了一根坚韧的铁链，和永远不会松弛的链环。

这个民族是不可被征服的，虽然他们的敌人曾用尽了一切可怕的武器和恐怖的阴谋。

这个民族虽有时被暂时欺凌，但决不会被灭亡，经过他们共同遭受的痛苦，他们会再生长出更强大的力量和团结得更加坚固。他们先驱者的鲜血，灌溉了自由之花使其早日结子。

很多的艰难和很多的困苦，将被他们继续忍受和克服。但不难看出他们现在做着很重要的工作，八路军现在正在向最后胜利的大道上迈进着。

今天的世界历史，展开了很多英勇斗争的场面，那都是有关抵抗侵略者的斗争。但我相信，在其他地方，绝对再找不出在当前的环境下所进行的斗争。这个战争结束以后，世界将会有很大的变化，这些人们将使这个世界变得更好，引导大家走向平等、忠实和刻苦。

我现在决定和八路军长住下去，很诚恳地拿出我一点微薄的力量献给这个为了争取全人类的自由和平等的伟大斗争。

一九四二·六

（《晋察冀日报》1942年6月28日）

希特勒已成秋天的枯叶

在三年以前，当希特勒开始用战争来反对欧洲人民的时候，他曾经拥有极大的已经动员起来的军事机械反对那些和平未准备战争的国家。在德国从希特勒走上政治舞台的那天起，就使一切服从于这武装的准备计划，服从于战争的准备，希特勒在西方进行作战时，他已有完全准备好了几十个师团的兵力和巨大的预备力量。西方的作战行动未能使希特勒消耗其储蓄的原料和燃料，或者消耗了很快就又补充上了。这种储蓄虽然未能达到使希特勒德国用来支持长期战争的地步，可是也足够保证短期的闪击战役。这种闪击战役，由于西方那些国家缺乏真正的反抗，而使希特勒成功了。希特勒在当时因为有不断扩充自己武装资源的机关，所以他就利用被侵占国家的原料，准备好了新的冒险，他的工厂生产了许多新的大炮，在德国后方编制和训练了许多新的兵团，他已准备好了那些被西方军事侵略军事生产所迷惑了的团帮，只是等待自己行动时日的到来。不用说，希特勒的军队在西方战役中，在技术上，特别是在人力上，未遭受损失，而这种损失在实际上也是很大的。在进攻苏联以前，德寇损失阵亡三十五万人，受伤六十六万六千人。意大利损失阵亡八万四千人，受伤十七万六千人，不知下落四十万人。这种损失虽然很大，可是在当时对于希特勒军队还是没有决定意义，而且除意大利以外，即使在进攻苏联以前，意大利还未以赤诚来对待希特勒，希特勒奴仆国家的军队还是全没有动用。由于这些原因，在希特勒背信弃义进攻苏联时，他已经具有巨大的已经动员起来的和未动用过的军队，他在苏联边境集中了巨大数量的大炮、坦克、飞机和其他的武装，希特勒把一切东西都用来进攻苏联。希特勒盗匪凶手指望着轻易的短促的战术战役，而冲进苏联境内，可是红军和苏联人民的一致反抗，很快就证明了轻易的战役是不会有的。希特勒在一个半月到两个月消灭红军的妄想成了荒谬无稽之谈，希特勒许诺德国人民在东方很快就得到胜利，而实际上所得到的是长期的持久战，是流血的消耗战。红军在激烈战斗中，消耗和减弱了德寇军队，使他们在苏德战线上遭受了出于他们意料之外的那种损失。希特勒军队在苏德战线上就是如此地得到了他们所不知道的战争。不错，在去年夏季希特勒只使用自己的军队作战，他的力量就已够了，但在当时向自己奴仆国家如芬兰、罗马尼亚请求军事的援助，也不过只是武断地利用他们侵略野心限于局部的作战。可是希特勒军队一天一天消亡，红军以自己坚决一致的精神接连不断地击破了希特勒的计划，他疲惫了、削弱了德军的力量，停止住他们的进攻，迫使他们转为防御而自己在冬季转为进攻。

希特勒在争夺莫斯科的决战中失败了，被削弱了，而这就成了战争进程中的转变关头。苏联军队击溃了他们几十个师团，把德军向西驱逐，解放了成千上万个居民地点。

红军在去年冬季和今年春季不断战斗中，继续打击德法西斯军队，削弱他们的力量，毁坏他们的武装技术，而到苏德战争一周年纪念时，希特勒军队比他在一年以前要弱多了，在一年的战争中，希特勒德国军队损失了阵亡的受伤的和被俘虏的共一千万人。到这个时候，在苏德战线上，直接参加作战的已有希特勒奴仆的国家的军队，其中只有芬兰、罗马尼亚一部分军队是从战事开始时就参加了，而其余希特勒的所谓同盟国的军队，主要是在冬季和春季才出现于前线上，在开始战争时，只是利用他们在后方与游击队作斗争和担任辎重队的勤务，而只是后来才派他们直接参加作战，德军到这时所遭受的巨大损失，以至于使希特勒不得不这样做。在一年的时期内，德国的军队已不是一色的军队，而变成乌合之众的军队了。希特勒奴仆国家的军队在和苏联的一年战斗中,虽然只参加了有限的作战行动,可是他们的损失对他们都带着毁灭的性质,在苏德战争的一年当中,意大利、罗马尼亚、匈牙利每个国家损失四十万人,芬兰损失了将近三十万人。

希特勒在武装技术方面也遭受了很大损失,希特勒的军队在反苏联的一年战斗中,损失了三万零五百多门大炮、二万四千多架坦克、二万多架飞机。希特勒在整个冬季和春季重新组织了力量,以便进行他大吹而特吹的新进攻。而现在他正举行进攻,可是希特勒的新进攻已经不可能依靠自己的力量在苏德战线的全线进行。德军指挥部现在把自己所有的预备军都投入战斗中,他把驻在法国、比利时、荷兰的许多卫戍军也都搜集来了。希特勒把他能够搜刮的一切力量都集聚到苏德战线上来,隆美尔在埃及的进攻已被停止了,因为他把所有预备兵都调到东方来。德国空军一切预备军也都调到东方来,然而德军还不能单独地来反对红军。希特勒为了在苏德战线的南部开始进攻,曾在其奴仆国家动员了将近七十个师。这还不算,在北方的芬兰的军队,他在所谓志愿军的名义之下,把各种各样的罪犯和希望升官发财的一切东西都搜刮来,并以强迫的方法动员了波兰人。希特勒在人力上和技术上形成很大的优势,曾逼退了苏联军队,占领了苏联南部和东南部广大的领土,可是红军的反抗力量仍未被他们毁灭,苏联军队在最近三个月的猛烈战斗中,使德军遭受了新的巨大损失。从五月十五日至八月十五日德军死伤了一二五万人,其中被打死的至少有四十八万人,他们损失了三三九〇架坦克、将近四〇〇〇门各种口径的大炮,并且损失了不少于四千多架飞机。这种损失正在一天比一天地持续增长,这对于以后的战争形势将有左右全局的意义,因为红军现正消耗希特勒及其奴仆的最后的力量。在今年夏季的战斗中,已毁灭了希特勒的许多军团,而其他的军团也都补充过好几次了。德军指挥部已不可能用他们的预备军来补充这些损失，因为他们几乎就没有了。他们连十七岁和五十五岁的男子都已经动员完了。芬兰如此减弱，以至不能再进行新的动员，匈牙利、罗马尼亚、意大利曾认为参战反苏联是很大的信条，而他们已经遭受了并且还要遭受巨大的损失。他们整个后备都遭受被毁灭的威胁。这种威胁以至使这些国家的人民对于德帝国主义者利己战争不满情绪日益高涨，希特勒强盗的军队已带着被削弱的创伤进入战争的第四年。当上次世界大战进入第四年的时候，曾是威廉帝国遭受最后失败的一年，在此次大战中，第四年也将是希特勒及其奴仆送命的一年。（莫斯科广播）

（《晋察冀日报》1942年9月18日）

以眼还眼，以牙还牙！

维西尼斯基

"德国的士兵们！在战争时期，你们要去掉你们的神经和心脏，因为他们已经不再有用。打倒你们身体里所蕴蓄着的怜悯和同情，去杀尽你们所见到的俄罗斯人，不管是老人、妇女或是孩子。"这是最近德军中流通着的一纸新的军令。

"所有象征布尔什维克精神的东西，哪怕是建筑物，都在必毁之列。历史或艺术的重要性，在我们的行列里是不惜要加以摧残与践踏的。"这是里却奥将军在去年所颁发，而目前还有效的一纸命令。

战争已经爆发了十六个月，这期间每一天都带给了我们无数法西斯匪徒的暴行的消息，在列宁格勒的占领区里，无数活生生的苏联公民，被驱逐到铁丝网背后，被鞭策着去挖掘战壕。他们拆毁了所有俄罗斯的古建筑物，挖取残砖剩瓦，去构筑他们的飞机库和堡垒。

列宁格勒全城都在战斗着，他的炮队掌握着整个战场，我们铁样的军团、水兵给予敌人以严重的打击。在西线我们突破了敌人的防线，在斯大林格勒的西北区，我们采取着攻势，德意志人正在面对着愁惨的冬天的到来，他们在夏季攻势中夺取南苏，囊括所有的油产；然后挥师北指，直逼莫斯科，攻下列宁格勒的计划，是全部地破产了。他们损失了近百个精锐师团，遭遇着苏联全民所树立起来铜墙铁壁似的抵抗，为着争取理想中的最后的胜利，他们已经动员了最后的力量和后备力，他们已经被迫驱使意匈罗的师团，走上前线，替德意志公民充当炮灰。他宣布了所谓"欧洲的劳力动员令"，和下令征集全欧的废铁，支路和旧路上铺设的钢轨一齐被取走了。老人和妇女的劳动力，也惨遭榨取。最近他们在列宁格勒前线挖掘战壕，便曾鞭策着无数苏联的妇女和儿童,日夜在漫长的自克拉斯诺叶至西罗普什基大道上挥着血汗。有时孩子们因为不耐疲劳,便掉到自己挖好了的壕沟里,纳粹军士便乘势加上了些土,多少个脆弱的生命,都这样被结束了。

"杀尽你们所见到的俄罗斯人,不管是老人、妇女或孩子。"事实正是如此。

在最近一次战斗中,法西斯匪军突进了一所我们的监狱,在那里,用人犯作对象,法西斯匪徒尽性地发扬了他们残酷的天性。他们挖穿了每一个人的眼睛,然后用子弹头逐一地填了进去。

然而,下面是我们的回答:

我们波罗的海舰队的哨兵安多诺夫以杀敌二百二十五人,占有波海舰队及列城前线战斗员功绩中的首席。我们波海舰队的空军小队长叶菲慕独自击落敌机三十四架,同时他的小队击落了敌机一百七十多架。在涅瓦河上,过去一个星期内,敌人的飞机,化为灰烬的,不下六十五架之多。

我们就举一点点这样的例证,来显示出我们是如何在以眼还眼以牙还牙地报复着敌人对我们的残暴。而这种报复,更得要延续到敌人的春梦一齐化为泡影时为止。

(《晋察冀日报》1942年10月8日,《子弟兵副刊》第62期)

苏联的文化

苏联在二十五年之内已变成了先进的文化的国家,全国在这些年代中发生了真正的文化革命,它在苏联社会文化活动的各方面都表现出自己的成绩来,从人民中发育起来的为人民服务的新知识界几百万大军,已创立了与正在创立着在真正世界文化中全人类进步中占有这样进步的价值的文化。

印刷事业在苏联文化发展中起了非常重大的作用,它在苏联真正成为人民与自由的事业,因为一切印刷组织与工具都握在人民手里,成为全民的财产。苏联的印刷事业完全为人民服务,它表现出大公无私铁面无情的高尚品质。在二十五年内,苏联在发展印刷事业上做了许多工作。例如在一九一三年全国共印出二万六千种书,共八千万份,而一九三九年在苏联曾出版了将近四万五千种书,共七万万份以上;一九一三年曾出版了八五九种报纸,共发行二百七十万份,而在一九三九年苏联曾出版了将近九千种报纸,其发行份数为三千八百万。苏联国家曾尽量使得成为世界文化的优秀模范的一切优秀创作在苏联都曾出版了,并且在苏联出版的份数时常比在他们本国出版的份数还要多。世界文学的经典型作品已出版了非常多的份数,每种达到百万份以上,像莫泊桑的三部作品在苏联曾出版四百万份以上。苏联人民在世界文化宝库中建设了自己的文化,伟大的俄国文化大大发展了。各共和国的各民族人民,以前在沙皇制度下或者没有本国文字、没有本国的文化;而在苏维埃制度存在的二十五年中,关于科学、文化、艺术的一切问题都出版了书籍,一九三九年苏联曾用四十种文字出版书籍报纸,到战前,苏联用一一〇种文字出版书报。苏联的印刷事业的成绩,为一般人所公认,它在创作上占着卓越地位。

关于苏联艺术事业的扩展,是有这样事实来说明的:一九四一年一月一日，苏联共计有八二五个戏院，而在一九一四年一月一日只有一五三个戏院。苏联戏院也像苏联一切文化一样，是带有多民族性质的。在二十五年中，苏联大多数共和国是第一次开创了现代戏剧艺术，而其余共和国在艺术发展上也都开辟了广阔的前景。

苏联到处尊敬电影事业，在全国布满电影网。在苏联只是固定地映放电影的场所就有四万处，苏联优秀的电影艺术创作已有几十种在世界各国放映过。

苏联科学在苏联文化发展上起了直接的作用，苏联科学家在科学知识方面获得的成绩，是世界闻名的。苏联科学的发展是有下列统计材料来证明的，一九三九年全国共有七百个科学研究院，共有四万名科学工作者和一万五千名研究员。

苏联文化扩展的情形就是如此。

而背信弃义侵犯苏联的希特勒匪徒却破坏了它的文化生活，德法西斯是文化与进步最凶恶可恨的敌人，法西斯主义与文化是彼此不能并立的。希特勒匪军在全苏联把历史上最伟大的古迹变为断砖败瓦的废墟，德法西斯尤其摧残与毁灭俄国的文化与苏联各民族人民的文化，全世界都知道德国侵略者在苏联领土上所干的野蛮罪行，它毁灭了许多伟大的文化纪念物。苏联人民在与希特勒匪徒作决死斗争中来保卫本国的光荣、自由与独立，保卫文化与进步，保卫全人类文化与进步。他们相信文化的事业、进步的事业、自由的事业一定获得胜利，而法西斯野兽是一定会被消灭的。（莫斯科广播）

（《晋察冀日报》1942 年 11 月 10 日）

苏联人民及红军的伟大的英勇精神

苏联人民及红军反对那违背信义侵入我国领土的凶暴强盗而进行的英勇斗争，是要用金字记载到我们祖国历史上去的。苏联人民反对血腥的希特勒及其欧洲同盟者与帮凶而进行的伟大的保卫祖国战争，就是在人类历史上，在人类反对那企图把世界推向后转，推向中世纪黑暗去的黑暗势力斗争的光荣历史上，创造最光辉灿烂的一页。

红军担当起反对希特勒及其帮凶的全部重担，如果注意希特勒所挑起的现今战争的发展，那就可以很明显地看出，从希特勒侵犯苏联时期起（缺）所起的转变战争正是从这时开始，完全具有另外的范围，完全另外的规模，是与战争的第一阶段完全不能相比的。可以大胆肯定地说，希特勒只是在反对苏联的时候才把自己的主力，把德法西斯帝国主义全部军事机构拿来了。

在实际反对波兰的军事行动中，希特勒调动了四〇—四五个师团到前线。在长期休息后，在西欧开始军事行动，希特勒也没有把全部力量拿出来作战。进攻法国会是西欧最大的战役，参加战役最后阶段的德军，只不过是一〇〇个师团，希特勒留下四〇个师团作为后备，他的其余的军队一部分作为后防之用，而基本上是集中在东部边境。不应该忘记希特勒经常在苏德边境上留下很大的武装力量，希特勒在西方作战好像在东方存在第二条战线一样，而在东方至少集中八〇个师团。

在希特勒侵犯苏联后，军事局面却是另一种情景。法国军队已被毁灭了，在西欧没有第二条战线，希特勒调来了反对苏联的，有早就进入苏德边境而处于充分准备的一七〇个师团。应该估计在这时候，德军曾完全动员了，它具有丰富的战斗经验，而同时苏联军队必须动员并调到边境,并且红军还没有现时所具有的经验,苏联人民没有害怕,挺胸迎接法西斯德国军事机构凶猛的攻击,英国的红军在退却的第一个时期中,都能使德法西斯强盗遭受严重的损失,敌人曾疯狂地冲向莫斯科,曾打算在一九四一年冬季胜利结束反对苏联的"行军",而事实上不是这样的,红军在伟大的斯大林领导下,不仅阻止了敌人,而且给了敌人以致命的打击,红军击退了德寇向莫斯科的进攻,把主动权夺在自己手里并转为进攻,并且在四个月后,把德寇驱逐出了四百多公里,红军不仅粉碎了德军不可战胜的神话,而且打破了希特勒的计划,推翻了它的全部打算,使得德军受到覆灭的威胁。

斯大林同志说道,在全欧洲胜利行军的德军,曾一举打败了被认为头等军队的法国军队,而只是在我们国家内才遇到真正的回击,并且不仅是回击,在红军打击下,从已占领的阵地上退却了四百多公里,并沿途抛弃许多大炮坦克弹药。这种事实是不能认为是偶然的。只用一种冬季战争条件来解释,那就无论如何也解释不了这种事实。

当德寇乘着欧洲还没有开辟第二战线的机会,在今年夏季把所有的力量调往苏德战线,苏联人民与军队曾感到处在非常困难的条件下,斯大林同志于十月革命二十五周年有历史意义的报告中,曾引举了非常明显的表现已造成的两方力量对比关系的材料,在我们战线上至少牵制了德寇一七九个师团、罗马尼亚的二二个师团、芬兰的一四个师团、意大利的十个师团、匈牙利的一三个师团以及斯洛伐克的一个师团、西班牙的一个师团,就是共计二四〇个师团。德寇及其同盟者其余的力量就在被侵占各国作为驻防之用,有一部分是驻在利比亚的战线上,而这个战线上统共牵制了德国四个师团、意军一一个师团。

这些数字,都万分明显地说明德寇袭击苏联的范围与规模无论如何也不能与拿破仑袭击俄国或者同第一次世界大战德寇袭击俄国相提并论。拿破仑调来进攻俄国的六〇万军队，赶到罗丁诺不过十三四万人，而现时在红军战线前有希特勒及其同盟者的三〇〇万军队。在第一次世界大战中，当时德寇从它所有的二二〇个师团中留在俄国战线不过八五师团，如果加上奥匈的三七个师团、保加利亚的两个师团与土耳其的三个师团，那么在反对俄国的战线上统共有一二七个师团，这就是因为在第一次世界大战中，德寇曾不得不在两条战线上作战，而它主要的力量是在西欧战线上。

摆在红军面前的那些异常困难的条件，使人联想到苏联军队与我们人民在反对德法西斯侵略者的解放战争中所表现的那种极伟大的英勇精神。

苏联人民及红军已融合成为战斗营垒的前线与后方，不顾一切困难不顾所遭受的牺牲，却从这种情况中很光荣地走出来了，支持住了一九四二年夏季新的艰苦考验，并得以重新摧毁敌人，使敌人遭受致命的损失，破坏了敌人夏季进攻的总的战略计划，就是破坏了敌人利用欧洲还没有开辟第二战线的机会而造成优越的力量的进攻计划。

斯大林同志在自己的报告中，给红军与苏联人民英勇精神以很高的评价。他说道：我相信无论哪一个其他的国家，无论哪一个其他的军队，都支持不住德法西斯强盗及其同盟者那般凶暴的匪徒那种袭击，只有我们苏维埃国家，只有我们红军才有力量支持得住那种袭击。并且不只是支持得住，而且还要战胜它。苏维埃国家受过了战争严峻的考验，苏联的后方比任何时候都坚固，积累有巨大战斗经验的红军比任何时候都强大。他已学会了准确地打击敌人，击溃敌人的人力与技术，破坏敌人的阴谋诡计，苏维埃制度表明了他是世界上最巩固的制度，苏联人民很光荣地支持住了落在他身上的那种沉重的考验。苏联人民时时刻刻都坚决相信最正义事业的胜利，苏联人民被斯大林同志历史报告所鼓舞，更加充满了对胜利不屈不挠的信心。苏联人民以新的力量新的努力来进行斗争以完全毁灭德法西斯侵略者。苏联人民及其红军以受全世界一切酷爱自由人民之赞扬的英勇精神与牺牲，艰苦地斗争，向一切反对希特勒帝国主义的战士表达出高度执行自己义务的优秀模范。(莫斯科广播)

(《晋察冀日报》1942年11月18日)

宁死不屈

德法西斯都很奇怪，为什么俄国军队打仗这样勇敢呢？为什么他们本应该退却时却发动进攻呢？为什么他们冒着必然牺牲的危险仍然继续作战呢？俄国军队保卫每一寸土地，因为这是他们自己的领土。在斯大林格勒为保卫每一条街道、每一幢房屋、每一个口口而进行几个星期的战斗，因为这街道房屋城市是他们自己的。这里的人们都懂得什么是过幸福自由生活的权利。苏联青年为保卫祖国的光荣而斗争，他们站在苏联保卫者的最前列而斗争！

十八岁的女游击队员阿礼回到了自己的游击队。她完成了战斗任务，她缓步走进森林，她的精神很愉快，因为秋高气爽，又因为她完成了游击队长的命令。她忽然听见道路上摩托的轰鸣声，这个女游击队员隐藏了起来。不一会儿出现了德寇汽车，在汽车上除汽车夫外，还有一个佩戴勋章的德国军官。阿礼记起了游击队员的性格，即是一见德寇就不假思索地打死他。于是从肩上取下步枪，第一枪就打中了德寇军官，他动弹了几下跌下汽车，德寇汽车夫开足马力企图逃跑，被俄国女游击队员准确的子弹打伤。不久，她又听到汽车的轰鸣声，德寇不大的载重汽车队开来了，从这辆汽车上跳下八个法西斯兵士，我们这位青年女郎首先向他们宣战。半点钟之后，其他游击队员听到枪声也赶到这里来，可是战斗已经沉寂了。他们在森林中找到了阿礼的尸首，在道路上躺着十个法西斯。游击队长从阿礼的手里拿下了她的步枪，她的枪头曾刻着八个红星，这是青年女子阿礼打死德寇的数目。游击队长在她的枪头上又刻了十个红星。

库尔斯克铁路上青年火车头司机师马克伯夫熟练地驾驶着运送弹药到前线去的列车，夜间这个司机师把列车开始转向危险的道路。当离目的地很近的时候，在地平线上出现了两个黑点，这是法西斯的飞机来了，德寇飞机愈飞愈近，有一架飞机绕了一个圆圈就直向列车冲来。

我们这个司机师减低了列车的速度，当德寇飞机开始向列车俯冲时，马克伯夫开足马力，火车头带着列车向前飞驶而去，德寇飞机投下的炸弹嘶嘶地响起来，我们的司机师知道炸弹落了空，德寇的飞机师大概是很惊慌炸弹都落到距铁路很远的地方，尘土飞到半天空去了。第二架德寇飞机低空飞行用机枪扫射。我们火车头停住了，可是当飞机距离火车很近的时候，我们司机师马上开倒车又逃开了敌机的扫射。这次敌机投掷的炸弹在离铁路很近的地方爆炸，可是距列车很远，司机师马克伯夫本来可以避开危险离开火车头司机位置逃到树林里去，可是这种意思他连想都没想过，顽强地抵抗了敌机的猛袭。一刻钟以后，德寇飞机师把自己的弹药全部消耗完了返程，我们的火车头司机师用手巾擦了脸上的汗，对着伙夫们说："一切平安无事，我们向前开行吧！"到了前线后，他把空列车开驶回来，这位英勇无畏的司机师，给俄国士兵运去的炮弹已震天动地地叫鸣着。

红色海军战士代基斯连哥，时年二十五岁，他是在苏维埃政权下出生和长大的。他在二十五岁时，脱下了普通服装，穿上光荣的俄国海军服装上了前线。一次，基斯连哥所隶属的海军陆战队遇到德寇一团人袭击，德寇驾驶轻坦克向我们这个人数不多的海军陆战队进攻。基斯连哥不断地以反坦克枪射击，他已打坏了敌人三辆坦克，可是第四辆坦克终于前进了。敌人坦克很艰难地经过壕沟，缓慢地前进，它直向我们海军陆战队爬来，基斯连哥扣上机枪，可枪已经不响了，因为子弹已经打完了。敌人坦克继续向前驶来，基斯连哥目不转睛地注视着敌人的坦克，然后解下成捆的手榴弹，他带着一捆手榴弹向敌坦克爬去，他向敌坦克投掷了手榴弹，可是敌坦克还继续前进。于是这位海军战士基斯连哥就站起来向敌人坦克轮带冲去，曾经发生了这样猛烈的爆炸，以至其余的坦克都吓得往回开转头逃跑。这个重要的防御据点，还在我们俄国海军手上。

苏联兵士、游击队、铁路工人都勇敢地作战、慷慨牺牲，因为他们都以宁死不屈来保护祖国和自由。（莫斯科广播）

（《晋察冀日报》1942年11月19日）

我们建设了就要保卫它

最近从斯大林格勒送来了一位青年保卫者，即炮兵连战士马伯诺夫，到莫斯科一个军医院来疗伤。我们的通讯员到军医院去访问他，同他谈过了话。现在请听这个谈话：

"你感觉身体怎样？"通讯员问。

"谢谢你，我很快就可以回到亲爱的斯大林格勒去。那里的炮兵连正盼望着我回去！我的炼铁工友们正盼望着我回去！"马伯诺夫这样回答。

"请原谅，你说的炼铁工友是指哪些人？"

"我是指从前红十月工厂炼铁工人。我们这个炮兵连的全体战士，都是冶金工人，我那门大炮的射手是由炼铁工人编成的。在战线还未接近斯大林格勒以前，我们都是在炼铁工厂机器上做工。"

"请你详细谈一谈关于你及你的同志关于战斗的情形吧！"

"有很多话，我都想说。我记得我们是多么困难地创立起我们自己的工厂。我认为希特勒匪徒想夺占它，那就是挖我的心。我们的工厂是非常的壮丽，所有斯大林格勒的人都爱护它。难道我们这些工厂的建造人还不足引以自豪吗？！当法西斯向这个工厂的厂间投掷炸弹时，你想我差不多满身都痛，我简直气坏了，建造工厂时我们都是亲手挖掘地基、填铺泥土、搬运砖石、筑起墙壁。墙壁建造起来，我也同它一起发展起来。我是一个简单的乡村青年到这里来参加建筑的。我开始是泥土工人，可是完成了挖掘工作后，人们必须有另外的职业，人工不够，这是因为我们国家没有失业的人。我学会了装配机器，从泥土工人成为机器工人了，洋灰、泥土工人和焊匠，我们是多么高兴地做工啊！我们也像其他城市的工厂的建设者一样，都知道这个工厂将使我们国家更加强盛和兴旺，将使我们的生活更加愉快。我们一天做十四—十五小时的工，从未离开建造地点。寒气锻炼了双手，斯大林格勒平原上冰冻的风吹刮起来就像利刀一样刺骨，可是我们都像前线战士那样勇敢，我们自觉地持续不断地工作，工厂的各个厂间在我们手下建造起来了，我们完成建筑工作后开始学习，学会了装置炼铁机器。当我们亲手装置化铁炉时，科学把我们提高到了新的程度，我们都会学成为炼铁工人，以前的泥土工人、木匠，在新的厂间开始了新的劳动，于是创立了工厂，而工厂把我们变成了熟练工人。工厂是我们亲爱的厂屋，同时又是教导我们的父亲。德寇向我们伸出了毒爪，驾着成千架飞机飞到我们工厂上空投掷炸弹。我曾向自己炮兵连的人说：'我们向野兽报仇！'当德寇坦克向工厂居住区前进时，我们准备严厉地打击它！德寇八辆坦克向我们炮兵连这里爬来，坦克后面随着德寇自动枪射手，我们来多索夫中尉下口令说：'为我们"红十月"报仇，开火！'我们开了三炮，德寇两辆坦克停下不动了，可是其余的坦克还继续前进。当时我们反坦克枪射手都向敌人开火，又焚毁了两辆坦克，敌人第五辆坦克已进到离我们炮兵连四十公尺远的地方，我们又以准确的火力把它打坏了，德法西斯的兽兵们都从被焚烧的坦克里跳出来。可是他们一个也没有逃的了，全被我们消灭了。希特勒匪徒的进攻被打败了，在工厂居住区附近停下了六辆被打坏和焚烧了的坦克。在这坦克的周围，躺着五十多具德寇自动枪手的死尸。我们是这样地报复了希特勒匪徒向炼铁工厂厂间投掷炸弹的禽兽行为，我们炮兵连要清算的账还多得很。为我们的居住区，为我们幸福的青年生活，为我们建造的每一块砖都要与德寇算清楚。"

"你们的炮兵连参加战斗多久时候了？"

"在战线没有接近我们这里以前，我们在工厂还没有停止工作；

在战线接近我们这里时,我们就起来保卫我们建造的工厂,我们的炮兵连已参加了三十八天的战斗。在这期间,我们消灭了敌人七十六辆坦克,将近一〇〇辆装载弹药的汽车和辎重车,把敌人兵士和军官送到鬼门关去的有将近二〇〇〇人,我等不及医治好伤就要走,必须回到斯大林格勒去。你相信吧,我经常想念我们的炮兵连,在工厂居住区的我们冶金工人,这是一些什么样的人啊?他们像钢铁一样。而我们的炼铁工厂是全国闻名的。"(莫斯科广播)

(《晋察冀日报》1942 年 11 月 24 日)

活跃在德占领区的苏联游击队

【新华社延安二十一日电】在苏联前线与被占领区仅"游击队"三字，便使德军恐惧万分。这种现象可以从德国官兵许多日记和家信中看出来。最近卡佩尔士兵在致其妻的信中称："此地所有平民均携带其家中牲畜离开村庄参加森林中的游击队，我们每日都遭游击队的攻击。当我们到车站取供应品时，游击队即向我们射击。他们在路上埋设地雷，我们每夜都在战壕内，以防突然袭击。我们将不能征服游击队，他们的数量正不断增加着。"

白俄罗斯、列宁格勒、奥勒尔、斯摩林斯克、契尔尼科夫、威米契以及许多其他地区的游击队运动曾发动规模宏大的袭击，游击队奇袭铁路公路，无情地消灭希特勒匪徒，并破坏桥梁、军事根据地、仓库、电话、无线电等，彼□给予敌军以重大的打击，造成使法西斯侵略者不能接受的损失。

德军指挥部已无数次被迫承认苏联游击队在德国占领区的活动造成德军严重的危机，德军企图以最残酷的方法粉碎人民解放军运动，他们不断派遣武装"讨伐队"至游击队活动的地方，但无任何收获。

游击队给予希特勒匪徒的极大打击，可从下列事实看：最近两月中，在明斯克某区活动的游击队使敌军车十一辆出轨，并毁公路桥梁二十五处、摩托车十八辆，焚粮食库五座。该游击队在与敌人的战斗中，毙敌官兵一百八十一名。

在某地区活动之某游击队，在一次组织得很好的进攻中，击毙希特勒匪军三百名，炸毁开往前线之德军车一列，游击队与配有坦克车及装甲车之大部德军恶战数日。在这一次恶战中，德军被击毙达四五百名，游击队毁敌装甲车两辆、机关枪二十挺、载军火之大车八辆，炸毁敌军火站数处,破坏间隔堡垒三十座。

游击队员瓦西利的英勇事迹可作为游击队典型的英勇模范。瓦西利接到命令去炸毁敌人火车,他毫无疑虑地带着地雷向铁道出发。为了避免被发觉,他藏身于深至颈部的沼泽中,等待中烂泥附着他的身体,他感到不可忍受的寒冷,一直到火车开到眼前了,他开始爬出沼泽,爬到火车司机与德守卫军的前面布置地雷。既已如此接近地雷,载重的火车不能及时停车,于是连士兵与所载的军用品都翻倒出来。此次希特勒匪徒五百名毙命。

游击队员明钦科在某一次战斗中,英勇地受了伤,但他并不离开战场继续作战。明钦科因流血过多被德军所俘,在被询问的时候,他不回答德军官之任何询问,于是希特勒匪徒决定当众杀死他。据其行刑者称:明钦科在被枪毙前,一直保持沉默,但在最后数分钟,他突然高叫:"开枪吧!我决不出卖我的国家,决不回答你们的质问。"

青年游击队员加尔雄找着一个手榴弹,将手榴弹系于小棍上,潜至德军司令部,利用军官们集合的时机,将他的"礼节"从窗户抛进去,因此德军官被炸毙十二名。(塔斯社通讯)

(《晋察冀日报》1942年11月26日)

苏联英雄阿拉金兹的荣耀

由牧童出身当了红军的师团长

齐卡洛夫省加里宁集体农庄的庄员，都知道阿拉金兹。他的父亲在国内战争年代被德寇匪军野蛮地屠杀了，这是他亲眼所见的事情。当时这个十四岁的小孩子，就宣誓要为他的父亲报仇，而坚定地保护苏维埃政权。

阿拉金兹的故乡——加里宁集体农庄，这里的人们从小就说他是很好的工作人员，他会骑马，而且很活泼很勇敢。后来，他到故乡军队中去了，不久这个集体农庄的牧童很快就升为机枪排的排长。年轻指挥官因卓绝的才能受到政府的高度奖赏，政府曾以两次红旗勋章奖赏了他。后来由于创造了巨大的功勋，他获得了苏联英雄的光荣称号。

阿拉金兹的故乡——加里宁集体农庄获得了这个消息，都很骄傲，并引以为荣。在保卫祖国伟大战争期间，同乡们都很关心阿拉金兹的战斗事业。一九四二年九月，他们曾接到了消息：阿拉金兹已升为同乡师团的司令了。他率领着自己的师团，正保卫着斯大林格勒。阿拉金兹师团，冲破敌人防线，开始粉碎德寇匪军。

不久以前他的故乡——加里宁集体农庄，向同乡师团送去了大批的礼物，阿拉金兹从斯大林格勒写来一封回信，其中写道："我们在这里——在斯大林格勒近郊街道上，我们每天都要击退敌人十二次或十二次以上的冲锋，只是在城内一天的战斗中，我们就打死了两千个德寇，消灭了敌人十八辆坦克、三十辆汽车。"阿拉金兹最后号召他的同乡在后方刻苦劳动，尽量帮助前线。

在阿拉金兹的故乡——加里宁集体农庄中，在齐卡洛夫省一切集体农庄中和一切企业中，都宣读了这封信，他们会以新的生产热情来回答自己同乡这封回信。老年农民米哈诺夫，开始大大赶超自己的工作计划，两个幼年的集体农庄庄员即佛斯克特夫和米诺金纳，在一个工作班内都完成三个工作定额。在各工厂广泛地展开了帮助同乡师团的比赛，国防工业正给阿拉金兹师团出产炮弹和枪弹，经常在自己的计划以外多出产许多炮弹和枪弹。

在庆祝伟大十月革命节那天，曾接到英勇将军阿拉金兹发来的电报，他在电报中写道："德寇匪军企图以全力冲过伏尔加，他们把自己所有的一切力量都抛到这里来，他们在这里将把他们这一切力量损失干净。同志们请不要怀疑，我们是能把你们的希望实现的。"

这是先锋军战士所说的话，先锋军战士的话是很硬的。该省城市和乡村的劳动者，都以新的生产胜利来回答阿拉金兹的电报。在庆祝斯大林报告露天大会上，青年工人巴诺斯基道："我们应该学习我们同乡阿拉金兹，我们大家应该学习他那英勇坚定和刚毅的精神，应该学习我们同乡苏联英雄阿拉金兹杀敌的斗争精神！"（莫斯科广播）

（《晋察冀日报》1942年12月31日）

庆祝新年词

加里宁

亲爱的同志们！苏联公民们！男女工友们！男女集体农民们！苏联知识分子们！红军海军战士长官和政治工作人员们！男女游击队员们！以及暂时被德寇侵占的苏联区域内的居民们！向你们致新年的敬礼！

同志们！过去这一年是在保卫祖国□□□艰苦战斗的一年，当德军去年在莫斯科□□在战线其他地段上遭受失败后，希特勒强迫自己奴仆意、罗、匈，甚至强迫力竭声嘶的芬兰将自己所有后备人力交给德军指挥部支配，他从德国本国收集了一切力量，从法国以及被占领的各国内又收集了一部分军队，打算用这集中的强大力量在去年给我军以致命的打击。我现在不讲德寇打击的方向和其指挥部的阴谋，这在斯大林同志一九四二年十一月六日在苏维埃庆祝会上的报告中已完善地讲到了。我现在只是讲德寇指挥部的计划问题，这种计划成了法西斯军队力不胜任的计划。战斗带着非常激烈的性质，有时还带着非常残酷的性质，红军英勇地保卫着苏联土地，给了德寇以非常重大的打击，破坏了希特勒的阴谋计划，从去年战争整个过程看来可以确切地说：目前军事情况已较去年这个时候对我方而言更良好些，虽然□□□□时它给了敌人以沉重的打击。德军去年采取的进攻不是正面进攻，而且德军指挥部还未达到他所提出的计划。德军在战争过程中遭受了那样大的损失，以至其丧失了进攻的力量。我军英勇保卫塞巴斯脱波尔，曾使德寇军队花费了成十师团的代价，德军只是在斯大林格勒战线上的死伤就有数万人，德军在其他方向上的进攻，也遭受了巨大损失。德军去年所走过的道路，在每公里上所付出的代价，都大大超过他们以前牺牲的;同时红军准备了自己的力量,以便回击敌人。这一切,综合起来,就使得战争主动权又重新回到我们指挥部手中。我们指挥部立即充分地利用了他在奥特萨尼开兹附近给德军的打击,在斯大林格勒区域的进攻,在中央战线上的进攻,最后在顿河中部区域以及在北高加索展开的进攻,使整个苏德战线上的情况发生了有利于我们的变动。我们所开始的进攻,即从十一月十九日在斯大林格勒区的进攻,从十一月二十五日在中央战线上的进攻,以及十二月十六日在顿□□河区域的进攻,给了德寇这样巨大的损失,使其不能不影响到其他地段上。我军进攻的结果,俘虏了数万敌人,击溃了几十个法西斯的师团,缴获了大批的战利品,几百架飞机、成千的坦克、大炮、迫击炮、机关枪、自动枪和汽车,成万颗的炮弹枪弹,夺取了许多弹药库和粮食库,我军占领了二〇〇〇多个乡村居民点的中心点和城市。

同志们,过去的一年,我们必须指出在苏联全体居民中爱国热情的增长以及用各种各样的形式来帮助前线运动的增长的事实,男女工人工程师技术人员不断地改善苏联武器的质量,有系统地改善整个生产过程,加强劳动强度,这使得我们有可能不断地以武器弹药供给我们的红军和海军。在这一年,男女集体农民用了不少的智力劳力去扩大耕种面积,收获农作物,发展牧畜业,集体农民用劳动得到了丰硕果实。去年收成很好,而且按时完成了收割工作。

最近,自发展开的收集捐款建造飞机和坦克纵队的运动,男女集体农民成千的电报不断地寄给斯大林同志,他们兴高采烈地报告他们交纳了多少款项到银行以建造飞机和坦克,他们还补充向国家交纳粮食、肉类及其他农产品。这种高度的爱国主义的情感,最出色的就是很多民族共和国和遥远边疆省份的集体农民,不仅不落后于中部各省份,而且在交纳款项的数目上,有时还超过他们。我们集体农民对于苏维埃政权的忠实，对于人民领袖与红军统帅斯大林同志的敬爱，这很明显地证明苏联后方经过一年半的战争并未减弱而是更加巩固了。在与德寇强盗斗争中，各民族兄弟人民更紧密地团结起来了。我们知识分子从大学生到乡村小学教员都把自己一切知识和力量贡献给国家。在实验室、在研究室、在工厂作坊、在乡村实验场到处都沸腾着创造精神，以便达成这样的目的——把战胜敌人的事业加入军事行动中去。我们可以大胆地说，全国人民都紧密团结一致进行斗争以保卫苏维埃祖国，战胜德法西斯。不断地大批赠送前线的礼物，就已表明了人民对自己军队的敬爱。每个男女集体农民，甚至每个儿童都想方设法地用什么东西来表现自己对于红军战士的关心和注意。

　　同志们！旧的一九四二年已经结束了，他在我们人民面前留下了复杂困难的任务，同时对新年也开辟了良好前途。我们人民正更积极地给前线以更多的帮助，并且正以新的力量不断地增加这种帮助，我们军队不仅增强了防卫国土的经验，而且学会了厉害地打击疯狂的敌人。不管敌人怎样进行讨伐，反攻游击队，残酷地镇压同情游击队的人民，可是游击队运动仍在增长，给法西斯以更大的打击。现在有相当根据推断同盟国□□德法西斯斗争中的作用，将日益增加起来。全国军民都燃烧着把德寇从我们土地上驱逐出去的热情，我们都须用尽自己的一切力量、知识和经验去执行任务，紧密地团结在人民领袖和红军统帅斯大林的周围，而胜利一定有保障，胜利是属于我们人民的！向同志们致新年敬礼！（莫斯科广播）

（《晋察冀日报》1943年1月6日）

追念柯棣华

班威廉·克兰尔

死亡！在这斗争的时代里，当人们庆祝成千的法西斯匪徒在苏联前线上被歼灭的时候，当成百的青年战士从空中跳落到法西斯的战线里，抓住九死一生的一刹那给敌人以意外的打击的时候，当死亡已不是一个两个而是以百万计的时候，一个人的死亡怎会使我们感到踌躇呢？

人们早已很聪明地以抽象来理解死亡。有人认为肉体死亡之后还有灵魂生存，从生命到死亡不过像小孩子从睡梦中醒来那样容易。另一些人认为人的生命不过是物质世界的长河中的极短暂的一瞬。但是不管一个人怎样想用哲学或科学的统计、比较的方法来消除一个人的自然的情感，但当死亡降临到亲近的人的时候，除非铁石心肠的人才不会无动于衷！面对着亲爱的朋友的死亡，哲学失去了效用，数学也成为没有意义的事情了。

我们与柯棣华相识不过十个月，但初见时，我们就感到他像一位多年的老友。我们保持着通信往来，我们曾一起计划在大战结束后的和平世界中快乐的时光。我们从未想到死亡会粉碎我们新找到的乐趣。我们个人损失的感觉以及感受到的震动，对我们来说是重大的，但也仅是由于他的死亡而泛溢在全边区的感情的巨浪里的一小部分而已。

柯棣华不仅是他的亲近的同事们的朋友，而且是成百的曾受他医疗过的八路军青年战士们的朋友。在抗日根据地里，突然的壮烈的牺牲本是日常的事。但是，没有一个角落，没有一个山沟，不用一种个人损失的情感来哀悼既为朋友又为同志的柯棣华。

柯棣华是善于与普通的人交朋友的。我们曾看到有些人把友情当作一种别有目的的事情，当作提高自己的方法，这种人的死，与其说是个人的损失，毋宁说是一种宽慰。我们看到另一种人，夸大他们的特殊，装出一种高傲的知识分子的姿态，这种人的友情与他们的虚伪也是同样的卑鄙。柯棣华与这两种人完全不同，他的友情是自发的、诚挚的，丝毫不为个人利益的。他为了大众并且在大众之中工作着，他除了从他们之中得到一种情感的回答以外，他从未想从他所选定的终身事业之中获得任何报酬。他是一位青年有为的头等大夫，但在他的人格中，知识分子的高傲正如自私一样，是从来没有的。

柯棣华是一位安静的、有能力的、谦逊的、不自私的"君子"，是具有最好意义的"君子"，是这样的一个"君子"和一个同志。对于他，简直就没有种族、阶级、等级等等的人为界限。他与人类最崇高的友情的结合是有无上的价值，是他勇敢的活跃的生活背后的推动力量。

边区的干部和人民把他当作同志与朋友来哀悼，把他当作中印国际友爱的一个生动的象征来哀悼。柯棣华到边区来是代表印度国民大会履行援助中国抗战的决定。他拥护东方民族的团结，反对法西斯主义。

边区的干部和人民把他当作一位朋友来哀悼他，把他当作国际团结的象征来哀悼他，最后更因为他是一位良医而哀悼他。这里确实没有一个人能像他所做的那样来替代他的职务。像我们曾在以前的文章里讲到的，柯棣华是踏着死于一九三九年的白求恩大夫的遗迹前进的。若说柯棣华也会走这最后一步而追随白求恩大夫走向同样的命运，那实在是恶毒的讽刺了。讲起医生的英勇生活来，白求恩和柯棣华都非死于敌寇，两个人都是死于在职务上与之作战的敌人——疾病；白求恩是由于血液中毒而柯棣华则是由于癫痫。

聂司令员，他关心着边区八路军中每一个工作人员的安全与生活，他对于柯棣华之死，异常地悲痛，找不出适当的话来表现他的情感。我们曾看到白求恩卫生学校和国际和平医院的柯棣华的同事们所呈给聂司令员的详细报告，读之令人落泪。在字里行间我们可以想象出来柯棣华这个人，以愉快的微笑与身体的障碍作斗争的情景，内心已知生命已处于危境，但他的外表依然平静，从无一刻为个人的利益打算。最后，当弥留之时，死得实在凄惨，这样的死使他的同事们都束手无策，这样的死，是最残酷最无援手的余地的了。

这位三十二岁的青年，他被这么多的人们推崇为个人的朋友，他为部队做着一项非常的工作，他是国际友爱与和平的生动的象征！他为什么竟在青年有为之日死去？并且为什么竟死在十二月九日，一个这样接近太平洋战争周年的日子？和死亡一样，这种不幸的巧合是不会为人类的简单的思想所能理解的。纵然他不幸死亡，我们相信柯棣华的一生不是徒然的，我们相信他的崇高的牺牲是有价值的。

（《晋察冀日报》1943年1月10日）

纪念雷斯科娃少校的殉职

《真理报》

苏联英雄玛丽娜·雷斯科娃少校在执行任务中殉职了！

这一个苏联人民最亲爱的女儿，勇敢的长距离女飞行家的名字，在我们祖国的领土上，是极响亮的。雷斯科娃是年轻的，但她确是一个饱有经验的航空工作者。这一个天才的航空家、熟练的组织家，和极富信心的指挥员；她将她的一切兴趣的所长，一齐贡献给斯大林的飞行事业了！

在战事爆发以前，雷斯科娃就参加了航空工作，她的不平凡与多样的才干，原可以允许她在别的一切事业上有所成就。但这个我们祖国的真正的女儿，却决定献身于军事工作而服务于祖国航空学校的飞行实验室，置身于长距离的航机里面，充当空军联队中的驾驶员以至于指挥员。她的崇高的人格，经常在一些艰苦的事业里表现。一次连一次地飞行，一次比一次困难的：列宁格勒—莫斯科，莫斯科—塞巴斯托波耳—莫斯科，莫斯科—亚克丁宾斯克，塞巴斯托波耳—亚尔干日尔斯克，莫斯科—远东各个航线间往返的飞行，都已成为她不可磨灭的伟绩。

她所获得的这种辉煌的事业中的成果，祖国政府高度地赞扬过。她曾两度获得过列宁奖状，被授予"苏联英雄"的光荣称号。在多次的飞行中，她从不曾想要自己出风头，她和她事业中的一些战友们只是为着一个共同的目标而鼓舞着自己，那就是：准备着将来更多的必然到来的战争的试验，努力巩固祖国抗战的阵地。

在一部已经成为苏联青年最喜爱的读物的著作里，她这样写道："苏联的航空事业，一切为了保卫和平。我们祖国每一个人民都深切地了解：苏联航空事业中的每一个胜利，都是紧密地连接着我们自己国家的力量和社会主义祖国的保卫问题的。"

斯大林，苏联飞行人员的挚友和导师，他对于雷斯科娃和她的战友们的创造性的进步，是抱着无边的热爱和同感。在每一次她们完成了一个长距离的飞行之后，他总是祝贺她们，和她们在一起欢呼。当瓦令一、诺·格里梭杜布娃、波里娜、奥西潘科和雷斯科娃的飞机完成了从莫斯科到远东的飞行的时候，斯大林和莫洛托夫联名从遥远的莫斯科，拍发电报到克尔壁去祝贺这一批勇敢的飞行员的成功。那封电报里曾这样说过："你们以极大勇敢与极强技术的飞行，在极端困难的条件下，完成了你们的航行和着陆；这引发了全苏联人民的赞誉。我们为你们而骄傲，紧密地和你们握手。"

雷斯科娃，祖国英勇的女儿，不知疲倦地在为着巩固祖国的军用航空的力量而工作着。当伟大的爱国战争的炮声响起之后，她立刻投身正在前线活跃着的空军行伍中去工作。在她的指挥之下，许多在爱国战争的前线上作战的空军部队被训练出来了。

在祖国的土地上，针对希特勒最后的溃亡所进行的伟大的斗争中，已涌现许多创造出不少伟绩的妇女英雄；雷斯科娃这一光荣的女航空家的名字将要永远新鲜地留在苏联人民的记忆里！（本报转译：莫斯科十一日塔斯电）

（《晋察冀日报》1943 年 1 月 14 日）

纪念柯棣华大夫

巴思华

新华社延安电：反法西斯英雄柯棣华医师病逝后，在延印度大夫巴思华特为文纪念，题为《纪念柯棣华大夫》，兹将其全文广播如下：

一九四二年十二月九日，特瓦堪南特·伊特拉姆·柯特尼斯在中国的敌后抗日阵地晋察冀边区逝世了。一九三八年九月，我们一同受了印度国民大会的委托，受了印度人民的委托，来援助中国人民的伟大解放战争。中国抗战方在获得胜利之际，他却于四年半的辛勤工作后一病不起，战友云亡，我永难抑制自己无限的悲悼哀痛。

他的死因，是由于癫痫病。一九四一年夏季初次发作以后，隔了长时又发作过，这种病虽然不常致死，但是如果转为连续性发作是有致命的危险的。患这种病的人，不适于战地工作，柯棣华大夫把自己的全部精力，贯注于医疗中国的伤病员同志的工作中，竟然完全忽略了自己所冒的性命危险。他的病最后突然成为连续发作，虽经他的优秀的同事，和北平来的奥国医生傅莱大夫的治疗，终于不治，他病逝于为纪念三年前逝世的加拿大白求恩大夫而创办的国际和平医院第一分院，他的遗体被安葬于晋察冀边区烈士公墓，在白求恩大夫墓地的旁边。逝世之时，他年方三十二岁，正担任着医院院长和外科主任的职务。

柯棣华大夫一九一一年生于孟买夏拉普尔城的一个有教养的中下级家庭，他在家庭资助下，受了开明的教育。从孟买大学医科毕业以后，他在孟买最大的一所医院任两年外科主任，并从事一年的生理试验工作。他非常努力进行学术研究，曾经参加过英国皇家外科医学会的考试。他一九三八年加入国民大会援华医疗队,来华后曾在汉口、宜昌、重庆各医院工作,后随队来到延安,在八路军模范医院任外科及X光工作。一九三九年的我们和安达华大夫一同被派赴华北前线工作,到过许多抗日根据地,如冀南、冀西、冀中、平西、晋东南、晋察冀等地,协助改进当地的医务工作。一九四〇年秋,我和柯棣华大夫到达晋察冀时,八路军的百团大战刚好开始,他立即率领一个医疗单位负责一部战区的医务,日夜不息,紧张地工作起来。一九四一年,他就任白求恩医校附设的国际和平医院第一分院院长,除行政工作外,他还照料二百五十个外科病床,负责手术室和教育学生外科学术的工作。他每天平均要做二至三台手术。从一九四一年初,到一九四二年夏季,他亲自动手或在他直接监督下做的手术有六百多台次,其中包括切断百分之十二、×肠手术百分之十、腹部手术百分之三(其中空肠及胃肠手术占百分之一),其余的百分之七十五中,包括复杂骨折、骨髓炎、神经手术及少数妇科手术。敌后情况和后方是完全两样的,那里敌人每年都要进行几次大"扫荡",每次"扫荡"医院便成月地辗转在山岭转移隐蔽,上述的一年内,敌人的六次"扫荡"便占去了他很大一部分时间,这大大加重了他的工作量。在艰难工作中,他已锻炼成为精于战地医务和外科经验丰富的医生了。在他逝世之前,他正在编写一本外科教科书,供给战地医务的需要,即将脱稿之际,他已不幸去世了。

柯棣华大夫属于印度的马拉特族。马拉特族以勇敢出名,在印度历史上无与伦比。七世纪时,中国的名僧玄奘便曾夸赞过这个民族。柯棣华大夫从少年时起,便表现了这种特性,勇敢果决有反抗压迫的独立思想,富于民族精神,他对祖国解放和反法西斯事业的责任感与义愤是卓绝的。当我们离印抵渝不久,他的父亲去世了,家庭处境十分困难,他是家中的长子,所以家人敦促他回去,但是由于反抗法西斯的决心和对印度人民委托援华的责任心，他决心留华，继续执行自己所负的任务；同时他无时不惦念着祖国的解放事业。太平洋战争爆发，特别是缅甸沦陷，日寇逼近印度国门，任何时候均可攻击印度之际，他时刻准备着以在华四年余的丰富经验，回到印度，为祖国的前方效命。

在敌后长期坚持工作过程中，由于敌人的"扫荡"，工作和生活都是很困难的，但是他从不介意自己的生活，他表现出了非凡的勇敢负责、优秀的组织才干和外科技巧，所有病人对他都深怀感激，他不仅给他们以细心治疗，而且带给他们以无限同情和安慰。

他是一个过惯严格纪律生活的人，不管什么工作，在他手里总是有条不紊地执行出来。

他在学习中文上，是非常热心坚持与有耐心的，他那么努力学习，在来华短短几个月内，他已经能够讲流利的中国话，两年之后，他已经能阅读一般报纸和较浅近的书籍了。他曾说："要了解一个民族，必须从了解其语言文字及历史做起，否则便无法真正深入了解他们的内心。"以我所知他真正热爱中国人民，超过任何我所认识的外国人。正因为如此，他的不幸逝世被成千朋友无限痛苦惋悼并永远不忘。

柯棣华大夫是三十二岁的青年，他有着远大的前途，可惜逝世得太早了。他热望看到自由的中国和自由的印度，希望此两大民族，为其解放繁荣进步而携手并进，他已为此伟大事业而尽力，他又为此伟大事业而牺牲了。他的工作还未告成，我们一定要继续下去，如果必要为了实现此伟大事业，我们将不惜牺牲自己。

柯棣华大夫逝世了，中国失一良友，印度失一明星，然印度民族，将为其光荣伟大的儿子而骄傲，他勇敢坚决不怕牺牲毫无私心，为了中印两大民族解放事业，而与中国同志携手奋斗直到最后。

这是觉醒了，同时还被奴役着的印度人民，历史上第一次派遣了他们的代表来到兄弟之邦的中国，协助他们反对奴役的战争。这也是第一个真正的印度人民的代表，他今天已为了此伟大事业牺牲了，自己埋葬在所热爱的邻邦的土地上，他已经属于英勇的印度的烈士，他并将成为印度人民的先驱。无数争取解放的印度人民，将追随他们的英雄柯棣华的榜样，为此伟大未来而坚决奋斗。

我想这个未来是不远了。

(《晋察冀日报》1943年1月22日)

边区第一届参议会观感

班威廉 克莱尔 作 刘何 译

参与这次稀有的盛会,对于我们是一个重大的经历。在这里我们愿意向邀请我们出席这次参议会的召集人致以谢意,并把我们对于这个参议会的观感简单地写出来。

第一个印象似乎是很表面的,就是参议员的各式各样的服装、帽子、鬏发、年龄和土话等等。但是这种表面的印象也有它深刻的意义,这种复杂的形色说明了这个会议有代表全民的性质,在边区只要存在着某一种类型的人,就会有它的代表来出席这个人民的议会。

其次我们感觉到各色各样的一群人在参议会中都表现得十分坦然,他们举止和谈话正好像在他们自己的村里开会一样。他们没有任何像我们西方旧式的民主政治活动中异常矫揉造作铺张夸大的那个特点,这些人似乎是生在已具有几百代历史的民主政府的环境中,民主似乎已经成为他们第二个天性。

他们没有一个人是经过这种会议的场面的:一个洋式的礼堂建筑在一个僻静的小山沟里,这座礼堂在这样的一种环境是很稀奇的,也正如这样的议会在中国人民的历史上的稀奇是一样的。八路军能在这样的物质困难条件下建筑这样的礼堂是被人们赞赏不止的。

我们对于宋主任关于边区政府五年来的工作报告,和参议员对于这个报告的补充的意见和正确的积极的建议,确实有很深刻的印象,没有任何像旧式的民主政治中常有的为讨论而讨论那种浪费时间的现象。最有意味的是那位冻伤了手的老年人的讲话。特别是他比较了目前的真正民主的议会和当年袁世凯时代的第一届议会与曹锟时代国会的贿选。每个参议员对□这个议会,真正是他们自己的议会,而政府是真正的人民的政府——而不是什么旧式的衙门这一事实都是引为十分骄傲的。

其次，中国共产党北方分局提出的双十纲领，被大会毫无异议地接受了；实际上，一切无党派的人士对于双十纲领的发言都完全是拥护的意见。给我们印象最深刻的是国民党代表发言表示对于这个纲领完全拥护，表示在抗日民族统一战线之中的真诚的合作。

大会对于《边区参议会组织条例草案》《边区参议会参议员办事处组织规程》《边区行政委员会组织条例草案》《边区法院组织条例草案》等的顺利通过也给了我们很深的印象。这些提案没有让人怀疑其中包藏有任何诡计的地方，是真实的民主的条例，不是使一般老百姓难以了解的那种模糊的官样文章。

这种民主政治的朝气，在选举中表现得最为明显，大家都有高度的热情，在很长的检票时期大家的精神一点都不松懈，选举的结果也是很有意味的。我们对于边区行政委员会具有包括各方面人士代表的性质，对于正副议长都是大学教授，对于行政委员会和驻会参议员一些人们的年龄之轻，以及虽然这个议会是年轻的革命的，但大家对于年老的参议员□依着中国传统的礼节十分尊敬，都有很深的印象。

选举之后接着讨论租佃债息条例和统一累进税税则。给人印象最深刻的就是在讨论中，地主与农民、军队与政权工作者等等都以诚恳的、友谊的、幽默的态度来进行讨论，为了抗日民族统一战线的利益，任何一方在任何时候都准备与乐意接受照顾各方面的解决办法。

对于我们，这种在中国长期阶级斗争中所传□下来的两个敌对的□□的□快地接近启示了中国将来的繁荣。这个参议会是一个理想的实现，是由一个梦而变为事实。边区一千多万人民是从□统的封建压迫下面拯救出来，是从今天掠夺的法西斯主义的魔手下面解放出来，而且获得了科学的民主政治。在晋察冀群山之中已创造了一个奇迹。

虽在完全为日寇包围和不断为日寇袭击的环境中，但人民已经完成了一个不流血的□命，已经达到了很大的成功，这种成功可以说是近代史中民主政治的建设上一个向所未见的极为重要的试验。

让我们一齐欢呼参议会闭会时的口号：团结抗战！团结□□！

(《晋察冀日报》1943年2月19日)

岩崎一等兵的新生

小岛金之助

  岩崎一等兵,很早就知道八路军和反战同盟的一些事情,当他驻在马头(郯城属)据点的时候,曾认识一家中国的老百姓,打听□到八路军来的路线。开始这家老百姓不敢相信他,后来看他态度很严肃,才相信了,不仅告诉他八路军的情形,而且还说他们家里亦有人参加过抗日,后来被日军打死了。

  自从这时起,岩崎和这家老百姓的关系更加密切起来,他们对岩崎想到八路军来的事,给过许多帮助。

  一月十九日的夜里,所谓"明朗化"的郯城,突然被八路军重重包围,机枪和手榴弹,像雷电一样向城门急发着。被困于城里的几个日本兵,恐慌异常,都要求"指导官"设法增调援兵。可是那位"指导官"却气昂昂地说:"怕什么,城里有我带领的县警备队,比你们还行呢。"但是到了二十日的早晨,南门终于被攻破了,县警备队全部投降了八路军,退守炮楼的日本兵,都亲自看到,各处来的援兵是一次一次地被打回去了。

  这时岩崎一等兵心里想:"难道甘愿死在这里吗?不,我的希望并不是在炮楼里等死。"他停止打机关枪,并向他身边的士兵说:"你好好想一想,我们还是找条活路吧!"这时疯狂的曹长大声地喊:"你为什么不打机枪呢?"但比□比、比的机枪子弹已打到炮楼里。轰!炸药爆发了,岩崎随着这一震天的爆炸声,坚决地由炮楼跑下来。他听见背后曹长向他喊:"你跑到那里去,你还是个日本人吗?"接着就是发了两枪,都从岩崎身边擦过。

  岩崎一等兵就这样逃脱成功了。当他和反战同盟的同志见面时说:"真惭愧,没有把炮楼里面的伙伴们,全部救出来,让他们牺牲了好几个,这是毫无价值的牺牲呵。"

从此岩崎一等兵,开始了新的生活。(新华社稿)

(《晋察冀日报》1943年3月6日)

穿军服的姑娘

穿军服的姑娘们，我们苏联的人民是如何荣耀钦敬地看待你们啊！每个居住在苏联的人，当他们听到穿军服的姑娘们自我牺牲的消息时，他们是如何欢欣鼓舞啊！我们赞美你们在与敌人进行斗争中营救伤兵的模范行动，歌颂那会使用机关枪、步枪、手榴弹和乐于忍受在敌人炮火下的军事生活的困难的姑娘们，穿军服的姑娘们呀！我们歌颂你们的勇气和你们对于祖国的忠诚。是的，要有勇气，因为每个人都知道和自己的家庭分离是不容易的一件事，抛弃少女的快乐习惯是不容易的一件事。

当工厂司机生的阿丽娜投入民众武装团为自愿军而到列宁格勒战线上时，她自己便感觉到战争的火焰像烈火一样地洗□她，燃烧她。她第一次参加战斗是很可怕的，只有第一次受伤的人，才知道这点。她们彼此间相互地安慰着。

两颗弹丸穿入了她的脚，弹片伤了她的胸膛，但拉加还是跑上前去，将伤兵拖到炮弹坑里去。伤兵，着□，□出了叫痛声，拉加的心□□□因为悄悄地□□。伤兵安慰拉加，拉加替伤兵裹好伤口，并替他换上外衣，然后费了很大的气力把伤兵拖到卫生处里去。第一个被拉加营救的伤兵，拉加是终生不会忘记他的，因为他是第一个与拉加同甘苦的人。过了几星期之后，拉加接到了伤兵写来的信，在这封信上伤兵热烈地感谢拉加。从那个时候起，拉加已不止一次重复读了这封信，然而到现在，拉加在敌人火力射击下，在战场上，营救的伤兵及其枪械已不是一人而是九十五人了。

目前，拉加已参加过了许多次的战斗。这些战斗使拉加的眼光更加锐利了。拉加有一天在一个乡村内遭到敌人的包围，她与一部分红军战士□□出路，最终她终于找到了出路。不久以前，列宁格勒方面军的军事委员会以列宁勋章奖赏了拉加，因为拉加为祖国建立了功勋。

有两排红军战士向一个乡村进攻，再前进三十—四十米远，兵士们便可达到村垣的一座小房。但是敌人如□雨点般的机关枪、迫击炮□火力使他们不得不卧下。他们卧下了，德寇兵士不断地射击，他们不予进攻者以抬头的可能，拉加这时也全身紧靠在地下，乡村就在前面，乡村已离得很近了，但是敌人的火力却没有休止。在这时大家都有一种感觉，即是在这种火力猛烈射击下，谁也不能前进了。忽然之间有一位姑娘站起来了，风吹动着她的外衣和她的头发，她站着不动，□这样站了有几秒，然后她将满装药品的卫生袋紧挂在身边□□而挺身向前了，红军兵士也都站立起来。拉加看到这种情形，便奋不顾身地急步前进了。"跟我来呀！去杀敌人！"拉加这样喊着，全体红军战士都跟着拉加向前冲锋。乡村被红军夺取了。像这样英勇的穿军服的姑娘们，像这样执行某种有重要意义的甚至是危险的战斗任务的光荣的穿军服的姑娘，真是不少。

一九四一年十月，在莫斯科城各区编制了许多自愿兵营来保卫京都，卡明□纳欧自愿军登记处设在农民会馆，这时有两个姑娘来登记，这就是坎巴斯林纳和杜阿尼娜。这两个姑娘在保卫祖国的战争中，表现如此的英勇和勇敢啊！"苏联英雄"——这就是苏维埃国家给她们的最高奖赏。

穿军服的姑娘们，我们今天是如何地想多谈谈你们啊！这儿，我们再谈谈十九岁的女青年团员米希契查夫。这个女青年团员原来是在乌拉尔做工的，后来她加入红军当自愿军，她研究了高射机关枪学，并得到了上等兵的军衔。她现在已荣获红旗勋章和特等机关枪射手的徽章。我们还要谈谈伊布勒纳这个巧妙的观测手，驱逐机跟着她发出的讯号飞上天空，或使我们的高射炮开火射击，伊布勒纳已得到了部队指挥官的八次感谢。像这样的姑娘是很多的□须要写无数的诗歌和音乐去赞扬她们，须要来表扬她们是如何地为人民幸福而奋斗着，她们是如何巧妙地战胜敌人。

　　这些姑娘们心坎中的坚强精神，是从什么地方得来的呢？她们的这种伟大力量是从什么地方产生出来的呢？"爱护自己祖国""爱护自由"——这就是我国穿军服的姑娘们心坎中坚强精神英勇性、坚决性和大无畏精神的源泉。（莫斯科广播）

(《晋察冀日报》1943年3月17日)

走向新的战斗和胜利

——为斯大林五月命令而作

在环绕着急风暴雨的反希特勒侵略者的爱国战争中，苏联人民在五一的阅军场上，检阅了他们的军事力量。苏联人民在战争中度过他们的五一节，这已经是第二次了。在这一天之中，我们最高统帅苏联大元帅斯大林天才的语句，广布了全世界。

斯大林五月节的命令，是一种具有历史性的特殊意义和伟大的动员力量的文献。苏联人民不屈不挠对敌斗争的精神，不可震撼的自信心，和对卑鄙德意志法西斯侵略者的痛恨，都一起在斯大林这一命令的深刻的意义及其特殊性中洋溢着。对于爱好和平的人士们所发动起来的反对德意志阵营的战争，在这一命令中是有着极清晰与极深刻的分析。

在将近两年的时光中，苏维埃红军光荣地经过了反对法西斯匪帮们的战争中的一切考验。红军更证实了苏维埃人民的信心。冬季战役的结果，告诉了全世界——红军的作战力在增长，红军不只攻克了一九四二年德寇所占领了的地区，还解放了在德寇手中约一年半的许多城镇和乡村。红军给予了德寇深重的打击，消灭了希特勒匪徒大量的人力和物力。而红军在斯城的胜利，更是在整个伟大的爱国战争史中，写下了最光辉灿烂的一页。

最近，卑鄙的敌人已经有机会尝试全体爱好和平的人士所结成的作战同盟所给予他们的打击的分量；正当红军在冰雪满目的俄罗斯歼击着希特勒匪徒的时候，我们盟军的队伍也在非洲炎热的沙漠中歼灭着德意的匪军。希特勒的鲍鲁斯元帅，在红军的空前大围歼之中，损失了三十万以上的兵力；同时他的隆美尔元帅，正在吹牛说就要拿下埃及的时候,自己被赶到狭窄得可怜的海岸地带上去了。"英勇的英美空军给予德意军事及工业中心以粉碎的打击,预示着对德意法西斯的欧洲第二战线的建立。"(斯大林语)

让希特勒冒险家们继续去"鼓动"已经被一些虚构的故事弄昏了头脑的德国人去吧!他们说,在西欧是有着所谓"中国的长城"。每一个人都知道,希特勒是害怕我们的联邦在西欧有所行动的。这有很多理由:他们不知道也不可能知道打击究竟要从哪里来,但他们都知道被奴役者对法西斯奴役者的怒焰是如何的深重,而这一种怒焰,现在已经在欧洲普遍地燃烧着。

盟军的飞机,向德意各个大城市投下了上万吨的炸弹。从前希特勒希望战事能够在远离他的边界的地方进行,现在他知道这样猛烈的空袭,已经是大祸临头了。斯大林的命令强调了这样的一个事实,那就是——在战争中还是第一次,由于红军在东线的一击,而引起了我们盟邦军队在西方也进行了同样的一击。"这一切情形,已经摇撼了希特勒战争机构的根基,已经改变了世界战争的进程,并造成了战胜希特勒德国的必要先决条件。"(斯大林语)(《真理报》社论)

(《晋察冀日报》1943年5月5日)

苏联敌后游击点滴

老塔拉什——"游击队的祖父"

在白俄罗斯的森林地带,被称为"游击队的祖父"的伏勒地米尔·塔拉什也在这一次来莫斯科领取苏联最高当局的奖赐。塔拉什在内战时期里,曾和他的子弟们一起对波兰侵略者做过斗争,他两次被敌人逮捕,被判处死刑,一次他事先脱逃了;一次,他临到最后的瞬间,把守兵的枪夺下,打死了他,自己安然逃脱了。

他到莫斯科以后,领受了当局所颁给的第一等"爱国战争的游击队"勋章。他说:"我最初聚集了三百多人,这三百多人,一直在一道在各地杀着敌人。每当敌人退却的时候,我们便得到一次充足的装配。现在正是和从前我们打波兰侵略者的时候一样,德寇已经不敢再听见我们这一支队的名字。"

前天《红星报》曾刊露过他的照片,这引起了许多红军的将士写信来问他的通讯处。莫斯科现有的游击队员,日前曾召集过一次有他参加的"祖父和孙子的游击队员大会"。在这个会上,老塔拉什告诉他的孩子们说:"孩子们,我告诉你们,我这双老眼睛在这一次德寇侵占到我们土地里来时,曾目击过德国人在白俄罗斯烧掉一个连一个的村庄,把无数的妇女——你们的母亲和妻子、孩子——你们的弟弟和儿子,投到火焰里去。告诉你们,我还亲眼看见了我自己的孩子,大尼拉和米□立——他们也都是老头儿了——□被德国人用木棒毒打着,逼着问他们究竟我的队伍在什么地方。但,孩子们,这些我亲眼见的德寇,我都叫他们在我自己或者我的弟兄们的手里送掉性命,而这也是唯一叫我得意的地方。"

老塔拉什今年整整一百岁了。

爱沙尼亚的游击队活动

游击队员甲穆斯前天从爱沙尼亚来到了莫斯科,他已经参加游击队十四个月。他说:"现在爱沙尼亚的民众已经有三分之一,被德寇掠夺到德国去做工,这批被掳掠去了的人们在过度的劳动和饥饿之下,大部分都已走向死亡。他们一离开爱沙尼亚,便已经是负着绝望之心,走向地狱。他们一天的工作时间,经常有十八小时到二十小时。在'新秩序'的命令下,农民们被迫把所有的收成交纳德国占领当局,当作军粮;有不愿交纳的,便须被处死刑和无限期的劳动。虽然如此,爱沙尼亚的民众,对红军和境内的游击队表示了无限的热爱并给予了不少的助力;这一点,甚至德国法西斯报纸自己也不能否认。在爱沙尼亚的德国匪徒,是日夜都处在爱沙尼亚人民的仇恨的大海上。塔林的无线电广播,每天都要宣扬着维兰地马和塔尔图马各地军事仓库被焚和塔林到塔尔图马铁路线被破坏的消息。游击队的名字在这些广播里,虽然不被提到,但在民众们的心里,却是铁一样地铸上了。莫斯科和列宁格勒的广播,在爱沙尼亚是通过每一个老百姓的口来传播着一切的消息。爱国者号召民众积极参加对敌游击斗争的宣传品,是普遍地经常地在各个角落里出现着。"

(根据十六、十七日塔斯电讯编写的——编者)

(《晋察冀日报》1943年5月21日)

林迈可先生在文联二次代表大会讲话

在一个社会的文化提高以前，必须使每人都受过大学教育，能奏□亚□或者懂得牛顿运动定律，或者封建时代的知识阶层所认为必须的一些特质，这是一种错误的想法，我们应该把农民从那种错误的想法里解放出来。

自从抗战以来，文化运动已大大地改变了华北农民的生活，为了实现文化运动伟大的期望，这样的一个文化运动是必须的。

据我所知道和看到的，边区的文艺作品大多是用西洋形式表现出来的，特别在绘画上，虽然主题是中国的，但表现却是西洋的，音乐也有这种倾向，这或者是一个兴趣问题，但它的发展前途，是很值得讨论的。

任何□的国家，艺术都包含了时代传统的形式，如在欧洲资本主义发展初期和以后，北欧各个国家和意大利，虽然时代不同了，但在艺术上仍有很多相同的地方。中国传统的艺术在欧洲都是很有名的，这说明了历史传统的艺术的影响很大。欧洲文艺复兴时代，不少成功的艺术作品接受了外国的东西，同时又接受了传统艺术的东西。单纯抄袭外来的东西和抄袭传统的东西，都不会收得良好的效果。再举一个例子：中世纪时代罗马帝国征服了不列颠，英国单纯想学罗马的东西和欧洲各国纯抄袭外来的东西，都不能收到良好的艺术成果。

中国的社会有很大变化，中国艺术不可避免地要受到一些外国的影响，如边区的绘画，接受西洋的东西也是很多的。在外面，我看到过这样的画：一方面有西洋的优点，一方面又保留了中国民族艺术历史传统的特点。这是我觉得很亲切和喜爱的，是很成功的作品。但在边区，我没有看到。

据我了解，完全利用西洋艺术的形式和方法是不合适的，譬如拿气候来说，英国在冬天的气候很阴湿，而中国却是晴朗，中国的房子都是北房，这才能冬暖夏凉。协和医院照西洋建筑方法，盖的全是东房西房，所以住起来，夏天很热，冬天必须多加煤火，是不很舒服的。这是我举的一个例子，说明完全接受外国东西是不合适的。

我的话就是这些。

(《晋察冀日报》1943年5月26日)

农民社会的文化建设

班威廉

　　班威廉先生在文联第二次代表大会期间,向大会提出这一篇论文,原文用打字机打出,约五千字,兹把该文大意简述于后。

人们曾认为创造地利用空间便是文化,但是空间是一个可以伸缩的概念,而并不严格地依赖于经济条件,一个富有的美国工业大王也许比一个阜平的农民更少空间,而实际的农民可以比一个工业大王成为更真实的具有文化的人。在贫穷的社会,空间实在是一个重大的社会问题,旧的封建的社会机构使一小部分人获得大量的空间,而这一小部分人就是统治阶级。这个阶级把文化发展到相当的高度,古代的东方文明和欧洲中世纪的伟大的艺术成果,完全是由于封建的统治阶级,以被压迫群众的牺牲而换得来的空间……自然科学基础也是由这些人建立的,但是,这是某些个人违反阶级利益而进行的叛逆活动的结果。另一个亲切的例子,就是在我们眼前的这么多的出身于旧的统治阶级的封建家庭的儿女,为着中国的民主革命而热情工作着。

抗战以前,华北的农民被遗弃于没有任何文化武器来抵抗敌寇奴役他们的阴谋的情况。因此,摆在抗日根据地的组织者面前的任务,就是供给人民以具有足够的力量来抵抗敌寇进攻的文化生活。根据地文化工作重心应该从仅为向农民进行文化的进攻而转变到在农民本身当中建立起民主政治的文化。由特殊的文化工作者所进行文化上的进攻和一个文化运动是有显著的区别的,在文化的攻势中,凡是足以适应目前反对日寇的紧急需要和提高人民的积极性、以唤起人民抗战的兴趣与情绪的方法,我们都可以运用。但是人民的文化建设是一个完全不同而且是一个极复杂的问题,五四运动的重大意义并不是在于许多领导的知识分子的参加,而是在于这个运动刺激了哪些知识分子更加努力于群众的文化建设运动。

目前边区学校教育的方针完全适合于这些要求，教学方法和教育内容是和儿童的家庭日常生活密切联结的。这不只建立了固有的文化的基础，而且救济了经济的困苦，因而有能力来过文化生活。这个问题包括着过去六年来已经很好地做过了的伟大的扫除文盲运动。所以我们不能把农村的文化建设当做牺牲农民的经济生活，而以艺术的创造来互相赏玩，也不能只当做有过特别训练的人们所进行的文化娱乐，我们应该把农民社会引导到能从他们日常生活之中吸取最大的文化价值，我们必须帮助农民使其具有文化的意识，正如他们有政治意识一样。

成年教育应该集中在使农民对于他们自己从土地上所获得的是生活技能感到骄傲，对于他们生活中的风景□美□感到热爱，对于他们耕耘的土地的□□能够欣赏。这个运动可以通过县与县、村与村的展览、竞赛和娱乐来进行，看谁家庄稼种得好、菜种得好、牲畜喂得好、鸡蛋下得多、羊毛出得多、奖励纺棉纺毛纺得快的、鞋做得结实的、养羊有特别技能的等等。

这样的一种文化运动，我们可以把它看做和俄国工业中的斯达哈诺夫运动一样，农民的整个精神都可使用在日常的斗争之中，同时日常的斗争也可有助于人民的精神、文化的生活，以乡村的清洁与整齐而感到光荣会有助于卫生与公共健康，以乡村的美丽而感到光荣会有助于植林运动，奖励技能与力量会提高工作效率与反对散漫与马虎，这样的一个文化运动不但不会消耗社会的经济资源，而且实际上会有助于根据地的经济力量，而且对将来和平时期也会有重大意义。

（《晋察冀日报》1943 年 5 月 26 日）

告日本国民书

冈野进

亲爱的同胞们、亲爱的士兵兄弟们：

"中国事变"爆发以来，已经过了六年悠长的岁月。这六年来战争逐渐扩大，今天已波及整个东亚，将十亿人民卷入战争的惨祸当中。这六年来，二百万以上我们的弟兄付出了他们的鲜血，他们的一千万家族在痛哭，还有七百亿元庞大的人民财富化为烽烟，六百亿元的公债沉重地压在国民的背上。这六年来，朝鲜以及中国和南洋的人民流了多少血泪，他们所受的损害究竟如何巨大，是谁也算不清的！

这六年来，我们日本国民大众的生活一天比一天坏，一天比一天穷，就连政府也发表了今年的国民生活要比去年降低百分之十五，但实际上并不止此。劳动者的收入，除受法律限制到最低限度外，在其仅有的收入当中，将近一半要为储蓄、租税、献金等所剥夺，现在即使有钱，但由于物资上不足和统制，在街头店内也看不到要买的东西了；此外每天要动员做义务劳动和防空演习，连休息的时间也没有，即使有休息的时间，调剂精神和娱乐的场所也关闭了；并且还有什么《国民征用令》，连妇女和小孩都不知道什么时候会被征调到什么地方去做辛苦的劳动……这样在"战场生活"的名义之下，国民生活的一切都被推入黑暗的深渊，极度的过劳，营养不良和不安，不论都市或农村，都成了普通的现象。

看看都市的工人和普通的职员吧！在"职域奉公"的口号下，他们的劳动时间无限地延长，工作可怕地繁重；但薪水却被《工资统制令》钉住了，毫无增加；《工厂法》实际上是废止了，工厂中经常出事，每天都会有负伤的人，他们老早就没有选择职业和工作场所的自由,每天只是在严厉的监视之下,埋着头继续激烈地劳动;……这就是今天工人和职员们的生活!他们虽然被称为"产业战士",但其实和监狱工厂中的犯人有什么地方不同呢!?

再来看一看农村吧!农村的青年全被赶上战场和军需工厂去了,马被征发走了,肥料得不到手;可是佃租和战前一样并未减少,甚至有些地方地主还乘机抬高佃租,农民如若不从,土地便要被地主强收回去;此外农民还要被迫喊着"增产粮食",从早到晚像牛马一样激烈地劳动;然而辛辛苦苦得来的收获,大部分被政府以赔本的贱价,强制地收买去了,弄得农民自己种的米自己也吃不饱,越是努力生产,越是贫困挨饿。这就是今日农村的实际情形!

知识阶级也是一样,他们的学术研究,他们的职业、言论、生活,他们所有的一切都受着严厉的限制。我国早已没有科学和文化了,只是泛滥着有利于杀人、讴歌战争与野蛮的东西;学校中也没有了学术的自由,教科书被军部的宣传所代替,学生不能从事学习,军事教练和义务劳动浪费掉许多时间,因此学生学力低下,落第者激增,虽政府也为之吃惊,但这是当然的结果。

中小工商业与和平产业因军需品"生产力增加"毫无幸免地被牺牲了,这些工厂的机器当作废铁被送给大军需工厂,许多小工场和商店被迫关门,这些经营者马上失去了家业,改行也不行,陷于彷徨街头的惨境;侥幸尚能继续营业的,也因原料、动力、机械、贩卖等一切皆被严厉统制,赚不了钱。

再转看前线吧!和国内一样,士兵的生活也日益痛苦、日更危险了。由于兵员不足,不能不以少数的部队担任战斗或警备,所以危险大增,训练猛,规则严,打耳光之类的暴行甚盛,新兵没有不哭的日子,军队里人权完全遭受蹂躏;所有的给养可怕地变坏了,连饭也吃不饱,去年增加了薪饷,但同时酒保(军队内的商店)的价格也涨

高了，而且将近一半的薪饷当作储蓄和其他用途而被扣除，"恩给制度"却废止了，因此军部虽在名义上增加了薪饷，而实际上却使士兵生活比以前更坏，这难道不是流氓和骗子所干的事情吗?！此外战争即将结束、可以早日回家的希望完全破灭，故乡的书信，尽是诉说生活的痛苦；……这就是今天日本的军队！其实所谓日本军队，就是牢狱的别名；但军队比牢狱还要坏，因为成千成万的无罪的青年，在这里并没有判决死刑，却要变成活的枪靶。

其次看看政治方面吧！事变以前，我们总还多少有着自由（虽然只是一点点），工人和农民可以组织工会、农会和政党，某种程度以内尚可举行改善生活的罢工、租佃斗争和示威运动，知识阶级在某种程度内尚可言所欲言；但现在这一切皆遭受禁压，全部的勤劳者被强迫加入资本家和地主领导的"报国会"；《战时刑事特别法》连人民对政府失策的批评也当作犯罪而严加处罚，这样下来，所谓保障"言论、出版、集会、结社自由"的宪法条文，现在全被军部的铁蹄蹂躏得干干净净；人民的一举一动，无时无刻不在警察、宪兵、警防团、翼赞壮年团、邻组、五人组等等的监视当中，如果稍有自由的语言行动，马上就遭受处罚；……这些到底和监狱的囚犯生活有何区别呢？

再者在事变以前，还有政党，有选举，有议会，虽然这些都并不是充分代表人民的意志和利益的东西，但还允许有某种程度的自由，但今天政党被解散了，仅有政府御用的翼赞政治会存在，选举变成了只选军部和战争的赞美者的工具，议会变成了只是无条件赞成政府提出的庞大军事预算和议案、拍手欢迎东条大将的演说的剧院，选举和议会便这样地被军部绞杀掉了。现在的我国，完全没有自由和民权，人民呻吟在军部法西斯独裁之下，我国复活了德川封建时代的黑暗野蛮的专制政治。

战争为着什么

上面所说的，是"中国事变"以来我们日本国民大众在战争当中所得到的东西，这是血和泪的海，是军费公债租税的山，是过劳和衰弱，是不自由和牢狱，是军部的口号、皮鞭和刀剑……除此以外，还能得到什么?!

但是为什么我们非受这样的痛苦和不自由不可，究竟为了什么呢？

这不都是为了战争，如果没有战争，当然不会有这样的事。东条在议会上也这样说道："国民为了胜利，要忍受不自由，要经得起熬煎。"

本来假使这个战争是真正的正义战争，是真正为我国国民的利益和幸福的战争，是真正为了东亚民族解放的战争，那么我们国民就有忍受任何不自由和艰难的决心；但现在军部所进行的战争，究竟是不是这样的战争呢？

回头看一看"满洲事件"吧！军部曾经向国民说：这个战争是为了"建设乐土""建设独立满洲国"的战争，从那时起，已经过了十二年，那么到底在满洲建立了什么样的"乐土"和"独立国"呢？如大家所知道的，那里仅仅建立了关东军阀和满洲重工业会社（鲇川、久原财阀）的乐土，"满洲国"皇帝和政府不过是日本顾问的傀儡罢了。这不是公开的事实吗？"乐土"也好，"独立国"也好，仅不过是军部和财阀要掩盖其真实目的的借口而已；而我们国民为了达到他们的目的，偿付了巨大的牺牲，这就是"满洲事件"的真相。

接着"中国事变"发生了，军部随着战争的发展，提出了花样翻新的口号，什么"东亚和平""建设新秩序""日支共存共荣""从美英手中解放中国""中国的独立"……但日本军部实际上在中国干了些什么呢？杀戮了千百万无辜的人民，烧毁了无数房屋，占领了比日本本国还大的土地，掠夺了全部重要的资源而已。在那里引来了日本资本家，建立了"开发会社""振兴会社"以及杂七杂八的许多会社，尽量榨取中国的资源和人力，攫取巨利，以供军部和资本家瓜分。的确，军部大肆宣传汪精卫的"南京政府"成立了，治外法撤废了，中国"独立"了，但是这和"满洲国"的独立是一样的诡计，三岁小孩也知道"南京政府"的实权是握在日本军人和大东亚省的官员们手里，汪精卫和"满洲国皇帝"不过是异曲同工的傀儡。军部和财阀以这种装样子的"独立"来欺骗与怀柔一部分中国人民，以便更易于统治与榨取中国，但是大多数的中国人民，并没有被这诡计欺骗。事变以来，虽已经过了六年，但不仅抗日军队就是在日军占领区内的中国民众也仇恨日本统治者，不断反抗日军，不是现在还不能保持"治安"吗？……这样看来，"中国事变"只不过是以我国国民莫大的牺牲和负担建立为着军部和财阀的利益的"新秩序"而已，这难道还不够明白吗？

　　再后来"大东亚战争"爆发了，军部每天疯狂地宣传建设"大东亚共荣圈"，"东亚民族从美英帝国主义下解放出来"……于是东条给缅甸"独立"，答应菲律宾"独立"，但这些"独立"和"满洲国""南京政府"的"独立"是同样的冒牌货，巴茂和瓦尔加斯是和满洲皇帝、汪精卫一样的军部的傀儡，这已用不着说明了。但是拙劣的傀儡戏马上就要露出狐狸尾巴，且看马来、爪哇、苏门达腊、婆罗洲，这些拥有丰富资源的广大土地，东条不是连缅甸和菲律宾那样的假独立也没有给他们，反而声明它们完全是日本的领土吗？再把南洋的地名改为日本名字，强迫人民学日语，把学校日本化，这不是殖民地化又是什么呢？就看这些还不明白军部所宣扬的东亚民族的"解放"只是一句谎话吗？"大东亚战争"真正的目的不是解放东亚民族,而是野蛮贪婪的日本军部和财阀要来掠夺富饶的广大土地来作日本的殖民地。在这战争中,牺牲的还是我们的国民,得利的却是军部和财阀,建立的是军部和财阀的"共荣圈"。

军部喊着目前的战争是"从美英帝国主义的统治和剥削之下解放东亚民族的圣战",假使真的这样,那么军部应立刻撤退全中国、"满洲国"内和南洋广大的日本军队和官吏,将这些地方日本的权利归还各民族,建立各民族自行选择的政体和政府——这是真正的解放,军部会这样干吗?不,绝对不会。

如果军部真想消灭帝国主义的统治和剥削,好吧,立刻给朝鲜、中国台湾民族完全独立,不,在解放其他国家人民以前,首先消灭本国国内军部的独裁和资本家地主的剥削,将我国人民从本国帝国主义的暴虐之下解放出来——但是这样的事情军部不愿也不能做,这连傻瓜也清楚的。

因此军部所宣扬的独立、解放的口号,不过是为了欺骗国内的人民,以便贯彻他自己及其党羽的野心的无耻的呓语罢了。

同胞们!

"满洲事件""中国事变""大东亚战争"……是这样在扩大着,而且每次军部所挂的招牌都不同,但是有一点是共同的事实,就是这所有的战争,都是为了军部和大财阀的利益而进行的,我们日本国民大众只是偿付了难以计算的牺牲——就是这点铁的事实。

看吧!大军需资本家利用这个战争,一面喊着"灭私奉公"等好听的名词,其实却从军需订货和对外投资中获得莫大的利润,用"统制"使中小资本家与和平产业资本家破产,在自己手中集中垄断着巨大的财富,成为经济的独裁者,这是公开的事实。

还有大地主从"粮食增产"和政府的补助金获得巨大的利益,并因军需投资而分享军需景气的恩典,也是公开的事实。

而军部呢，虽然喊着"排除资本主义的营利主义"，但实际上却勾结着大军需财阀，直接间接分享他们的利润，譬如东条大将的儿子和弟弟就和三菱、川崎军需财阀勾结在一起，就是一个例子；其他大小军人在日本、朝鲜、满洲、华北、华中、华南、南洋等地，从财阀那里得到很多好处，也是公开的秘密。现在国民生活的一切遭受严格的统制，但只有资本家的利润是例外的，就从这一点，也可以洞悉军部和财阀的勾结。

再者，军部利用了战争，掌握着日本政府的独裁权，将人民变成自己的奴隶，像牛马一样驱使在战场上，高级将校以千万士兵的枯骨博取金鵄勋章（日本的最高勋章）和巨额的恩给，在中国占领区和南洋，军部都是政治经济一切的专制君主。

以上这些事实，不是把战争真实的目的和性质清清楚楚暴露出来了吗？军部非常害怕我国国民知道这个事实的目的，乃用无数关于"崇高的战争目的"的欺骗宣传来蒙蔽国民的耳目。

日本国内的同胞们！前线的士兵兄弟们！

现在诸位所进行的战争以及为此而偿付的无限牺牲，绝不是为着"崇高的理想"，实际上是为着日本统治阶级——军部"官僚"、大财阀、大地主等等——的独裁和利益，为着他们侵略他国、奴役他民族——总之，是为着他们填不满的欲壑。所谓"八纮一宇"的口号，不外是要奴役全东亚人民的东西。

我们国民任何一滴尊贵的血汗，绝不应该花在这种可诅咒的非正义的战争上面，这种强盗战争，必须立即停止，只有早一天停止这种战争，才能免除我国和东亚人民无谓的牺牲。

怎样停止战争

那么怎样才能够早日停止这场战争呢？

这首先就要打倒军部，即剥夺军部在我国军事、政治上的特权，将他们从军事、政治的统治地位上撵走。因为军部是中日战争的发动者，战争的实行者，从战争中获得最大利益的人，因为军部同时又是我国独裁和反动的主要支柱，大财阀和大地主的拥护者，我国人民的吸血鬼，东亚人民的刽子手。

因此，只有打倒军部及和他勾结在一道的党羽，在我国建立起真正代表人民的意志和利益、为人民所支持的人民政府之后，战争才能停止，我国以及全东亚才有和平、幸福、光明、解放的前途。

立即停止战争，打倒军部，建立人民政府——这一定要成为爱好正义的我们全体人民共同的口号。只有这个，才是值得我们不惜一切牺牲为之奋斗的崇高的目的。

然而究竟这个目的能否实现呢？

能，一定能够，一定要实现！

那么怎样才能够实现呢？

原来我国一切的军事、政治、经济都是依靠我们劳动人民的力量来推动的，如果工厂工人停止制造军需品，运输工人停止输送武器，公事房的职员停止工作，农民拒绝向政府和地主缴纳粮食，前线士兵停止作战，水兵不开军舰……这时不管将军们怎样挥动他的指挥刀，大臣和公司经理如何"阵头指挥""亲自监督"，但战争早已不能继续，政治、经济也会僵住不能运转了。——由此足见劳动人民的力量如何伟大！

因此，如果工人、职员、农民、士兵以及知识阶级中小工商业者、其他所有战争的牺牲者、所有军部的反对者——即占我国全人口百分之九十五的国民觉醒起来，团结一致，反对战争和军部，那就一定可以打倒军部及其党羽，一定可以立刻停止战争。在我国没有任何人可以抵抗这一伟大的国民团结——人民战线的力量。

从何着手

要组织这样伟大的团结和战线,首先应当从什么地方着手呢?这就要从身边眼前的事情着手。

首先必须竭尽全力来唤起国民的自觉。国民大众的力量是伟大的,但其力量之所以没有实际表现出来,主要就是因为他们受了军部宣传的欺骗和迷惑,因此必须使他们了解战争的本质,知道军部的罪恶,进而决心为反对战争和军部而斗争。只有这个时候,他们才能获得不可战胜的力量。

同时,全体国民必须为着拒绝战争的负担和牺牲,为着保卫自己的生活和自由,团结起来,进行斗争。这个斗争,将唤起国民作为劳动阶级、被压迫阶级的自觉性,使其加强团结,感知自己的威力而获得胜利的信心。这个斗争,将摇撼日本的战时体制,削弱军部的力量。这个斗争,就是组织广大的人民战线的出发点。现在我们国民各阶层有着非立即贯彻不可的许多的要求,这就是:

工人和职员要求——废止薪水限制令、增加工资、废止强制储蓄和献金、缩短工作时间、恢复工厂法、解散产业报国会和组织工会与罢工斗争的自由,应征期中发给全部薪水等等。

农民要求——废止强制收买粮食和征发牲口,廉价供给肥料和农具,减租和禁止收回土地,延期偿付债款,废止无报酬的劳动,解散农业报国会,组织农会与租佃斗争的自由等等。

知识阶级要求——反对军部对科学、艺术、文学等等的干涉,学生要求——废止义务劳动和军事训练,学术的自由和校内的自治,组织学生自治和体育运动的自由等等。

中小工商业者要求——反对为大财阀利益而实施的"超重点政策"与统制,完全保障因此而牺牲的工商业者的生活等等。

应征的士兵家属要求——生活的完全保障,立即归还丈夫、兄弟和儿子等等。

前线士兵要求——改善给养、严厉禁止打耳光虐待、外出、读书、集会的自由,及时遣送满期兵士回国等等。

为全体国民共同的要求而斗争

上述国民各阶级迫切的要求,才是我们斗争的第一步,我们必须进一步为以下的全体国民共同的政治、经济的要求而斗争,这些要求就是:从空袭危险的重要都市疏散妇孺老弱,用政府经费设置完备的防空设备,将防毒面具无代价地分发给全国全体居民等等。

废止强制储蓄、献金、缴纳物资,废止义务劳动等等。

降低物价,供给充分的物资和改善配给制度等等。

彻底减缩军事费,以此救济战争的牺牲者,以此改善国民生活和提高文化,全部战费由发动战争者负担,极度减低人民的租税等等。

全面废止《总动员法》。

废除《战时刑事特别法》《治安维持法》及其他压迫人民的各种法令、言论、出版、集会、结社、示威运动的自由,立即释放政治犯等等。

我们还必须为剥夺战争和反动的元凶——军部——所有的一切特权(帷幄上奏权、军务大臣军人制等等),为反对军部对于政治、经济、文化的干涉,为使我国军事与政治民主化而斗争。

为了使我国政治民主化,首先我们必须要根本改革选举法,废除关于选举及被选举的一切限制,至少要给二十岁以上的男女以选举权,普遍、平等、直接、无记名的投票权;再则必须将我国战争宪法加以重大的改革。根据上述选举法,成立民主的议会,给此议会以全权、正式组织人民政府,这样代表人民意志和利益的民主政治,才能初步在我国实现，我们必须为这样的政治改革而奋斗！

我们必须以全力为实现以下要求而斗争——立即结束战争，立即撤退全中国和南洋诸国的日本军队、军舰和官吏，废除日本政府、资本家在其他国家的权力，保障这些国家的独立和主权。

以群众斗争来达到目的

到今天为止，不管政府、议会和政党，都不仅没有拥护上面所说的全体国民迫切的要求，而且还彻底反对，因为这所有的机关，都被军部、大资本家、大地主支配着。

因此这些要求如果和平合法地向政府、议会、政党请愿是绝对不会被采纳的，只有我们大众一致团结，以群众的压力来争取，除此以外，便没有贯彻要求的方法。群众的威力，只有当群众组成了团体，才能充分发挥。

但是过去我国所有自由进步的群众团体，都被军部解散了，现存的只有军事的、爱国主义的组织。如各种"报国会"、邻组（类似中国保甲制度的组织）、町内会、青少年团、妇人会、在乡军人会、壮年团等等，所有这些组织，均由军人和官吏领导，其目的在于支持战争和军部。不过这些东西，今天在我国都是唯一合法存在的组织，其中多数人是被强迫加入的，或者是因不自觉而参加的。不管哪种组织，我们劳苦大众都是主要的会员，因此我们不要因为这些团体是反动的便退出来，而是要在那里面积极地活动，但我们积极地活动绝不是当军部的走狗，而是要抓住会员大众不满和痛苦，切身的要求，为解决这些问题，为反对领导者反动的、反人民的言行，为排斥他们而工作。

以这样的活动来提高群众的阶级觉悟，使群众识破战争和军部的本质，使群众勇于斗争，使群众和上层领导间的对立尖锐化，以至使团体自身丧失力量或引导其走向崩溃的道路。

然而我们不应停止于团体内部的工作，还必须不管军部和政府的命令组织群众起来斗争。

我们号召：

工人恢复工会，农民恢复农会，学生组织学生团体，工商业者重新组织自主的同业工商会，士兵组织士兵委员会——并组织这些团体的共同委员会。

工人发动罢工，农民发动租佃斗争，工商业者发动对政府的抗议运动，士兵发动群众请愿运动。

从工厂、家庭、学校、兵营跑到街头，喊着我们人民的口号，发动大规模的游行示威。

为贯彻共同的目的，在全国普遍地组织町民大会、市民大会以至国民大会。

这样当全国民众发动巨大的行动，像怒涛巨浪一般冲击着军部及其党羽的时候，那么他们的命运到底能够拖延几天呢？军部是一定要崩溃，民主的新日本是一定要出现的！新日本的人民政府就建立在这种伟大的人民团结和斗争的基础之上。

证明大众的斗争是怎样伟大的事实，在我国历史上，自古以来就有很多，较近的有大正七年（一九一八年）的"米骚动"，由于全国人民的蜂起，当时的反动"寺内"内阁倒台，其后的政府不得不向国民作许多让步。我们国民必须从这次"米骚动"学习尽可能多的经验教训。

共产党员们、旧日本无产党员们、旧社会大众党员们、旧工会会员们、旧农会会员们、旧文化团体会员们、旧学生团体会员们、消费合作社社员们、青年团大众、妇人会大众、工商业同业会大众、各种"报国会"大众、在乡军人团大众及其他所有诚实进步的人士们！你们彼此紧紧地携起手来，团结你们一切的力量，为实现上述目的组织一个伟大的勤劳国民运动——人民战线，这就是我们全体国民心里对于各位的期望。事实上，我国的兴亡全在你们的肩上。

参加到日本共产党的队伍中来

今天我们劳动大众的双肩担负了伟大的历史的使命，这就是为着全体国民共同的目的，将国民各阶层各式各样的要求和行动统一汇合起来，结成全体人民的战线。

然而在这运动当中，必须有推动这一运动的中心力量，这力量就是工人阶级，特别是工人阶级的先进分子，而献身于完成这一任务的就是我们日本共产党。

我们共产党自大正十一年（一九二二年）成立至今，尽管受着警察和军部的不可名状的弹压和迫害，仍二十一年如一日地经常为保卫劳苦大众的生活和自由站在大众的前头奋斗。当"满洲事件""中国事变"爆发的时候，不管社会民主主义的领袖们如何把这些战争颂扬为"圣战"，并支持了这些战争，共产党却对此非正义的战争进行了英勇的斗争；对于"大东亚战争"也进行着决死的战斗，这从政府官吏口中也泄露了这样的事实。

我们共产党最后的目的是取消资本主义制度，实现没有阶级和剥削的共产主义社会。共产党曾向我国国民宣传这一目的，但是完成这个目的，并不是当前的任务，这是我们工人阶级及其同盟者特别是贫农将来的斗争所应达到的目的。

当前的任务是为保卫劳苦大众的生活与自由，打倒军部，立即结束战争而发动包括全部战争的牺牲者的一大国民运动。

现在我们共产党处在极端秘密的状态下，还是弱小的，但我国劳苦大众同情共产主义思想，支持着共产党的纲领和政策，这是在今年春天的议会上为大臣们公开承认的事实,党如没有群众的支持,便不能存在。我国劳苦大众和一切进步分子特别是旧日本无产党员们,旧社会大众党员们、旧工会会员们、旧农会会员们勇敢地加入到党的阵营中来!在党的口号之下,为完成我们光辉的使命而奋斗,这是你们唯一正确的道路,将来是我们的。

为军部的失败和崩溃而斗争

实现我们目的最有利的条件,无论在国际国内,都正在急速地成长着。

日本的盟友德国在斯大林格勒的全军覆没,北非意德军的惨败,欧洲第二战线的迫近,意大利、德国国内的不安和动摇,两国占领区内反德、反意人民武装斗争的激化等等。

在东方解决"中国事变"绝望,美军德国夺回瓜达康纳尔岛,联合舰队司令长官山本战死,阿图岛上日军全部被歼,美英军对日反攻准备的增强,特别是美国飞机对日本本土空袭的迫切等等。

上面所说的欧洲和东方的新形势,表示了什么呢?这表示反轴心同盟国的力量已压倒了轴心国的力量;表示直到去年夏天为止,还处于守势的同盟国已开始巨大的反攻,而战争的主动权已转入同盟国手中。

同盟国的战略是首先击溃希特勒德国和意大利,为此目的,最近英美将在欧洲开展第二条战线协同苏联红军夹击德军,这时希特勒就要崩溃,这一点连日本军部也承认了,而这个时机已经迫近。

其次,同盟国的战略是在打垮希特勒以后,集中全力于东方来击溃日本军部,这时不管军部如何发挥其"精神力",但毫无疑问,它将屈服于同盟国方面惊人强大的武力之下。单拿太平洋战争中起决定作用的飞机和舰船的双方的生产力来比较一下吧,今后一年间,美英两国的飞机生产量约十五万五千架，造船量约在二千二百五十万吨，而日本呢？就给它多算一些，充其量飞机生产也不过一万四千架，造船也不能超过一百万吨（连占领区的造船力亦在内），这样同盟国和日本的力量对比飞机为十一比一，造船为二十二比一。这就好比横纲（日本头等摔跤大力士）和小学生的角力一样，胜败自明，军部重蹈希特勒的覆辙是不可避免的宿命，而这个时机也并不是太远的将来。

然而军部向国民宣传什么"必须战胜，如果失败，便要变成英美的殖民地"。这不过是军部例行的欺骗宣传。谁都晓得，这个战争并不是因为美英为了要将日本变成殖民地而发动起来的，倒是日本军部及其党羽为了要把南洋变成自己的殖民地，才向美英挑衅发动了这场战争。现在美英和我国作战，为的是要击溃日本军部。退一万步说，假定美英有将日本殖民地化的意思，但现在日本政府战败绝不会使我国变成殖民地。

且看二十五年前俄国的例子吧！大家知道，帝俄吃了德国一个大败仗，跟着社会主义革命爆发，工人和农民掌握了政权，于是世界列强对此年轻的苏维埃俄罗斯进行了联合武装干涉，然而这个俄国不但没有成为列强的殖民国和二等国家，反而今天成了世界上的头等强国，还击退强大的德国军队！这就是因为在俄国建立了代表人民利益、为人民所拥护的牢固的工农政府，因为这个政府在正确的政策之下，全国人民像钢铁一般团结起来，不惜一切牺牲和外来的敌人作战。

这情形对日本来说也是一样的。如果我国国民成立人民政府，像苏联人民一样，全国一致团结，为了民族独立，和外国侵略者英勇作战，那么我国绝对不会有变成殖民地等等的危险，危险的倒是战败的结果，把军部政府推倒之后，人民政府不能成立，成立了资产阶级政府，这时资本家为着保持自己的地位，可能向外国出卖我们的祖国和国民，因此为了防止这种情况，无论如何，必须建立人民政府。

我们日本人民，现在不是要政府战胜，而是欢迎它战败，并必须以全力使其战败，理由是进行"大东亚战争"的是现政府，即军部及其党羽，战败就是他们的失败，他们的失败，就是他们军事的、政治的力量的削弱，就是他们的崩溃，这就给我们以最好的机会来打倒他们，建立人民政府，建设新日本。在沙皇俄国，工人和农民也利用了俄国政府的失败，而取得了天下。因此军部的战败，就是打倒军部，人民获得胜利的道路。相反地，如果军部在战争中胜利，那就是他们力量的增强，他们之所以拼命向人民喊着"胜利胜利"，其实也不过是要拖延他们的独裁和生命罢了。

军部的胜利，就是人民的倒退，军部的失败，就是人民取得胜利的捷径。

全国人民大众同胞们！你们决不能受军部宣传的欺骗，你们在工厂中、在铁路和轮船上、在公事房、在农村、在学校、在兵营、在军舰上不要为着生产力的增强而是为着它的减退，不要为着军部的战胜而是为着它的战败献身工作吧！这就是你们解放的道路。

胜利的条件在成熟着

上述欧洲和东方战局对日本军部的不利状态和大规模战争的长期化，给日本国内以深刻的影响。

经济力的消耗将达到顶点，国内和占领地的物资，几乎已经全部动员，老弱妇孺也都动员起来了，国民的生活痛苦也将达到顶点，虽然如此，正如大藏大臣所叹息的：生产力还是没有增加，经济破产的危险是增长了。

再者，统治阶级内部也发生了激烈的纠纷，这从六月召开的临时议会中的混乱情形及翼赞政治会的分裂便可以看出，东条内阁动摇起来了。

一般国民的情绪，也和开战当初迥然不同，疲劳困顿、不平不满、对前途不安、动摇、厌战……这些情绪在工人、农民、知识阶级、中小工商业者当中广泛地传播开来，"恶性的流言蜚语"到处都传布着；还有工人的罢工，不管政府如何弹压，也没有绝迹，这些事实，表示着民众已开始逐渐从军部的欺骗当中觉醒过来，开始发动群众斗争。

在前线的士兵当中，疲劳、不满、悲观、厌战等情绪也成长起来，自杀、逃亡、反抗上级、自动投降中国军队等等事件也增加了。

在这当中，日本共产党不屈不挠的斗争仍在继续，党的影响在群众当中扩大了，这一事实连政府在议会上都公开承认了。

还有在日本统治下的各国形势也颇为不妙，军部尽量宣传朝鲜、中国、南洋占领区的民众，感谢日本的统治，安居乐业，但这也是撒谎；感谢日本的只是少数没有民族意识的败类，大多数的民众对暴虐的日本统治者怀着无限的仇恨、憎恶和反抗心。朝鲜的民众对中国抗日战争如何同情、如何尽力援助，已是众所周知的事实；而中国人民今天依然顽强地和日本军队作战，也是公开的事实。在菲律宾、马来、爪哇其他南洋各地人民是怎样在继续反抗，也是不可掩盖的事实。这许多人民准备着当日本发生军事破绽的时候，一齐奋起推翻统治者。"共荣圈"不过是沙堆上面的楼阁罢了。

向着胜利前进

上面所说的内外各种情况，说明了什么呢？这说明了我国人民大众在反战、反军部旗帜之下，进行群众斗争的有利条件正在迅速地增长着。

全国劳苦群众们，特别是它的觉悟的战士们！

过去七十五年间吸尽我国人民膏血的军部及其党羽,"中国事变"以来使我国生灵涂炭、将东方全体人民任意蹂躏的军部及其党羽——现在他们战败和崩溃的时期已迫近了,他们的丧钟响了,你们组织全体群众的力量,向他们冲锋的时期已经到来了,你们在各自的岗位上联合同志开始斗争的时期已经到来了。

由于希特勒的失败,日本军部在国际上已经孤立无援;相反地,我们国民却得到了亿兆的盟友和援助,即朝鲜、中国、南洋各地被压迫人民,美、英、苏及其他二十余国的反法西斯阵营的人民——全世界十五亿的人民也成了你们的战友或支持者。

而这些战友又正在准备给共同的敌人——日本的军部及其盟友德、意法西斯——以致命的打击。在世界历史上,第一次出现在这种巨大的世界统一战线的前面,日、德、意的战争狂不过是风前之烛,他们一定失败,我们一定胜利!

同胞们!兵士兄弟们!进军的喇叭吹响了,前进吧!

高举起全人民光辉的旗帜,在这旗帜之下战斗,必要时就死在这旗帜之下,这样的死,才是真正的"名誉的战死"!

在这旗帜下面,写着:立刻停止战争,立即从中国、南洋全境撤兵,打倒军部,打倒战争政府!

建立人民政府!

建立和平自由的日本!

东方人民的共同斗争万岁!

世界反侵略统一战线万岁!(新华社延安电)

(《晋察冀日报》1943年9月1日)

外国记者眼中的重庆

爱金生

大建筑物越盖越摩登，万千难民却没有房子住

在抗战第八年夏天的疲劳里，重庆在一种懒散的惰性中徘徊着，最后只有敌人来到大门口，才能把这种散漫的、漠不关心的态度为之改变。

对于一个离开重庆一个半月以后又回来的旅客，一些表面的改变，在他看来，似乎很是惊异。两座三层楼的大建筑物已经矗立在中三路上了，它们站在建造了五年的一些破烂的房子中间，格外显得不可忍受的摩登。

在重庆，这儿或那儿，都可以看见许多新的建筑物，无论在什么地方，只要有一个未建筑的小山顶，泥水匠便会在那里盖起一座新房子来，但是许多新的建筑，没有一点意义，它们不过表现过分拥挤的中国战时首都，永远没有足够的地方给千万的难民居住，它们不过表现这里的政府有着无数的附属的机关。

重庆实在没有改变。

辛勤的建筑工人，仍然用可怕的声音打破黎明的静寂，挑水夫仍然担着两个水桶，排着队站在给水栓那里。骨瘦如柴的人力车夫，仍然拥挤着在路上奔跑，喊着要人避开的警告。茅屋里的小孩子，站在窗子外面唱着中国歌和《我们的肯搭基老家》（美国名歌之一——编者），不知不觉地表现着一种国际性。

甚至在酷热的晚上，歌声在热空气里震荡，尖锐的乐队弹奏着刺耳的歌声中，戏子们的半裸着的孩子，挤在舞台的两旁，望着他们精

致装束的父母，傲步在舞台上。

可怕的麻痹和盲目的乐观

在这古老陈腐的城市里，差不多每件事物都深深地包藏起来，不受战争命运所影响，好消息和坏消息，对于日常生活了无生气的暗流，都不会发生什么影响了。

当重庆在这种疲劳的、漠不关心的情况中时，它却渲染了乐观主义，最近河南与湖南的军事挫败，便为怒江前线和缅北的相当好的消息，以及联合国家在太平洋和欧洲的不间断的胜利所调和了。

重庆这些人，以为这一个星期以前受到威胁的，最近好像过渡到另一次缓和；中国是习惯于坏消息的，而且已历经种种任何人所能记忆起的危机，仍然不像有什么真实的决定会发生，何况还有一点非常好的消息，就是今年米谷的收成，这收成可以消除中国最大的忧虑。

米的价格已下跌了百分之二十，猪肉和牛肉的价格还照旧，鸡蛋仅仅稍微提高，棉花也并没有涨许多。

当联合国家的军队朝着柏林前进、美国海陆军朝着日本前进的时候，中国囤积商人深恐胜利逼近，开始抛出囤积的货物了。

现在是放弃一党专政，组织联合政府的时候了

表面上，重庆统治的小宇宙停在濒死的阶段，没有什么事情来兴奋人民忍耐的、习惯的和高度的表面的镇静，这种表面的镇静是不可信的，河南湖南的失败，和日军迅速地从长沙侵占到衡阳，是更清楚地告诉每一个人，中国的军队经过八年的抗战是衰弱了，而且比许多的人民所想象的还更为疲弱。

在人民大众正面批评之下，政府和军队的领导较前更为软弱，当中国政府的形势衰败的时候，显然地国民党比任何时候都需要愿意反

抗日本的各派的支持，现在已到了放弃一党专政而组织联合政府的时候了。

重要的政府官员们，在光亮的汽车里通过人力车混乱的街道，让他们通过以后，重庆的污秽的、喘息的行人又合拢起来，然后又继续高声叫卖着他们的货物，继续肩起他们的重负，如同以往数百年的情形一样。(译自八月十六日《纽约时报》新华社延安十月十七日电)

(《晋察冀日报》1944 年 10 月 19 日)

我从中国解放区回来

——录自一九四五年□月八日纽约《下午报》

罗·布士 讲述　　鲍威斯 记录

原编者按：罗□□·布士，二十三岁，衣阿华州达文波城人，在一九四四年十二月七日和其他航空员从一架损伤甚重的飞机中跳出，降落在中国共产党所领导的解放区内。他的飞机是在袭击日本领土之后飞回它的中国基地的。

布士落到华北某处地面，同共产党和中国人民整整过了两个月以后，被领回到中央政府的领土。

《下午报》相信布士的经历陈述，是从那块被封锁的区域传出来的最近消息。布士是一位老练的军官，但没有党派，由他来说出一些事实是再合适不过了。

在抗日战争中共产党已经把他们管辖区内的中国人民有效地组织起来了。甚至就在我所降落的荒凉多山的区域中，农人们都正确地知道当我们在那地方出现时他们应该怎么做。人们之前或许预料，他们并不晓得有一个战争在进行着，其实他们已接到命令去教可能被迫降落的美国航空员，并得到指示怎样照料我们。

我们被接到附近的一个村庄吃了饭，换了衣服，然后被领到本区县，这里我看见了军民所进行的抗日战争的确实证据。

木 头 炮

共产党收缴的战利品，举行了一个战绩展览会，有散布全区的一万多居民去参观，在展览会上，有游击队从日本人缴获来的武器，有敌人的盒子炮、机关枪，甚至还有几门炮，后来我知道了鬼子兵是共产党的一个武器源泉。

但他们并不完全依靠敌人，他们自造步枪，甚至把一段段的树干掏空了制成大炮，这种炮要用以木炭末为主的低度爆炸药包来发射。在手榴弹与地雷的制造上，中国人表现了真正的创造力，他们使用铸铁器、大瓦罐和掏空的石头作装炸药的壳子，这些手榴弹和地雷尽管简陋，但用来抗日却有良好的效果。

进　　步

同美国的装备相比，这种武器是原始的，但使我感动的是这些人民用他们手边所有的任何东西与现代化战斗着，我禁不住联想：如果他们用我们的几挺重机枪和几门□炮，会产生怎样的结果啊！

使我惊喜的是他们用他们所有的一点点东西所完成的进步。展览品的一部分包括着一些地图，表示着在各抗日根据地中的进步。仅仅一个区域就从敌人手中夺回了一八九九平方公里的国土，解放了五十多万人民。这些地图包括了十五个□□的军队，□□□□三十万平方英里的领土。人们对这些地图的正确性是不容怀疑的，因为看到地图的许多人都曾经实际参加过地图所表示的战役。

我特别关心于□□生产上的突飞猛进，没有可靠而充分的粮食供应，抗战运动就会瓦解，展览中包括养□□改良的小麦、谷物和其他农产品，那是在共产党所经营的实验农场中种植的。生产局长，一位美国明尼苏达大学的毕业生，告诉我种子都是取之于美国，谷类正在生产着并分配给全区的农民，现正进行着改进蔬菜和水果，在中国土地上生产出了番茄。

农民是受到教育了

增加生产的工作曾因为抵制新式技术的农民之无知，而致加倍困难。农业局局长告诉我，在老百姓同意试种以前，必须保证每种十斗改良种的谷子，就必须抵得上十一斗本国种的谷子。实验证明这种谷类是完全可以生长的。

现在正鼓励农民使用新农具，如新法制的木头播种器、铁犁和其他农具在展览中都可以看到。

灌溉计划在发展着，已开垦荒地。在一个区里有二千六百英亩先前未曾使用过的土地，现在生产着谷物了。

实验农场完备地饲养着家畜，农人们在学习适当照料家畜，□□□□以后，我所喝到的第一杯牛奶就是得之于共产党人饲养的塞尔斯坦种母牛□□。

共产党领导的八路军在帮助推动生产，他们帮助农人收割，并有自己的小农场，照规定每个士兵都要开垦三亩地，并种出足够供给自己吃三个月的粮食，其余的都由军队供给。

这种计划已大获成功，以致在这个饥饿贫瘠的区域，共产党人已储备了两年的粮食给养，防备旱灾和意外。

他们在战斗着

从我回家以后，我就听见一种诽谤，说中国共产党并没有打鬼子。我可以证明他们确实在打鬼子，农人们正由八路军指导怎样射击、怎样埋地雷，他们还在接受着游击战争的指导。老百姓从周围数百里来训练，然后回家乡，在那里参加配合正规军的攻势战斗。

在经济方面，私人企业受到鼓励，一位公务员告诉我，他将到我们所访问的这个根据地，带着五千元中国钱币，他在做小麦生意，用赚到的钱开了十几个粮栈，雇人经营着，后来我听说他已经有五百万块钱了。

各种合作社，从两个人开设的以至几百人合股的，随处都可看

到，他们在生产着皮革物品、军火、毯子、军装、绷带等许多种简单的工具，以便供给军用，并且也是人民消费的零星物品。

民族主义者

和该党领导者们的谈话，肯定了那种当你观察这些人与其行动时，你不禁会感觉到的印象就是民族主义比共产主义还重要。这些人、党员们、士兵们和农民们都以中国的利害为利害。

（《晋察冀日报》1945年7月10日）

苏联大后方的工业中心斯维德罗夫斯克

鲍利斯·阿加波夫

一个温暖地方来的旅客，将会感受到斯维德罗夫斯克冬季时的严寒。寒气刺痛你的脸，且一不小心就会冻伤你的鼻梁和耳朵。玻璃窗格上挂着一层很厚的冰，甚至那避暴风雨用的窗户也抵挡不住寒气。但在旅馆的第七层楼上，从你的玻璃窗的冰缝里望出去，你可以看见宏伟雄壮的乌拉尔都城——斯维德罗夫斯克。

它闪烁在你的面前，从千百个烟筒吐出的烟雾中望过去，整个大地被雪覆盖着，远远地消失在金烟薄雾中。一幢高楼大厦配合着两旁植□树木的大路的全景，现在完全冰冻了。在五点钟黑夜将要降临的时候，这个城市突发万道光芒，把自己装饰成一座炫耀的水晶宫。

这个地方和它的人民，有着很多的相同点。乌拉尔人有着和他们天气一样严正的态度，和他们地方风景一样倔强的个性，潜伏在这些人民中的力量的蕴藏，像这座山里的宝库一样多。几百年来他们并不作表面的炫耀或口头上的自夸，而是以丰富资源的开发和企业的伟大成就，来向全国表现他们惊人的生活力，借此来书写全国光荣的史页。

今天在他们的集团里，又增加了新的力量；从各处跑来许多新的人民，撤退到乌拉尔来的数百个工场和作坊，带来了出类拔萃的人物，共同来解决抗战期间不断发生的困难。

斯维德罗夫斯克已经成为一个工业中心了。

这条直而宽的道路上挤满了人。挂着白霜的皮帽、皮衣、羊皮短外衣、毡靴、皮靴等，使穿着的人活像从冰天雪地中跑来的怪物。人行道和马路上都已干净了，但高山峻岭上的雪，仍然满堆在阴洼处以及大道和空地上。汽车的上部披着雪衣。

紧靠剧院和影戏院的广告□，竖有很大的壁报板，上面写着从前线传来的战讯和工场生产的成绩报告。挂在房屋前面或横挂在热闹街心的许多标语旗帜，好像在对你呐喊：

"我们要使乌拉尔工厂的产量提高三倍！"

"每一份力量都要用在战时工业上！"

我们接着就到学术院去。这个乌拉尔分院，是由柯马洛夫领导的，他们已获得战时工作的荣誉。整个学院活跃着紧张的工作情绪。在那舒适的房间和研究室里，世界闻名的科学家都在忙碌地工作。电话铃响了，打字机答答的声音，火气中动荡着的只有学院的工作人员。这里，在这幢房屋中，集合着全乌拉尔境内所有工场和作坊的科学工作人员之庞大经验，设计和发明着新的方法，在研究着开辟地质调查成功的新矿源。

当我去拜访大尼拉夫斯基教授的时候，他正在一间大屋子里读一篇关于著名的门特列耶夫著作，即 20 世纪初的乌拉尔问题。这位大化学家兼经济学家，关于冶金术的知识非常渊博。目前最使他感兴趣的就是预测乌拉尔发展的将来。门特列耶夫关于钢铁生产的新方法、工业以及地下煤气的分配等主张，起初被认为是在作乌托邦的空想，现在都一一付诸实施了。

魏义慈教授曾对他的同事报告过关于学术院动力委员会的工作。这位科学家曾经组织许多团体研究过基本企业所需要的动力问题，曾和工场中的人物分析过工业各部所需的大量电力，如电熔炉、热力装置、压榨机、巨大的旋盘等等。我听说他们在专心工作的数月中，曾经节省了数百万基罗瓦特的电力。这完全等于重开一个新的二万五千基罗瓦特的新发电所一样。

一群披霜戴雪穿着宽大袄的人，好像是新大陆来的冬游者，曾经到此地开了一个谈话会，他们就是学术会员巴东及其助手。他们喝着热茶白兰地酒，给我们讲他们的故事：学术会员巴东在乌拉尔境内曾设计了一个最大的坦克工场。

我离别这所学院乘汽车到市政厅，那里正要召集一个重要的会议。很多企业的工程师、工业家、科学家和负责人员等，都聚集在此听一个青年苏维埃工程师关于处理最硬金属的报告。

在我这一天的计划中，我还有另一个集会必须去。那就是露天的广场。一九〇五年革命后命名的这块宽大的广场堆满着用白漆伪装了的新坦克车，都□雪的笼罩中，看上去和用铁锅堆成的雪山一样。只有车塔上的炮筒撕破这幅像。一场典型的斯维德罗夫斯克的暴风雪，已经达到了最高度，雪片在白光闪闪中飘舞着，现在是乌拉尔夜神降临的时候了。

站在月台上的是些坦克车的工作人员、坦克军队的指挥员以及坦克车的所有者，即牺牲自己的储蓄去购买一纵队坦克车的集体农民们。一个鬓发半白的农民壮士，代表他的同伴作了一次演讲，第一次欧战和内战中的老将的他，现在又号召坦克车队员要善□利用他们的机器。

他兴高采烈地说："这真是些该死的坦克，它们是用最好的牛油、许多鸡蛋蜜糖做成的。塞进法西斯蒂的口腔里去——让他们尝尝俄国农民包子的好味道！"他诙谐的演讲词，博得全体听众的欢呼与鼓掌。

指挥员发出了号令，那些坦克车驾驶员的黑影，立刻消失在坦克车里。接着空气中便充满了摩托的怒吼声。第一辆坦克车向前移动了，第二辆、第三辆跟随上去，刹那间整个坦克车队发出雄壮的隆隆声□□向车站去的道路驶着。不一会儿坦克车声被那整日价响个不停的炮声掩盖了。斯维德罗夫斯克的居民对于这兵工厂在空地试击大炮的声音，早已司空见惯。

□□□的戏院，就在那一走就到的广场旁边。于是我匆忙地跑去。那天夜里因为尚有一件特别的事务，我必须准时到场。当我走进戏院的时候，里面已经坐满了人，他们风尘满面、胼手胝足，暗示出他们的职业。他们都是建筑工人，这是他们的夜会。他们来领工作上荣获冠军的锦标。

音乐响后，令人羡慕的奖品由一位穿着缝拢裤子、厚短袜和大毡靴的矮人，高兴地抱着放在前面中间的台子上——这是一位建设工□中最好的工匠。在他后面进来的是总工程师和职工委员会主席。生产队主任是位身材高大的人，虽然穿着工作时的衣服，却很舒服似地兀自站立在前台当中。当锦标送到他的面前时，他跪下一条腿，把那锦标的金边轻轻地吻了一下。乐声重起，掌声如雷。

从生产队主任短短的演讲词内，我们惊奇地知道，第六十一号建筑队以前曾是专作总水管工程的，六个月以前曾接受制造一具熔炉的命令，他们惊人地提前完成了这个伟大的工作。报告到工作成绩最好的工人名单时，一片鼓掌声吞噬了主任的声音。

主任说："是的，我们是应该骄傲我们自己的成就，但是我们面前还有很多工作。我们将竭力表现我们能得到锦标的资格，我们永远要保持这锦标！"

幕启处，亮光放射出来，而悦耳的《森林》前奏曲，充满了整个会场，表演开始了。

当我很晚回到旅馆的时候，在女作家玛利夏□·沙基□房间里看见一群作家和新闻记者，这位女作家正忙着要出版一种专门的文艺刊物。桌上堆积着的□是稿件。在这稿件旁放着几杯□□，这对于从个零下十五摄氏度的戏院里回来的我们，真是大受欢迎了。

（《晋察冀日报》1945年9月23日）

苏联的家庭、结婚与恋爱

D. 萨斯拉夫斯基

苏联公民在国外常常遇到被人纠缠不清的问题之一,便是关于家庭在苏联的地位问题。有时被人问起的问题,使他们只是惊愕地张目而视,例如问:在苏联社会中家庭是不是已经废掉了呢?布尔什维克承认不承认结婚制度?生下来的孩子们属于什么人:属于他们的父母呢,还是属于国家呢?甚至还会发出更加使人惊愕的问题,例如问:女人在苏联是不是真的收归国有了呢?自然啦,从苏联来的人们,被别人问起这类问题的时候,会泰然自若地耸耸肩膀。

这样的无知,是没有理由的,不过,其中的原因倒很容易说明。早已有若干人士对苏联和布尔什维克恣意造谣中伤,这正符合一句格言:不诚实的人,任性投掷一些泥块,以为总有一些打中的。有人还以为在苏联我们有公妻,以为许多男女一起睡在百码长的一条毛毯下。这样想的人,或许并不多,但是,上了"一些"造谣中伤的谎言的当的人,多得很。也有些人不知道在苏联出现的新社会中,家庭占什么地位。

的确,在苏联,家庭是和在旧社会中的家庭不一样的。但是,如要把苏联家庭的特征搞清楚,就必须知道一点关于在旧沙皇俄罗斯时代的家庭情形。

在旧俄罗斯,家庭是以对妇女完全奴役为基础。妻子任何权利也享受不到。丈夫是唯一的无可争论的主人。只有教会认可,结婚才有效,离婚是完全不可能的。当女人出嫁了,她就丧失了她所有一切财产权。孩子完全属于父亲。在旧的地主家庭和商人家庭中,恋爱在结婚中总是没有地位的。父母替儿女做主婚姻时,追求他们自己的——

在大多数场合——总是最卑鄙的目的。自由同居，是犯罪的，要被人控告的。私生子，享受不到权利，而且终身蒙羞忍辱。

旧俄罗斯的婚姻是无数戏剧的——常常是流血的戏剧的泉源。在俄罗斯文学中，婚姻是全世界传诵的若干名著的主题。在俄罗斯伟大剧作家奥斯特罗夫斯基的戏剧《大雷雨》中，女主人翁，俄罗斯的美人跳进了伏尔加河，以逃避她所不爱的丈夫。在托尔斯泰的小说《安娜·卡累利娜》中，女主人翁卧倒在列车下，以了结一生，也是家庭戏剧的结果。在托尔斯泰的戏剧《活尸》中，一个好男子实行自杀，使他的妻子能够去和她所爱的男子结婚。在小说《复活》中，托尔斯泰描写使旧俄罗斯许多好姑娘的生命归于毁灭的卖淫的凄惨生涯。

这就是十月革命所消灭了的古老的封建家庭。革命产生了一种以两性完全平等为基础的新家庭。苏联《宪法》第一百二十二条规定："苏联妇女在经济生活、国家生活、文化生活、社会生活和政治生活所有一切方面，都享有和男子平等的权利。为了保证妇女有行使这些权利的可能性，特给予她们和男子平等的同工同酬的工作权、休息权、社会保险权和教育权，由国家保护母亲和孩子的利益，产前和产后休假薪资全部照给，规定遍设产科院、保育院和幼稚园。"

在革命的最初年份中，有些青年男女，主要是从旧资产阶级知识分子的队伍中来的，把妇女从丈夫奴隶状态中获得的解放，解释为从恋爱与结婚的所有义务的解放。他们宣扬"一杯水"论，根据这种说法，青年男女把性生活看得很随便，就像喝一杯水一样。

"一杯水"论遭到布尔什维克党的猛锐而愤怒的排斥。布尔什维克一向主张纯洁的恋爱。

"一杯水"论在我国早已被人忘却了。今日的苏联青年已不知道这种怪论。我们同时候的青年，是在完全两样的精神中教养大的。今日的苏联青年，大部分都受到高级文化的洗礼，具有高度的人身尊严感，并且认真履行恋爱与结婚方面的义务。

那对苏联少女尤其重要的，独立与平等给予她伟大的荣誉感。在苏联没有卖淫，不仅因为卖淫为苏联法律所禁止，不仅因为在苏联没有富翁，在别的国家中，富翁把女人当商品买卖，而且因为卖淫是贫困与绝望所产生的孩子。在我国没有贫困的现象，没有一种东西驱使女人去做这种可耻的生意。另一方面，苏联妇女却具有伟大的尊严感。

在我国，家庭伦理水准很高，我国的诗歌与小说中，颂扬对恋爱与结婚的忠贞。苏联国家对孩子表示极大的关心，保护母性，给予儿女多的母亲们以巨额的津贴。并且，制定了勋章和奖章授予这样的母亲们。然而，国家对孩子的关心，绝不是减轻父母对儿女的义务。苏联法律保障家庭的稳定性。私生子享有一切权利。在他们的身上是没有什么烙印的。但是，变心的母亲却没有权利向父亲要求物质上的援助。苏联的伦理要求对恋爱持严肃的态度。成年人在选择配偶方面是完全自由的。苏联的伦理要求：恋爱必须负责成婚。

布尔什维克党对于党员个人的行为和家庭伦理，是严正不苟的，一个人对妻子和孩子如抱轻视的态度，是要受到厉声谴责的；放荡的品行，是和共产党员的名称绝对不相容的。共产主义青年团也以同样的精神教养她的团员们。这自然不是意味着苏联人民是洁白无瑕的。决不是这么说。这不过是意味着：在苏联，在个人与家庭关系方面不像别的国家中那么矫饰，在苏联社会中，有一种伦理标准，约束放荡的个人。

残酷的战争，使苏联家庭受到考验，使所有一切社会关系受到考验。苏联家庭已光荣地通过了这种考验。苏联人民在战争中所表现的高度的士气，他们大无畏的精神，对祖国的效忠，自我牺牲，忠实，文化——一切都可以归因于苏联家庭的伦理影响。在我国，父母两个字是异常光荣的。我们的著名的英雄们，说起了他们的家庭和他们的父母，都流露出伟大的爱。苏联家庭是苏联社会生气勃勃的、健康的、强有力的细胞。当我们说到苏联各民族人民的团结时，我们说他们像一个苏联大家庭。而这一点就表明了在苏联社会中，是如何尊重家庭的。（塔斯社□）

（《晋察冀日报》1945年9月24日）

我所看到的陕甘宁边区

爱泼斯坦

> 爱泼斯坦是美国名记者,抗战以来就在我国前线和后方从事采访,他对中国问题很有研究,去年五月间,曾参加中外记者团去延安和晋西北解放区考察。
>
> ——编者

生产和作战　人民热情极高

边区最惊人的事情,就是他们在生产和作战方面的广泛动员,边区建立这种广泛的动员,用的方法差不多和其他地方完全相反——法令减少到最低限度,以村为民主选举的基本单位,减轻农民的田租和利息的重荷。由于农民对多做工作能多得剩余的信心提高,大大地鼓励了生产;由于提高了生产的愿望,合理的方法和合作社组织发展起来了;由于农民对保全和增加从未有过的幸福有了决心,便滋生了一种极明确的自觉的抗日的爱国主义。

中共并不排斥私有财产,即使是地主的财产也一样。他们免去一切企业的税,来鼓励私人工业(地主和自耕农是缴付田赋的),虽然他们理论上反对地主制度,但他们并不因为那是偷窃制度而加以消灭。他们认为民族解放第一,用武力和法令来企图毁灭任何一个阶级,只会使其投向敌人的怀抱。虽然他们反对资本主义,但他们认为目前中国为供应前线而生产,是一件最重要的事情,所以任何形式,国家的、合作社的或者私人的,都要加以保护与帮助。这种政策,在战后他们还要继续下去,因为他们说,只有有了丰富的产品,社会主义和共产主义才能实现,中国目前没有这种条件,并且许多年以内也不会有。

边区的耕地比中国西北任何地方都发达,人民的衣食比别处好,有一些工业在发展中,那些地方过去是没有工业的。五年前,封锁切断了棉布的输入,当时又没有生产。从那时起,农民受到棉田豁免田赋和保证收获的鼓励,开始耕种全区需要量百分之六十的棉花——以供给每个居民和兵士每年两套夏衣和一套棉衣计算。棉纱主要是靠妇女合作社来纺,靠新兴的织布厂来织成布。从南部输入的蔗糖断绝了,他们凭着实验用糖藤菊来制造糖,到明年足供每一个人的需要,过了明年,还可以有多余来输出。他们把黄河那边带过来的缴获的日本装备,加上知识和更多的热情,建立了鼓风炉和机械工厂。人们谈论着同封锁作斗争,以同样的热情,谈论着对日作战以及将来反攻。在所有中国人中,他们是唯一对战争不感到疲乏的。在延安,人们一星期中辛苦地工作六天,工业工人每天十小时,公务人员和学生每天十一小时,星期六的晚上大家去看戏或者跳舞(秧歌舞与交际舞都很普遍)。

村选作基础　民主权力扩张

村选是直到边区参议会为止的整个制度的基础,由边区参议会选举政府,这真正代表了中国的一种革命。在其他区域,地主不只是乡村经济的而且也是政治的操纵者,霸占着最高权力以及军事的统治,凭借他私人的武装人员的势力,或者他的本领,他能指挥警察甚至军队去保障他的勒索。因为那儿没有代表人民的政府,不能希望当地法庭对一个可怜的目不识丁的佃农,给予很少人能得到的开庭权和公平的裁判,因此,地主的权力是无限制的。在边区,地主是村子里的一个公民,和其他任何公民一样,只有一票选举权。因为占最大多数的选民是贫农或佃农,村议会和主席通常从这些人中选出(虽然有时候声望较好的地主仍会当选），村里没有警察，由自卫队来执行职务，自卫队是村民自己的武装团体，有一个公选的队长，受制于民选的村政府。边区的地租，已经减了百分之廿五。最高的合法地租，是收获量的百分之卅七。在其他区域的政纲和法典中，也有同样的最高租额，但因为地主在这方面抱有一切权力，所以没有一处实行的。在边区，由于权力在多数人的手里，实行得很严格。农民由一种标准的租契而得到更多保障，这种租契由农民和地主签订，经过农会的证明。另一方面，地主收取合法地租的权利，也得到边区政府和解放区政府的法律和法庭的保障。（延安是陕甘宁边区的中心，该区有一百五十万人民，共产党领导之下的九千万人民的最大多数，居住在中国北部、中部、以及南部的敌后十五个解放区中）这里必须说明，共产党不是政府，一般说来，整个机构中三分之二的代表，不是共产党员，当然这是中国共产党所创造的。党的任务是吸收一切活跃分子到党里去，经过农会等群众团体，以宣传、示范与教育建立系统的工作。

军队勤生产　农会负担减轻

农民的田赋的重荷减轻了，因为驻军政府机关的人员、大学生以及其他团体，都有荒地开垦，至少生产他们自己一部分的食粮，减少了对食物征收的依赖性。我们去访问三五九旅，该旅已经开垦了二万五千亩田，得到两倍于他们所需要的食粮和棉花，剩余的东西，卖给政府或市场，将所得按照他们所花的工作日，平均分配。八路军部队中从连起，都选出经济委员会，管理军粮和公家正当支出等等。在这种委员会中，官兵处于同等地位，委员会必须计算各个士兵的需要，要做到这一单位的生产物，每个人有平等的分配。有些八路军士兵，把他们的生产利润寄回家去，有的投资合作社，也有交给委员会管理的，管的资本将用作购买土地或机器，好使士兵在战后复员以后经营。但军队的主要事情，不是生产而是战斗，驻军是唯一能够这样做的，他们持续不断地受训练，只有在农季里工作。八路军在可能时就轮换，我们见到的这一旅，是在前线作战三年回来的，他们在敌后几乎深入到海边，缴获到敌人的武器足够装备新的作战部队百分之六十。

变工队合作　中国农业远景

陕甘宁边区是中国一个少有的区域，那里有比别处人民更多的土地，土地是丰富的，但每三年或四年，就难免遭遇洪水和旱灾。在旧的社会制度下，个人耕耘太危险了，要在这种乡村里生存，必须在好的年成大大增加生产，使农民得有机会积存余粮，来渡过荒芜的时期。一般人民被鼓励着组织"变工队"——一种农业合作形式，包括十个或十五个人和他们的牲畜……合理耕种，节约劳力，这对荒地的开垦是有利的。一个有十一个农民的变工队告诉我：从前，他们每人都要赶一部牛车到田里去施肥和播种，但现在只有三个人就可赶所有的牛车，其他的人便能做别的工作了。过去在田里弄饭吃，差不多每个人要花两个钟头去生火，准备吃的东西，现在一个人做这一队人吃的饭。每天等于节省了两个人工。这样的例子极多，边区内过去没有利用的近一百万亩土地，由于十五万变工队员而都有了收获。现在边区的口号是"耕二余一"，大部分都做到了。农民们的仓库里平均都有一年以上的余粮，而政府和军队自己的粮食，余留得更多。这不足为奇。因为一般人民工作得很辛勤，从前胼手胝足而无所得，现在，陕北的农民几百年来第一次凭自己的努力，能以恬静的心情面向灾荒的年份。

"变工"制度的合作劳动，不但用于私有财产，也用于私有制度以外的合作财产的新形式。变工队开的荒地不属于私人，而是属于整个组。每年的收获，在大会上依照记录的每个人所耗的劳力来分配。这种结合并永久保持变工队的公田所有权形式，是未来中国农业的一个远景。

地主的资本　转移到工业去

共产党农业改革方面最有趣的结果，是将地主资本转移到工业去。因为佃农富有，同时又可向边区银行借得低利的信用贷款，他们常常被允许去购买土地来自己耕种。地主呢，地和收入比较以前少了，但被工业投资所吸引，因如上所述，工业是免税的。过去几年的谆谆教诲的新的看法，也已经起了作用。在边区，作为一个士兵、工人、教员、办合作社的或者工业家，都叫起来很响亮，但当他被认为是一个地主——脱离生产不贡献任何东西的——的时候，是不觉得太舒服的。特别是年轻的地主，开始觉悟到继续这样下去，是不爱国的。有一个把土地卖后，投资于纺线工厂的人对我说："土地不论是否为我所有，总可以生产的，现在我可以用这笔钱来增加国家所需要的生产总量。"他也有了很好的利润。政府和军队拥有兵工厂和几家军服厂，不论公营、私营或军队经营的工厂工人，都组织在工会里，并且有最低工资的法律保护。工会代表们商定了生产进程表之后，工会负责完成并遵守劳动纪律。最有趣味的是工资不用钱计算，而用大宗出产的小米来计算，假如付钱，则照当天小米的市价折合计算（那儿有小米自由交易的市场，价钱不是固定的），所以通货膨胀和通货波动也不会影响实际工资。边区的工人们是一群有趣的人物，他们中间我会遇到周游过世界的一些人，环行世界的老水手，其他区域兵工厂的机械师，参加过西班牙内战的欧洲归来的中国工人，他们中许多人是边区最高机关人民会议的委员（按：即参议员），有一次一位裁缝参议员替我量制过衣服。工业界中有几个工程师和技师，曾在国外受过教育。许多人并非共产党员，但他们到这里来，因为相信这是中国有最大希望的一个区域。

边区的政治经济机构中还有许多其他有趣味的事情，我在这里没有机会谈到丰富的教育和文化生活——大学、音乐院和剧院了。我在这有限的篇幅中为何只提到社会经济制度呢，因为农民问题和工业生产的问题，特别在战争时，是中国的基本问题，而改善生活，是为了民族解放而斗争的人民的首要步骤，在这次战争中，已经完全证实了。现代中国的国父孙中山认识了这一点，他把民生主义列为三民主义之一，和民族主义、民权主义并列。民心是依归于给他们机会以改进自己并向前进的人的。（原文载一九四四年十二月二十九日印度《政治家》日报）

（《晋察冀日报》1945 年 9 月 25 日）

女神枪手巴芙里琴珂

方口 译

苏联女英雄陆军中尉柳德密拉·巴芙里琴珂是一个著名的神枪手。在悉瓦斯托波尔的战争中,她和另一个战友两个人不到一小时之内在德军司令部里,干掉了十二个以上的德寇官兵。在她第四次受伤以前,她的个人杀敌纪录是"三〇九"。她说:"凡恐吓祖国的,就是恐吓我。谁来恐吓我就给他准备好一颗子弹!"作为苏联学生的代表,她曾出席华盛顿的国际学生大会。下面是她的一篇自述,从这里我们可以读到她的生活——勇猛的、战斗的生活。

——编者

我的名字叫柳德密拉·巴芙里琴珂,按照我的阶级来说,是红军里的一个中尉;按照我的职务来说,是一个狙击手。在我的制服上佩戴着列宁勋章和神枪手奖章,因为我杀死过三百零九个德国匪徒。此外,我还有一颗战功优越奖章。这都是在一九四一年八月我参加红军以后得到的。

我的年纪是二十六岁。身长、体重和外表方面,我是一个普通的俄罗斯女子;或者和她们有一点区别,那就是刚好在我的鼻梁上有一块枪弹的伤疤。也许你觉得狙击敌人是一桩不太"保险"的事,但是我倒挺喜欢这种危险。

许多人从俄国人的外表来看我,有些人是带着钦佩,有些人是带着惊奇甚至厌恶。

"你不觉得干这种杀人的勾当是残酷的吗?你为什么喜欢这个呢?"他们问。

多么愚蠢的问题！我当然不喜欢杀人，并感到残酷。女人们是喜欢温柔的，而我，确信自己是一个女人。但是当你的家被烧毁了，你的妈妈、爸爸和年轻的姊妹兄弟，都被用机关枪打死了，你会觉得怎样呢？

假如德国人愿意一个对一个地在战场上同我们的红军战士们作战，我们将尊重他们是真正的敌人。但是，当他们屠杀老人、女人和小孩子的时候，他们就必须像毒蛇一样地被杀死。当我射杀一个纳粹匪徒的时候，我感到像射杀一只野兽那样满足，因为我是为了保卫我们的祖国而战。你让一个纳粹匪徒留下活命，就等于教唆他来屠杀我们的人民。这是很简单的道理，不是吗？

直到现在，我过着没有"神灵保佑"的生活。除过那四块伤疤以外，我还得忍受着被炮弹震聋的到现在还听不见声音的耳朵。但是假如可能，我仍将留在前线上；或者以后能够治好的话，我仍将回到前线上去参加作战。

当然，德国人常常是追杀着我，而我也追杀他们。我的惊心动魄最后的经历之一，是同一个德国狙击兵三天的决斗。只有死才能结束这场恶战——死我们之中的一个，不是我，就是他。

我将告诉你这三天决斗发生的故事，但是，假如我不先告诉你们一些我过去的生活，和我曾经是怎样希望成为一个狙击手的事情，我的经历在许多人听来也许是难以置信的。

我出生在别拉雅·采尔克夫城，这个城在乌克兰，靠近首都基辅的地方。我的妈妈是个教员，爸爸是个政府的工作人员，他的职务使他有时会经常到处旅行。妈妈、妹妹瓦伦丁娜和我，常常跟他去。到了一个新的地方，我们就进入一个新的学校，这样养成了我好冒险的习惯，而不喜欢规规矩矩。这使得我们的先生们很不高兴。在读书的时候，我愿意去冒险、猎奇和处处冲锋，而且是个顽皮的孩子。我参加所有孩子们的竞赛，而且不让自己落在男孩子们之后。当一个邻人的孩子在射击场上夸口他的本领的时候，我做了一个女孩子所能做的最好的射击表演。这就是我怎样开始熟练于射击的。

当我十八岁的时候，我的家庭移居到基辅，我开始选择继续我的学业，还是去工作。我在一个兵工厂里选定了我的职业，在那时候，我打下了准确射击基础。我学习打图标，这是需要手和眼睛的精确协调的。同时，我把所有的业余时间用在射击廊里。我因为常常击中靶的而得到所有的奖品。

但是不久，我要求继续以前的学业。于是在一九三七年，我进了基辅大学，专门研究历史。恰好在大学里有一门狙击训练，我参加了。真的，我有根据可以夸口，我的射击成绩超过我的老师和同学们。

当一九四一年六月二十二日，战争爆发的时候，我正在敖德赛研究我还没有做完的毕业论文。在德国人打来的那一天，我正为了医治一点小毛病而住在一个疗养院里，但是我立刻感到了自己应该做什么。我带着自己的愿望和目的匆匆走开！去给我们危难中的祖国尽最重要的服务。

红军拒绝了我，因为国家还没有要求和号召妇女们直接参加战斗。护士、医生、电话员——都可以。女狙击手、侦察员和汽车司机，无论如何，只要让我入伍，假如他们再坚持得久一点，假如他们的标准只有那几个同样高大的人才算合格的话——但我终于被接受了。

我开始是在一个叫做歼灭队的志愿分遣队里服务，为了对付敌人的伞兵，我们的工作很接近前线，后来我们这个分遣队并入正规红军第二十五师团，即夏伯阳师团。

最初，我处在德国人的猛烈炮火射程之内，确实有点害怕，我招呼我们的机关枪手掩护我。但是很快，我就学会了沉着和冷静。不久以后，我开始展现出成绩来。德国人轰炸某一地点，直到他们相信那里不再剩下活人为止。然后他们派出三个哨兵来侦察，我发现了他们，我的任务是去消灭他们——三个人之中我打死了两个。

下面是我最紧张的经历之一：德国人指定五个自动步枪手的一小队人来找我。他们把自己伪装起来，并且在路上给我设了一个巧妙的圈套，他们想我不能通过那条路，但我发现了这个圈套，躲到一个安全的地方，而且向他们开枪。五个之中我打死了四个。我搜出了他们身上的文件，并且把四个自动步枪照原样摆在一起。

因为文件是一种很重要的战利品，我们狩猎纳粹军官和他们带的特别文件。有一天，另外一个狙击手和我，顺着敌人的电话线，通过一个奇妙的扇形阵地，追踪到一个地下室的敌军司令部里。两个军官正在那里作报告，我们开了枪，枪声带来了两声回响，我们打偏了，惊慌袭着这个地下室。但立刻，他们放下一层防御枪弹的"帷幕"，而没有来得及收拾他们的重要文件。总之，我们还是有很不错的收获。

敌人的侦察员和狙击手们，用很多诡计来愚弄我们，或者引诱我们去暴露自己的任务。一个颇有经验的德国兵，故意把一顶钢盔摆在那里做目标。假如我是没有经验的，或者很神经质的，那一定会被吸引开枪，并暴露自己的位置。这个钢盔战术是引导我同那个德国兵三天决斗的开始，这是考验我对德国人的仇恨和竭尽全力的战斗经验的日子。

我们双方都在大树下的矮丛林里占据了优越而奇妙的阵地。我的敌人开始了他第一天的引诱战术，他在掩体壕上摆动着钢盔，对此我是看得很明白的。按照时间来说，我的同行是个老手，但我呢，知道那并不是德国人的脑袋,我没有开枪。

第二天,敌人在战术上采取一个可靠的方法。他老实地放弃了他那母猫般的注视,大模大样地从他阵地后的草地走过,似乎是说这一切都平安无事。当然,我不会上这只母猫的当。

在第三天,我的对方用出了他最高明的方法。他挂起了一个非常惹人注目的假德国人。看起来倒像真的,拿着枪扳着枪机在准备放。我猜不出他要干什么,我不相信一个德国步兵会出现在我视力所及的阵地上。的确,敌人太相信自己玩的鬼把戏了。

这是一个命里注定的误会,他用望远镜闭着一只眼睛来向我这里注视着。太阳光在玻璃上的反光断送了他,我按稳了枪机——这个纳粹匪徒最后的目光在俄罗斯的土地上留下了一个污点。

我过去搜出了他身上的文件,没有忘记那个挺不错的望远镜。然后,由于长时间的神经性的疲劳,我晕倒过去。保卫敖德赛和悉瓦斯托波尔之战,将永远像史诗一样活在我的记忆里。再没有过同样的经历,能够想象它在被包围时的恐怖和勇敢。敌人的兵力大我们十倍,每天都有千架以上的飞机在我们头上。你不能分辨星光和日光,灰尘和烟雾在城市上空做成了一个大顶幕。

但是,这伟大的蓝色的港口使敌人遭受了重大的打击。我们一百五十个狙击手打死了一千零八十个德国兵。在这次围攻当中,德国人知道我在训练狙击手方面是成功的。他们用德国人的愚蠢试图贿赂我。用无线电喇叭向我讲话:"柳德密拉·巴芙里琴珂,到我们这边来吧,我们给你很多巧克力糖,让你做德国军官。"向一个为祖国而战的红军战士提出这样的贿赂!当他们得不到回答的时候,就又来恐吓我了,他们给我最后的警告:"柳德密拉·巴芙里琴珂,你不会逃开我们的,当我们捉住你的时候,要绞断你的脚。"

我的经验使我深信：必须在全世界追捕并消灭所有的纳粹匪徒。这不仅是为了防止他来挑衅和杀害我们，而且是因为在这世界上，希特勒主义与自由主义是不能并存的。

(《晋察冀日报》1945年9月28日)

我怎样成为一个苏维埃的知识分子

康兹达洛夫

一九三七年我到了顿巴斯做掘煤的工作。我接连地作一个提□的孩子、装卡车工人及钻坑架柱工人。我耗费了两年的学习时间。非常坦白地讲，我虽然参加了共产主义青年团并且是一个有好名誉的矿工，可是我是不识字的。

在那些日子里，某些矿工不了解为什么一个煤矿工人也要学习，只要会掘煤就够了。现在说出来我觉得羞耻，但是那时候，我也是那样看的，虽然有时候不能不感到烦恼。当我听着青年同志们在共产主义青年团的会议上讨论关于书的事情时，我只是坐在那里毫无兴趣地凝望着，因为我什么也不懂，甚至连初级读本与普式庚有什么区别，我都不晓得。

我记得一个叫做白蒂亚的青年团员。有一次他来看我们，在他腋下夹着一本书。那是一个休息日，我们在乱弹着孟多林（乐器）及低哼着什么歌子虚度着时光，那歌子我偏偏不记得了。白蒂亚看着我们说道："怎么样，伙伴们，我可以给你们背诵几首诗吗？"我们咆哮了，向他嘲笑着，但是他一点都不曾害羞，开始背诵。首先是尼克拉索夫的一首诗，接着便是一些普式庚的诗。我们这一伙是五六个人，全屏息地倾听着，我们从来未曾听过这样的东西。当白蒂亚背诵完毕，我问他："一个人想要像你似的背诵普式庚与尼克拉索夫的诗，他应该怎么办呢？"

他简慢地答道：

"学习！"

但是关于学习，我们有我们自己的见解。其余的伙伴，连我也在内，发出一种大声的叫嚣："一个矿工为什么要学习？一个人没受过教育也能够掘煤。就像你吧，一个受过教育的人，晓得这么多的诗，但是你试一试一步不落后地同我们掘掘煤看！你能够这样做吗？不能的。我们能把你晾在几里地以外，所以你不过如此罢了。"

当我回忆起这个现在看来似乎可笑的画面时，就好像它是在几百年前发生的一样。就是这样的：我开始装作我是识字的，并且如果有人问我为什么不学习或者读书时，我便说我太忙于矿上的工作，我没有时间弄那个。

于是有一天，青年团县委派我去检查一个乡村的青年团组织的工作。当我到达时，他们递给我一个文件。好啦，我不得不演出一幕喜剧了。我拿了它，好像在读书一般地向它瞧着，但实际上我是一点都不懂的。由于常识的指示我把它带走了，但是学习的欲望在内心咬啮着我。我开始怀疑学习对于一个矿工是无益的这句话了。

我觉得羞耻去承认这个，但我不能不向县共产主义青年团委员会承认，我不过是假装识字的。县共产主义青年团帮助了我。到这时候，我才晓得学习并不是这样简单的。在这以前我觉得只要我一学习读书，所有的书便会立刻在我面前打开，我将把它们全部读过并将记住一切。但事实并非如此。可是，我并没有屈服。

我开始学习，起初是时读时辍的。我再也不和我从前弹孟多林喝伏特加（俄国烧酒）的伙伴们在一起了。我必须从一本初级课本开始读起。之后我觉得我自己在进步着。在仅仅得到初步的教育之后，我便理解到还有好多的东西需要去学习的。一个人在学习上已经开始了最初的无力的脚步，突然间理解了学习读书不过是一个开始，一些他甚至不能想象的困难正在等待着他的这个人的感觉实在是耐人寻味的。我相信这种时候对于一个初学者是有决定意义的。许多人因此灰心丧气而放弃了学习。我觉得每个开始学习的人，当他已经是成人的时候，他都要经过这种难关的。

我必须经过这种难关。说老实话，我在迷惑着。我想，我现在已经二十岁了，却刚刚开始去读书写字。那么，成为一个受过教育的人，我得学到老！这样我的一生都要消磨掉了；但是做了些什么工作呢？在这个时候我非常喜欢我掘矿的工作。我已经成为一个真正的矿工，并且不愿意改变我的职业。

这些疑虑折磨了我很久：旁人开始注意到这个。我的某一些同志们向我嘲笑地说："看哪，康兹达洛夫已经决心去成为一个知识分子了。我想，他没有什么价值了。掘煤是一回事，读书是另一回事。"他们甚至开始嘲笑我，把我叫做一个知识分子。可是我必须说这是很久以前的事了，而且一些矿工是这样想过的，用不着去否认的。

我记得我同一个老年矿工的谈话。他曾经是内战时的一个战士，而他也在嘲笑我，把我叫做"知识分子"。我向他提出这样的问题："你为什么打仗？你为什么流血？是为了可以嘲笑一个矿工伙伴，因为他要学习吗？"你想他回答什么？"我打仗是为了旁人可以学习，"他承认自己错了，"我现在要开始学习已经太晚了。""可是，"我答道，"只要学习，永远都不算晚的。"但是在当时，正是这个问题苦恼了我……不管一切，我继续地学习着。

我把这个经过之所以叙述得这样详细，是因为我们常常读到：有一个没有知识的人，他突然间把自己变为一个有学问的人。这是一种谎话，奇迹不会发生的，而一个人要成为一个受过教育的人，他得克服许多困难。那完全是无稽之谈：比方说，有一个家伙，昨天还是个大傻瓜，但是今天你看看他，他已是这样的觉醒，他现在几乎是一位大学教授了……当我在报纸上读到这样的文章时，我便要大大动怒的。我们应当指出，学习对于他是怎样的不容易，在他前进中必须要克服什么样的困难才是。

我□斯达哈诺夫工人们在生产与科学上造成了许多奇迹。每个识字的人都能够成千成百地指出来，人们，男人与女人，集体农场农民与工厂工人，他们不仅都成为受过教育的聪明的人们，而且也都成为科学家。我们这里的每个小学生都知道许多科学家、飞行家、工程师以及其他什么家的名字，被十月革命及列宁与斯大林党所领导，走向科学与智慧。但是像在一篇童话里似的，说这些人们立了一个志愿，于是你看哪——他们已是科学家了！——这是完全有害的胡说。

波琳娜·奥西潘科这位伟大的女飞行家，现在是一位苏联的英雄，从前是一个养鸡场里的管鸡妇（注）。她在这里开始做工的时候，她还是一个不识字的女子。现在她已经博得了全世界的荣誉，她已经成为最伟大的女飞行家之一了，并且除此之外，她还学会了英语。你以为她在这中间曾有过舒适的日子吗？理所当然的，她所碰到的困难与一个人在资本主义国家里必须克服的那些困难是大不相同的。但是她不能不有意志力。在我们的国家里一切使走向科学的道路容易的事情，都做到了，但是奇迹也并未在这里发生，并且要向科学前进，人们必须常常记牢知识是不会自发而来的。这是我对于那些刚刚开始他们的学习的成年人的忠告。

我们国家的儿童们，是没有这种困难叫他们去克服的。所有我们的儿童，不论是城市工人的与集体农场农民的，都得到了一种教育，并且这种教育使学习对于他们更加容易地向前迈进。

我的精神被这些思想占据；可是，时事把它们排挤出去了。亚力克赛·斯达哈诺夫和我开始在掘煤中创造了纪录，并且变为全国驰名了。于是，照着我们的榜样，矿工中优秀者们便开始去增进劳动生产力、在掘煤时去使用新技术。所有这些使我更加热情地渴望学习。采矿的实际工作我是懂得的，无须进一步学习什么了；但是在理论这一方面，我是什么都不知道的。

正当这个时候，我接到重工业人民委员瑟果·阿尔重尼基慈的一封写给我同斯达哈诺夫两个人的来信。他的信中说我们应当学习，应当成为受过教育的人。因此我们走出了矿场并在莫斯科进了斯大林工业学院。

当准备去上工业学院的时候，我渐渐学到了另外一种规律，甚至可以说是一种原理：就是在一个困难已经越过之后，进一步的许多困难是比较容易克服的。这一种规律既可以用于实际工作上，又可以用于学习上。在这个工业学院里每一件事情都好像在一篇童话里那样进行着。

这□我□矿工们，在一所巨大而堂皇的建筑物中，坐在学校的书桌那儿。在这里人们看得到矿工与机器制造者及其他各种职业的人们。这是一个出产精神劳动者的真正工厂，这是在我们国家中对于个人给予了怎样大的关心的又一证明。

我们有这样多的观感，有这样多的新奇事物呵！我们见到了我们时代的最伟大的人物斯大林；我们与科学有了密切的接触。□，只是这一条实在像一篇童话了。

于是矿工第米特里·康兹达洛夫成了一个大学生，准备去参加苏维埃知识分子的队伍。这位矿工康兹达洛夫在不久以前还是一个文盲，在教授们的领导之下，学习了俄罗斯的文字、物理学、数学、化学、地理、政治经济与设计学，以及其他许多东西。

但是新的危险在暗中等待着我。例如，我刚刚懂得了地理，第一次去看地球，用一种理会的眼光去凝视它的时候，我便觉得我已战胜了一切，并且没有任何人比我受的教育更好的了。像这种时候对于学生们是非常危险的，而在此时共产党与科学便来拯救我们了。

我们的领袖关于为胜利冲昏了头脑已经说过简单而伟大的话语。一个人初次成功不过是走向科学的第一道门，在它之后还有许多的门，并且一个人必须要把它们全部通过。

一旦你已经跨过了科学的门槛，你便会感到你是继续地前进着。这就是我重视苏维埃知识分子这个称号，把它当作在我们国家中最荣誉的称号之一的缘故。苏维埃的知识分子并不单纯是一个知识分子或者是一个专家。苏维埃的知识分子是□那些像在他母亲肚子里滋养着一个婴儿那样重要的纽带连结于人民大众的。

历史同文学是我最喜爱的科目。每一秒的空间时间，我都用来把普希金、莱蒙托夫、列夫·托尔斯泰及西欧各伟大古典作家的作品读了又读。《优金·奥尼金》或《波尔达娃》（普希金的诗，现为歌剧——译者）真是一种珍宝呵！我知道一定有人要问："《优金·奥尼金》不能帮助你去开采煤矿吗？化学与物理人们是能够懂得的——但是《优金·奥尼金》呢？"

对于这些人我有一种直截了当的答案。我说在开矿工作中就像在任何其他工作中一样，普希金与托尔斯泰同化学与物理是同样有一个位置的。在任何工作中它们都是有助益的。一个人不管他做什么工作，他都应当是一个受过教育的人。而在我们的国家中，我们正在努力消除没有受过教育的人。每个人都学习，并且当我看着我三岁的女儿玛亚的时候，我自然而然地想她将不必去克服她父亲曾经必须克服的那些困难，也不必去克服她母亲曾遭遇的那些困难。因为我的妻子也在学习，可是在不久以前她也是完全没有知识的。

在我的空余时间，我便逡巡于图书馆，寻找关于矿工的书籍，可是我深深地相信苏维埃的作家们还没有写出真正关于矿工的书籍来：不论长篇小说、短篇小说或是短篇故事。但它们是必需的。它们被需要是因为苏维埃的矿工与旧时代的矿工不同。他们之不同就如白昼与黑夜之不同一般。创作这样的小说与故事，是我们的作家们的责任。

有一次人家问我："现在，康兹达洛夫，请你说实话。现在请你说实话□□前的矿工米蒂亚·康兹达洛夫与现在学生第米特里·康兹达洛夫是不是两个不同的人物?"

对于这个我答道:

"不是的。你这样想是由于读□□关于永不会发生的奇迹的故事的缘故。矿工康兹达洛夫已参加了苏维埃知识分子的队伍,那是真的。他在研究着科学,那也是真的。他已成为一个受过教育的人而且那也是不错的。但是要说他已成为一个不同的人物,那便是一种谎话。"

康兹达洛夫曾经是一个矿工,而康兹达洛夫依旧是一个矿工。对于他,没有比敢在假期回到矿上并且证明人们必须用斯达哈诺夫的方法去掘煤那样更快乐的事了。从前,当一个劳动者(如果他有一个机会,可是我们知道他的机会是非常少的)参加知识分子的队伍,他便脱离了他自己的人群,不再去了解他们,于是他们开始憎恨他,因为他对于他们已成为陌生的了。

这种事情不会在我们中间发生的,它不能发生的。知识分子的康兹达洛夫将永远是矿工的康兹达洛夫,并且矿工的工作与矿工的生活将始终是他的生活与工作。一个人学习得越多,就会越加开始重视这个。

有一次我出席一个我们有名的飞行家、工程师的集会,在他们中间有些是世界闻名的人物。但是我知道这些是我们的人们,这里没有把他们划分开来的不同点;而且如果我们顿巴斯的煤矿工人参加了这个集会的话,他们也会感觉到他们是在他们自己的人民中间。这是一件伟大的事情,当科学家与矿工、工程师与木匠他们彼此不陌生地讲着一种共同的语言的时候。这恐怕只有在我们的国家中,只有在我们的社会主义的祖国才是真的。我的母亲是一位朴实的、不识字的妇女。有时当我学习的时候,她甚至向我投来一种疑惧的斜瞥的目光并且问道:"米蒂亚,你已成为一个有学问的人了。这会是可怕的吗?"一个有学问的人,对于她那简直是另外一个世界里的事情。这便是在以往日子里的情形,但现在不是这样的了。

现在这篇文章将告结束。我已把我所有的种种读过一□,而且问着我自己:我是否已经对于我怎样成为一个苏维埃的知识分子这个问题作了正确的答复?我是否已经对于我所走过的道路做了真实的叙述?我恐怕我未能把每件事情恰如我所希望的那样叙述出来。一个人不能常常得到恰当的语句,一个人的记忆也不能把每件事情都记得一点不错。我必须再说一遍,这是我说那是关□矿工描写得如此之少的作家们的工作。

不过我觉得基本上已经把我所想到的东西传达了。我成为一个知识分子所经的道路是不放弃掘矿,不与广大群众断绝联系到科学去的道路。斯大林同志有一次曾提醒我们关于古时安泰伊厄斯的故事(请参看《苏联党史简明教程》结束语末段引用语——译者);我们十分了解这个故事。我们的力量、这些苏维埃知识分子的力量,存在于不与产生我们的广大群众隔离的基础之上。这就是我们已经成就如此之多,这就是我们的祖国已经成为世界上最有文化的国家的缘故。

我最大的愿望便是去实现我所怀抱的信念,并以一个确实受过教育的人而回到顿巴斯,以便去继续我所爱的工作,并帮助我们的顿巴斯成为世界上第一等的煤矿区。我知道,对于工业具有怎样的意义,我知道煤、油及其他燃料在我们的国家经济中占着怎样的地位,我也知道一些关于为煤与油而斗争的历史。一吨煤现在对于我有它的新的意义。而知识分子的康兹达洛夫为一吨煤而奋斗正如矿工的康兹达洛夫为每一吨煤而奋斗是一样的,因为他们并不是两个不同的人,他们仍是一个人,仍是同一的第米特里·康兹达洛夫,他的伟大祖国的一个忠诚的儿子。

尼克拉索夫曾经梦想过并写过关于每个农民都要读伟大的古典作品的那些日子的诗篇。我有时候想：呵，尼古拉·亚力克赛维奇（尼克拉索夫的名、氏），但愿你能在知识分子的康兹达洛夫的书架上查看一番。在那里你会看到许多古典作品，包括着你自己的著作！不论在我的小书架上或是在我的书桌上，它们始终都是受欢迎的宾客。（□□□译自《国家文学》）

（注）女飞行家波琳娜·奥西潘科已于一九三九年五月十一日因飞行失事殒命，终年仅三十二岁。

（《晋察冀日报》1945 年 9 月 30 日）

谨防意外

爱·泡特文斯基 作　李大光 译

很少人知道人类生命损失的一个惊人数额，是被在解放了的城镇和乡村清除致命的高度爆炸弹的工兵们所避免了。

有三十五万枚地雷和捕雷，在克里米亚□工兵们起出而归于无效。有几百万枚从白俄罗斯、乌克兰、立陶宛、拉脱维亚和爱沙尼亚等苏联的城市和乡村被除去。

为了发现这些诡诈的小金属和木箱，每幢建筑物，从顶楼到地下室，都经过工兵们的严格检查。最难找出痕迹的是滞延性地雷。德国人特别小心埋藏这些具有三百到三百五十公斤爆炸力，□幢房屋就会炸飞到天空中去的。

一个工兵需得常常保护自己。在打开一座大厦的门准备起雷之前，他一定要用地雷探索器轻轻触偏大门，因为只要触到把手，就可能意味着登时的死亡。当门枢移动的时候，德国人埋时就算计好了的捕雷就会立刻爆炸。

让我们跟随我们的工兵跨进一所房屋的门槛吧。死亡可能藏匿在每件物体的后面。登上扶梯以前，他先得把地雷探索器伸到第一级□，他一级一级地爬登，好像瞎子借助于棍杖探路一样。假使他想乘升降机，他一定得用同样的谨慎，因为他记得在明斯克政府大楼，他的伙伴们在升降机厢下面找到几个几百斤重的爆炸弹；当升降机提升的一刹那，这些爆炸弹是可以足够炸毁那座大厦的。

当工兵进入第一间房子，他甚至不能相信电灯的开关。工兵伊凡柴维也洛夫要是动了他在搜检着的奥德赛一幢大楼房子里的电灯开关，他的名字早就登到死亡簿上去了。他找寻出两枚捕雷，和从一天到二十一天内爆炸的贵重地雷。不论怎样，我们的工兵借着在战时发明的地雷探索器的帮助，在极大多数情形下都能认出它们。

起掘捕雷是一件冒险的事情。不像工厂制造的普通地雷，这些捕雷是军队自己制造的，用来捕捉不小心的人们。德国人把各种各式的捕雷放在门口和房间、地板下面、火炉、碗橱、沙发、卧床，和衣橱之中。

苏联工兵清除基辅的时候，他们走近放在一间房窗上的花盆。当一个工兵接近的时候，他的地雷探索器发出呜呜的警告声音，他才追踪出这个外形无害的花盆埋的捕雷。

这些捕雷多半是能够毁灭整幢房屋的那种爆炸机械。在明斯克的一幢最大的楼房里，工兵们在浴盆的下面发现一个小木匣。它看来好像一只普通的糖果匣，但经过较严的检查，工兵们发现两条隐藏的电线通到这座建筑物的下层。他们跟着电线走到地下室，从地板底下起出三个大炸弹。如果把木匣移动，那么整一枚在衣橱里面，另一枚在书箱里面，都跟电灯线连接着。

没有一个人在他伸手去拿面包的时候会想到死亡——没有一个人会想到，除掉工兵。在白俄罗斯一个刚刚解放的小村里，有两个工兵在搜检一家农舍的卧室，看见桌子上放着一块面包。幸得他们在接触这块面包以前谨慎地审视了它，他们发现好小的切口，显示了这块面包藏着阴谋。

可以负责地说，工兵们搭救了成千成百回到自由了的城市和乡村的人们。在主妇们生着炉火之前，他们从火炉和烟囱里移去地雷。他们严格检查法西斯蒂抛在广场上的垃圾堆，而且挫败了敌人企图残杀无辜人民的毒谋。在图书馆管理员整理书籍之前，他们从全部公共图书馆的书柜里除去捕雷。

他们懂得敌人的所有奸谋,而且学得了重要的一课:谨防一切意外。(一九四四年十一月十八日　莫斯科新闻)

(《晋察冀日报》1945年10月1日)

晋察冀印象记

林迈可

> 国际友人林迈可先生,系燕大教授,太平洋战争爆发时逃出北平,到达我晋察冀边区教学及参加抗日工作,后去延安。
>
> ——编者

我第一次到晋察冀边区,是在一九三八年的四月及七月,当时给我最深刻印象的是蓬勃的宣传运动及群众组织,到处都在开群众大会,演抗日戏剧,墙上出现新写的标语口号,新组成的军队在操练着,对于群众团体,村庄动员大会和民众教育的开展,人人都感到非常有趣。那时候,日本人完全过低估计他们背后的这支日益生长着的新力量。直到一九三八年的夏天,在日寇统治的报纸上,还讨论只要从老百姓手口收买国军退却时留下的武器,很容易就可以"治安"冀中。当时日人的军事行动,实际上只占领沿铁路线加紧巡逻而已。

一九三九年夏天,我再次到晋察冀边区看到了一年的比较不受扰乱的组织工作的时期,已经很好地被利用了。日寇在各地发动的头几次大规模"扫荡",除了在冀东以外,都被打垮了。白求恩大夫告诉我,他在冀中所亲眼看到的战斗,在这些战斗中,有些日军最精锐的部队被打垮了。

人民遭受了损失,被日寇焚毁的房屋触目皆是,这在一九三八年还是很稀有的,虽然人民以往的乐观情绪消失了,但取而代之的,却是人们下定决心,不惜任何代价,和日本鬼子奋斗到的。曾经与日本人接触的农民说:日本人像野兽一样,如果你不杀死他们,那他们就会把你杀死。

宣传工作比以前少，但这似乎表示民众组织的基础已经成功地建立了，现在群众能够更集中力量作较日常的对敌斗争，虽然在组织中仍有些缺点，但一般的水平比一九三八年高，并且民主的乡村组织的制度似乎已在巩固的基础上建立起来了。

一九四〇年我在重庆，一九四一年我到晋察冀去的计划，因日寇攻势而未能实现，但在太平洋战争爆发时，我设法从北平到达晋察冀，在无线电部门教书和工作，为时两年多，有一大半的时间比较平静，直到一九四三年的末尾，才经历了日寇最长的"扫荡"，但经过边区党政军民的对敌斗争，顽强的反"扫荡"游击战，在三个月后，敌人的"扫荡"在人民铁一般的意志下粉碎无余了。

从某些方面来看，晋察冀的处境是比以前困难了，由于山地根据地部分与平原富庶区域被切断，及敌人封锁线的扩展，经济条件是更加困难了；另一方面，根据地的生产因一九三九年水灾和敌人一九四一年及一九四三年的进攻，而遭受严重损失。同时敌人的碉堡、公路网、封锁沟封锁墙不断扩展，一直到一九四三年下半年，冀中才开始从一九四二年五月日寇"扫荡"蹂躏下恢复起来，但这只是晋察冀全部图画的一方面。当敌人扩展其对于冀中的控制时，冀东地区不断扩大，有一部分是由游击区而变为根据地，同时各种群众组织不断增进。中国不但能保持在日寇封锁线后面中国所控制的区域，而且能扩大这些区域，一九四三年在边区政府统治下的村子、在北岳区增加了两千，冀中增加了三千，而冀东增加了六千，其中有些村子是从一九三七年后就受日本统治的。

经济的困难并没有阻止根据地不断地发展，民主自治政府的机构，也由一九四三年一月的边区参议会完成了。几世纪以来的封建传统，在短短五六年中大部被扫除了，许多人还未能充分地认识我们在自治政府下的权利和义务，但是他们都在迅速进步着。

行政方面亦有很大的进步，政府人员已精简约百分之五十，而工作效率并未减低，因而，过去两年能减少对人民所征的税率（统一累进税）的实施，是组织工作上一个很大成就。和我谈论过这个新税制的所有老百姓，都认为这是一种很合理公平和管理得很好的税制。

有的组织已达到了很高的水平，他们去年经受敌人攻势的考验的情形，我印象很深。虽然在根据地战事持续了三个月之久，但粮票制度并未发生障碍，甚至到反"扫荡"最后的时候，也没有任何部队及非作战单位在粮食供给方面发生断粮等恐慌。同时，我没有听到任何人没有从供给部得到冬季的衣服，无论以什么标准来判断，以上种种都是很显著的成功。《晋察冀日报》在整个反"扫荡"期中，都没有停止过出报，这些都是令人钦服的。

在有些方面，组织的水平还不怎样高。在每一个国家中，要实现一个高度效率的组织，都证明是很困难的，在中国尤其困难。因为中国经济落后，所以有才干的组织者和有大规模组织经验的人为数较少。在这里，真正的缺点，似乎不在于效率低的存在（这在某种程度上是不可避免的），而是对于效率低的容忍的态度。为了继续坚持游击战争，人民固然是应该准备在巨大困难条件下工作，并忍受困难。但是这种忍受艰难困苦的态度，若施之于八路军本身组织中，可以容易纠正的缺点所造成的一些困难上，毫无抗议地忍受这种困难，那就是提高与进步的严重障碍。例如一个制鞋子的工厂，出产一种样式的鞋，穿起来很不舒服，并且很快就穿破，我听到不少人私自埋怨这样的鞋子。但是据我所知，还没有一个单位向司令部提出反对意见，要求司令部命令这个鞋厂改变鞋子的样式。

在军事方面，参谋工作的一般水平，自一九三九年以来有显著的进步，同时关于敌情的谍报工作，也已达到很高的程度。军区工业部虽在极大困难的环境中,但是有非常显著的成绩,他们现在可以制造许多东西,如轻武器、无烟炸药的子弹及掷弹筒,其效率可和日本出产的不相上下。军区卫生部承继了白求恩大夫的高度水平,同时除了其在部队中的主要工作外,在推进公共卫生方面,也做了很多工作。

最重要的进步,是民兵的组织及他们最主要的武器——地雷的使用,他们不但给敌人很大打击,并且对士气的高涨有很大贡献。当人民知道他们真正能对日寇有所作为时,他们不再害怕敌人,而只有仇恨敌人。在最后一次日本攻势以后,人民的斗志还是非常之高。今年一月间,我们在回到司令部的路上,遇着了许多热心的民兵,手中拿着新领来的地雷手榴弹,他们是刚从附近大会上归来的,他们在大会上讨论了过去战斗的经验教训和今后作战的计划。

晋察冀军队的效能及人民的组织,既然已发展到目前的程序,那么限制着晋察冀作战努力的因素,是粮食和军火,其中军火是基本问题。因为只有有了适当数目的轻武器及弹药供应,才能使日寇发动抢劫变得得不偿失,才能使中国方面收复并完全控制除了日寇几个最大的据点以外的平原富饶区域。如果除此以外,军队还能有摧毁堡垒新式轻便大炮及少数空军的援助,那么敌人就可以被打退到铁路线,并使他们不能利用华北的经济资源,甚至日寇沿铁路线的交通,倘使他们不大大增加其兵力,也是很难保得住的。今天同盟国还未给八路军以他们需要的比较少数的军需供给,是同盟国家对日作战努力中物资分配的失策。

五月二十九日于延安

(《晋察冀日报》1945年10月3日)

一本武士道匪徒的照相簿

[苏联] 罗斯特果夫

这是一篇描述日寇在东北罪行的通讯。原文是苏联第二远东前线军事访员罗斯特果夫写的，登在9月1日的《真理报》上。这虽是日寇罪行极小的一部分，但是我们读了它无论如何也抑制不住从内心燃烧起的愤怒之火。任何一个中国人都应该坚决地要求，做到逮捕并彻底严惩这些杀人罪犯。对战争罪犯的任何宽恕，都是对自己同胞的罪恶；同时应该深深感谢红军对于我国的帮助。我们转载这篇东西的另一目的是希望各地记者、通讯员在新闻通讯写作上学习这种具体生动的方法。

——编者

本州岛山形县住着一个叫□仁吉广胜的日本人，他的弟弟小胜在南满宪兵警备队里服务，两兄弟经常书信来往。作为军人的小胜可算是"日出之国"的"忠实子孙"。他在满洲确实完成了天皇的意志，他严惩了许许多多敢于挺身而出，反对日本占领者建立的"新秩序"的满洲人民。

同其他邮件在一起，小胜寄给他哥哥许多照片，留下的一份整整齐齐地贴在纪念册上。眼前就是这本尺寸不十分大，橙黄色鹅绒封面的照相簿子，我们翻开每一页来看：

第一页是一张图画片，上面绘满洲地图，下角是凌源县城，小胜用铅笔标明这里就是他所服务的守备队的所在地。守备队活动于南满一带及其他中国地方。在图画的背面，小胜写给他哥哥："我现在在这个地方给你回信。瞧吧，这是一个城市，但很像乡村。我们借玻璃灯的灯光过夜，过几天我们就要出发讨伐土匪，土匪有三千多，战斗一定是残酷的。我带了伤不能参加这次讨伐，实在惭愧。"

小胜把游击队叫做"土匪",在宪兵队里照例都是这样称呼那些为祖国为自由而斗争的中国爱国者们。

小胜是一个杀人不眨眼的刽子手,他最喜欢干杀人的勾当。这在寄给他哥哥的照片上是赤裸地证明了。在这些照片上,刻印着他的骇人听闻的"作品"。眼前是第一张照片,夜漆黑的天空,日本士兵持枪站在一个中国村庄的土墙外面,墙外隐约可见老百姓的土房。日本人向土房射击,一个日本兵已经翻过土墙。照片下标明是"夜袭"。附有说明"得到命令,夜袭敌人。老百姓住宅首先被我包围,从墙缝里隐约可见灯光。一阵枪声如狂风骤雨打破了大门,越过土墙,全体奋勇前进,一时间把全村住民杀得净尽。这该说得上严厉膺惩了。战斗完结后,唱着胜利之歌,踏着宽阔的积雪的道路回营。恰在此时,有一轮红日,东方露出朝霞"。

武士道的罗曼蒂克,就是这样。一个深夜袭进和平的农民的住宅,兽性发作杀尽了全村的人民,鲜血染红的刺刀迎接着朝霞——日本强盗心中,这是多么恬静的一首田园诗呀!

照片一张接一张在我们面前展开了,日本野兽残害中国人的照像证件。

第二张标题为"中国现状的故事":一片郊原,许多中国老百姓前面是两个日本兵抬着一根上面系着一个中国人的粗木杠。两只手和脚倒绑在木杠上的中国人,死挺挺地倒悬在空中,头部垂地,这是一个游击队员受尽了长时间的拷打,然后在人生理上不能忍受的挫折中死去。

下面的一张同样反映出杀害中国人民的画面:我们看到一大群中国人,前面是一具无头的死尸。觍颜自得狞视人群的日本刽子手的手里,提着刚刚切下来的人头——一个游击队员的头。他做出胜利者的姿态,手提着血淋淋的人头给集合的老百姓看,紧接着走向还站着的新的牺牲者。过了一分钟,他又把另外一个中国爱国者的头颅砍下来示威了。好几个日文字母告诉我们,这照片的内容是"宣抚居民"。"宣抚"的意义是最明白不过了,谁如果想反抗日本人,谁如果敢于不承认新秩序,他的头就要被割掉。

第四张照片很简单,标明是"剿匪之后",这里不需要任何说明就很明白:九具赤条条的死尸,在靠石崖的大石上停放着,刀伤的痕迹,模糊不显的面容,砍折的双手,中国游击队员都是被刽子手们剥去了衣服,并用残暴的手段虐杀的。

接着是反映虐杀一般情况的两个片断的照片:一具游击队员的尸体,全身一丝不挂,两手伸张,卧在沙上,人脑壳上的伤痕依稀可辨。根据伤口的形状,很容易判断他不是被日本人用马刀或刺刀而是用另外笨重的钝刀之类的凶器虐害死的。另外一个片断——一具被砍成两半的游击队员的尸体,靠脚旁放着被砍下来的头,在被害者的前胸上,放着黝黑的干枯的露着白色牙齿的头骨。

日本武士道匪徒把各式各样的方法教给士兵,中国人的生命是一文不值的。一个日本警察被杀,要用野蛮的手段害死几十个中国人来抵偿。

在小胜的照片簿里,有一张照片露骨地证明这一事实:在高高的土台上,停放着一口棺材,里面是一个在同游击队作战中被打死的日本警察,棺旁放着花圈。就在这里,地上放着一具中国爱国者的死尸,全身亦是被剥得精光,头部被砍掉了,胸前依然放一干枯黝黑的头骨。好些新来的日本警察被引导到这里来参观,目的是告诉他们,怎样惩罚敢于决然反抗"统治者"的中国人民。

下面两张照片揭露着日本强盗在沈阳城外的暴行,这张照片证明刽子手们的残暴屠杀的本领,真是登峰造极了。砖墙旁——一所近似足球门的设备,在横梁上悬着九颗血肉狼藉、面目模糊的人头,在横梁的左侧一端,挂着的不是人头而是一些人的下颚,远处靠墙边站着两个穿军服的日本人背着两手在鉴赏着自己的作品,其中之一,可能就是照片的主人——山形县的小胜。

在另外一小张沈阳郊外的照片上,我们看到一棵枯树的凋零的枝杈,在秃光的树干上照样悬着许多人头,这些人头悬在这里已经很久了,都变得像那棵死亡之树干枝一般的漆黑了。上面标明"被斩首的土匪"——这些是在满洲战斗的默默无言的证人。

小胜不但杀人,而且还苦心研究过满洲和中国。在被斩首的尸体的照片中,夹杂着秀丽的名胜风景和都市风光。在这里有荡漾在高原的骆驼队,有松花江上的铁桥,有中国家庭的古玩陈列,在这个日本宪兵看来,中国人民的人头,和中国万里长城的景色一样,平淡无奇。

在这野蛮残暴的习性里,在这一时杀兴大作、杀戮全村居民的贪婪无厌的意图里,像一面镜子一样,照出他们在东方建立的新秩序的真面目。

看过小胜的照片簿,急急想洗净双手——这上面充满了多少血污,与人性的堕落呵!忍不住要一次又一次地喊出:红军的功绩是何等伟大呀!他从长期的死的恐怖、苦难与蹂躏之下解放了成千万的人民。

这两幅照片是本社记者自张家口邮电局西侧一小洋房中捡到的,该处在解放前原住一日本警官(姓名待查),他如同罗斯特里夫所记的小胜一样,是一个屠杀中国人民的刽子手,他自己保存的二十几张照片,只是他留下的证据之一。彻底严惩这些杀人罪犯!

(《晋察冀日报》1945年10月3日)

作家在前线

贝特

> 我们在工作,深深地为我们可惊叹的军队和他的全体职员所感动。这不仅只是兴趣,而且是对这些人的一种一直要保持到死的伟大的爱。
>
> ——道尔马托夫斯基

"能拿笔的时候我拿笔,该拿剑的时候我拿剑。"十六世纪中亚细亚诗人萨尔坦·巴贝尔的这两句话,可以作为古今各国所有那些应自己国家的需要而拿起武器的作家们的战斗口号。战士诗人们的名字,被珍重地保留在历史里。俄罗斯诗人楚可夫斯基,在一八一二年保卫莫斯科的国民战争中作战,就在战场上写出了他的名诗:"俄罗斯烦扰者阵营中的歌手","我们是首先冲入战斗的";诗人喊出这支撑起俄罗斯的灵魂的言语,写下来的言语变成了诗人的武器。

这是令人怀疑的:在历史上其他的时代,诗人和战士是否曾像现在反法西斯主义战争中这样地完全融为一体呢?"我们是战士,"诗人亚历山大·普罗哥非也夫说,"猛刺、猛砍、猛杀的诗歌已成为我们的一种武器了。"

有八百个以上的苏维埃作家在前线,他们从事各种不同的工作。而纯粹的文艺或新闻活动渗入到战斗里。然而,作家的主要武器是写下来的言语——一种有许多用处的武器。作家们克服困难做了前方报纸的专门记者和报人。红军中发行成千种销路广大的报纸,可以说,每个部队都有它自己的报纸,在无数师团里都可以得到它们,有着特有的红军名称的部队和战地报纸:《勇敢》《打败敌人》《前线的人》《胜利之旗》《战士的话》《斯大林主义的战士》,此外还有许多。这些报纸之中，有许多知名的作家做它们经常的编辑委员，《保卫国家》报的经常投稿人中有 I. 爱伦堡，N. 吉法诺夫，V. 英贝尔和 A. 普罗哥非也夫。

P. 巴夫伦科，A. 贝兹门斯基，I. 塞尔文斯基，M. 斯维特洛夫和死了的 Y. 克雷莫夫这类名诗人和作家，战争开初就上前线去了。在把他们的才能和经验贡献给战场的过程中，作家们自己已从他们的新工作中学到许多东西。写起来有趣：他们中许多人都已开始采用新的写作体裁——散文家已作为诗人和戏剧家而表现他们的技巧，批评家和诗人已经变成小品文和散文作家，当他们大家都自然而然地做了记者工作的时候，电影脚本"克隆斯达"的作者 V. 维士涅夫斯基以前只写散文，"如果环境需要，"她说，"我决定写诗！"

每一个作家在他自己的岗位上工作时，都寻求在新情况下有最大表现力的各种形式。我们可以学诗人塞姆扬·卡桑诺夫创造的"富马·斯密斯洛夫的名言"，作为这种"寻求"的一个成功的例子。富马·斯密斯洛夫是一个想象的角色，人们认为他是那些有教育意义的，谈诙谐的，戏剧性的插话和警语的作者，其实那些插话和警语是卡桑诺夫为军队而写的。富马·斯密斯洛夫是一个曾经出入于水火的老工作人员，他所写的每一件事物，都对准敌人给以讽刺，忠告同伴们擦净来福枪。他们是用老百姓熟悉的俗话写成的，一种像海浪似的有节奏的语言。富马·斯密斯洛夫不断收到他的读者和钦佩他的人们写来的信，谁也不相信他其实就是站在幕后的诗人卡桑诺夫。而恰恰就是这，使卡桑诺夫骄傲地发现他已找到在战时该说的得当的话了。

第一人称的故事容易在诗人和读者之间建立联系，因为别的诗人也采用这种体裁的各种不同的形式。例如，A. 普罗哥非也夫的受人喜爱的"间谍伊凡·马弗伦的故事"。军队里爱好的另一个文学上的人物是特瓦社夫斯基的诗里的英雄，农民，步兵瓦西里·泰俄金。在战争进行中,这诗常添加新的章数进去。首先在前线的报纸上出现,后来印成书本了。

许多新作家在战争中涌现出来了——作品初次发表在战壕里出版的战士的报纸上的诗人们。他们中确有许多天才,他们的名字已为读者所喜爱。少尉普洛夫的诗《在沃尔何夫》以它的具体和诗的清明而使人爱好。中尉维大利·威本科的《一封信里的几行》和《谁将告诉我?》里,有一股抒情之流在奔流,那是那些生活在战争的怒吼和烟雾里的人所特有的。在另一个前线诗人塞真·斯米尔诺夫的一次攻击战的描述里,你可以听到一种进军的整齐的足音。

"在今天,要成为一个作家的青年,必须经过战争的学校。"康士坦丁·西蒙诺夫谈到青年作家的作品时写道。伊里亚·爱伦堡也常反复这样的观念:"关于战争的真实的作品正在前线的战士心中发展起来,它们将被那些正在从事战争的,那些在今天甚至连写个明信片给亲人的时间都找不出来的人们写出来。"伊里亚·爱伦堡是第一个欢迎天才的战士诗人古曾柯的人。

前线战士的作品是生动的亲身经历的记述。他们描写他们如何进入攻击,攻击之后又如何休息;描写他们的同志的死,他们对于亲近的亲爱的人渴念。没有想象能代替这种经验,没有别的东西能创造这种现实主义和这种感情。在他们的出品里,有时你会感到一种粗率,不匀称一类的东西,然而,这是在战斗酣时完成的作品,即使是这些特色对我们也是亲切的,因为他们是写一种情况的直接的印象。

从我们所写的看来,在前线,出版的好像大多数是诗,因为短诗简短,需要的篇幅少。但这并不意味着散文家和戏剧家的缺乏,在前线,写作并出版短剧,有些报纸甚至出版短篇小说期刊。很多篇幅都专门给了幽默的文章,这种最为战士们所喜爱的文学形式。

适应性是前线作家的一种决定的至宝。躺在最不舒适的地方,地下室或战壕里，他都必须能够写作。借一支蜡烛或一盏小提灯的暗淡的光，用他自己的膝头或同志的背当桌子。战争开初，尤利·克雷莫夫正写到这个。"对这工作说几句话，"他说，"必须承认我过去看轻了它的困难。的确，在奔跑的时候我们都必须工作，而这是你必须学习其奥妙的东西。我渐渐得到这能力了。"所有的作家们都已经渐渐得到了它，最好的一个例子是诗人尤金·道尔马托夫斯基，他在最困难和危险的地方发挥他自己的力量。

战争开始时，据说他失踪了，在敌后度过了几个月。其后，和他在胜利的攻势战里所参加的军队一起，他参加了激烈的斯大林格勒之战，后来又战斗在顿河前线。道尔马托夫斯基是一个不知疲倦的工作者，这事实由他所得的勋章和奖章就可以证明。"时局需要……"——而道尔马托夫斯基安心于写他的故事了。这就是他为什么会写出那一连串攻击战的速写《在远远的大草原上》的由来。原先，道尔马托夫斯基当然是一个抒情诗人，战后他出版了四大诗集：《大草原笔记》《德涅泊之歌》《斯大林格勒的诗》和《胜利的信心》。道尔马托夫斯基直接接触了军队和战场。在前线度过许多悠长的日月之后，给予他的一个短期休假被他拒绝了。"我不要离开，我不能去。"他写道，"我们在工作，深深地为我们可惊叹的军队和他的全体职员所感动。这不仅只是兴趣，而且是对这些人的一种一直要保持到死的伟大的爱。"

这爱是双方的。军队里的作家是你所认识的人，你可以请他开导你，向他学习和请教。军队迫切地等待着每一本新书。一个作家的话在前线是多么有效。可以从下面看出来维拉·英贝尔的诗"普尔可沃·墨里地安"，是在列宁格勒被围困得最恶劣的日子里写出来的，其中有一节描写她的一岁大的孩子的死。表现出对在战争中死去的一切孩子们的死所感到的全部悲哀。这诗出版后不多时，维拉·英贝尔就收到一个红军战士给她的一封信。"我曾深思过：一个苏联公民要怎样才能有力地回答你那首写你孩子的死的诗呢？"他写道，"我是这样做了：我抚养了一个四岁的小东西，他的父母在列宁格勒死了。"

作家的话巩固了苏维埃人民间统一的感觉——那种统一，乌塞沃洛德·维土涅夫斯基在一个作家的集会上称之为"一个一心一德的家庭感觉"。我们也想起当尤利·克来莫夫刚上前线时所占有他的那种情绪。他是这样写红军的："说到美，它才是最美的。美在它的人格，它的胜利意志，它的不屈不挠，适当的大胆。从前我所听到的关于我们的军队的事情，大都好像只是宣传夸大。但现在我知道它是事实了。人们每天每刻都准备为国家而牺牲他们的生命。"

这同样适用于西蒙诺夫的小说，《日与夜》也是写斯大林格勒的史诗。战争开始后，西蒙诺夫展开了才能，成为一个最多才多艺的大作品的作家，几乎没有一种文体他没有用过——散文、诗、戏剧和新闻；也没有一个前线的角落他没有拜访过。他的三本速写，《从巴伦茨到黑海》，将在文学上得到一个永久的位置。

战争开始后，这些会战和苏维埃人民间的这种手足之情的感觉已在苏维埃作家的作品里产生了一种新的特质。作家的艺术变得有力并且提高了。在战时经常的困难日子里，在战争的危险中，他们曾经观察他们的人民。他们已得到人民精神特质的一种深厚的知识——他们的谦逊、坚强和忠心。这帮助他们创造出伟大价值的作品。关于这，我们提出瓦西里·罗格斯曼在战争开初几个月所写的《不朽的人民》，他的小说《生命》，和他那斯大林格勒的全部速写。和伊里亚·伊尔夫合写《可以坐的金刚石》《金牛》和《可爱的黄金的亚美利加》的名作家尤金·彼特洛夫一九四二年死了，使他不能再在许多前线做战地通讯员而创造作品了。他留下一本可纪念的前线生活日记。巴夫伦科、柯齐夫尼可夫、萨弗郎诺夫的战争故事，白俄罗斯青年诗人阿加地、古力硕夫的诗,乌克兰诗人李俄尼、白沃迈斯基的诗和故事——所有这些都是战时文学有价值的贡献。这些作家直接从战场上或游击队活动的村庄和森林里获得写照;他们观察了在战争影响下人类心理学上所起的发展和变化。

《海军上校》是尤利·克郎的一个戏剧的名字。他跟随着一只潜水艇,当场研究材料,成功地观察并记录了这位苏维埃型的军官是如何发展起来的,他怎么样产生了那种勇敢的、本能的忠诚。

在将来许多年内,战争抒情诗将要为人所诵读。常常是在战斗正酣时写的,注定只能短期存在的东西已经受过时间的考验了。印成书本,证明了它们的确是真正的诗。西蒙诺夫的名诗《等着我》可以说每个战士都把它从报上剪下来,或者抄下来揣带在食粮袋里。谁能比一个前线的人更了解对于爱人的那种渴念,有再见她的那种巨大的欲望呢?《等着我》得到了成百的模仿者——一个新抒情的主题被发现了。

在亚力克塞·苏尔可夫的作品中,大胆的抒情性是特别杰出的。作为"前线的流浪者,斥堠"——他这样封他自己——他有一种光荣的知识:了解战士的精神和前线的日常生活。他的一个近作集《三本笔记》,读起来好像一本日记。

上述作品中,有许多在国报上发表的。大约有八十个主要的苏维埃作家是这种报纸,如像《真理报》《消息报》《红星报》《少共真理报》和《劳动报》的永久战地通讯员。自战争开始后,一天一天的事情他们都在写;无疑地,他们的作品将作为未来的战争史的一个基础。

我们所谓战士作家的充分意义包含很广。已经有二百五十个苏维埃作家联盟的会员得到了勋章和奖章——头等国战勋章、红旗勋章、红星勋章,还有保卫斯大林格勒、列宁格勒、悉瓦斯托波尔、奥得萨,以及莫斯科等英雄战的奖章。多数作家也得了游击战奖章。虽然有几百个作家是正规兵或军官,但也有不少在军队里只是从事他们的专门职务的作家,在紧要关头拿起武器而表现出伟大的勇敢和机智。例如,写青年阅读的小说的作家,温和仁慈的密克海尔·格生孙,他在军队里是做翻译和通讯员的,但在连长被杀之后,他就领导着那个连进攻。他自始至终显示出非常的勇敢和果断,支持了那个连的战斗精神。后来,他自己也因腹部中弹而毙命了。

儿童故事作家阿加地·盖达,是一个常常要被想起的人物。他是《铁木尔和他的一群》的作者,这是一个写苏维埃儿童的积极的故事,如像他们的责任感、高尚、勇敢、机智,以及他们对国家和它的保卫者的爱,他个人的例子表示出大胆和忠诚服务国家的意义。他在一个游击队里活动的故事本身就可以构成一篇动人的小说,但不幸其结局是悲哀的。

一九四一年,盖达留在乌克兰,靠近基辅,当地被德人占领。后来,接到他服务的部队里的上校的信,说盖达拒绝和红军参谋本部乘飞机离开,而留在德涅泊森林里当了一名游击队员。

"对于那些打仗的德国人,他们做了许多破坏的事,"安娜·施维科说,"盖达活动的地方的一个本地人写信给作家联盟说。她的丈夫因与游击队有联系而被杀了,她的儿子们被赶到德国去做工。""我想起盖达在奥泽屡士奇的村子里讲话的时候。就在德国人和警察面前,他号召老百姓和闯进我国的该死的法西斯奋斗。有几次,我的小儿子和盖达到村里去拿干草之类的东西。"

不久,一次搜查开始了。大约一个月后,在一次争夺粮食的突围里,盖达被捉住杀掉了。

苏维埃作家联盟的军事委员所收到的关于盖达的信,是很感动人的:"在困难的时候,没有人比他更好的,更可靠或是更活跃了。"

最后看见他的奥洛夫上校写道："他是诚实、勇敢而宽宏大量的。"

苏联英雄中还有两个苏维埃作家——喀什克批评家兼文学史家梅里克·哈杜林和乌克兰青年作家波曾柯。

在苏维埃作家联盟的一次全体大会上，波曾柯谈到前线许多杰出的意外的事情，他在里面充当士兵和新闻记者。他跟着猛攻诺沃洛西斯克，占领了别的许多居民点，而后来夺取了塔曼的那支军队任战地通讯员。后来，当面临着强夺刻赤海峡，以便在克里米亚海岸得到一个立足地的艰难工作时，部队报纸的编辑请了波曾柯去，说："你去参加登陆工作，给报纸写文章。"

让我们看看波曾柯自己对这工作的简明的报道怎么说吧："担任这极端困难的工作的师团集中在塔曼。暴风雨延续了四天，部分船队被毁了，而风还继续吹着。虽然有些船只已经沉没了，命令还是要我们登船。我们在半夜上了船，但船不够用了。每只汽船已经载了四十五个人了，每只还另外加上十五个去。'慢慢去，'负责的军曹说，'不要把船闹翻了！'"

"浪花从船边打进来，我们只好用帽子把水舀出去。"

"我们在海上有五个钟头，当探照灯骤然从德国人占领的克里米亚海岸上射出的时候，我们的船只被发现了。德国人开了火，但同时来了一阵雷似的怒吼，几万颗地弹在我们头上声震云霄。这是我们的大炮发出的掩护炮火，给水兵们一个成就登陆的机会。炮弹烧着了对岸上许多房屋和草堆，成为我们入口的路标。此外，德国人用几打探照灯和几百个火箭替我们照亮了道路，在它们的青光下我们辨出了海岸线。每个人都想再好好看一看我们应该打仗的地方，海岸好像近在面前了。但是高得很，我们奇怪我们怎么能在那里打仗呢；登陆的时候，我们可能十几次地被杀了的。"

"我和尼可拉·贝尔雅可夫的部队一起，它是要首先上岸的；我们后面是团,再后面是整个师团。按照次序表,我的船应当是第三只登陆的,子弹烧着了头两只船,我们就开足马力靠岸。一颗打中我们的船,落在引擎上,引擎着火了,烧烫了人们的头发和眉毛。后面的那些人伸出手来向火取暖,因为旅途冷得太厉害了。后来,一杆重机枪子弹一连串地打中了船。"

"我们终于到达陆地,上岸了。三和土的堡砦就在我们前面,重机枪正从那里射击着。贝尔雅可夫就在我后面上岸,被反坦克手榴弹打中了。我断续前进,水兵们跟随着。我们平躺下来,前面就是有刺的铁丝。一盏探照灯发现我们了,水兵们看见我的少校勋章时,就要我做领导。我告诉他们把铁丝剪断。水兵们答说那里埋着地雷。'好啊,那我们就把地雷取掉',我一直向铁丝走去。"

"突然,在一盏探照灯光中,我见一个姑娘之类的在旋转,不可相信地在跳舞。'前进!前进!'她说道,'我就在这里跳舞,这里没有地雷!'我命令人们向右边去,那里大量的子弹开始爆发了。至少有两百支枪在射击我们,而当探照灯从四面八方找到我们的那一瞬间,我们的投弹人飞在头上了,迎着探照灯俯冲投弹,使许多探照灯失去战斗力。我注意到我们右边有一些房子,就决定往那里去,因为在它们的墙壁和石头后面,我们会少受些炮火所给予的损失。"

"我们进村时,德国人从屋顶上、顶楼上和地下室用一阵机关枪和汤米枪弹的暴风迎接我们。但我们不久便把他们肃清了,而当它开始得到光明时,我想起我必须让塔曼半岛的读者们知道我们已经登上克里米亚,并且建立起一个海岸堡垒。我有一个随从跟着我,一个十岁的男孩儿,名叫文雅塞杜伦科,我们进了我们看见的第一所房子。我在那里赶写我的报导。我把我从克里米亚的第一个故事包在一片防瓦斯的斗篷里,使它不致被弄湿,把随从送下海岸,使他坐上一只汽船奔回大队去。"

波曾柯留在那里，直到这工作结束；他和他的部队在一起，当他们夺到许多山岗丘陵，击退了德国的自动步枪、坦克和"费的能"的进攻的时候，他还参加了肉搏战。在描写这些杰出事件时，波曾柯常是这样结尾的："然后我坐下来写我下一次的报导。"

作为一个战时的作家，波曾柯是成功了。他已展开了他自己的风格和愿望，成为一个漂亮的小说家。

波曾柯的生动的性格，一般地，代表了战时作家的典型。维士涅夫斯基的话："你把你自己投入生活里——投入战争里——你做了每一件需要的事情。"代表了人们的呼声，而使这战时作家感到愉快。
（王琳译自本年一月号《国际文学》英文版）

（《晋察冀日报》1945年10月27、28日）

莫斯科大会战

巴车里

准备迎战

莫斯科准备和敌人决战。全莫斯科的人民都起来拱卫这座城市。第一步需要组织坚强的防空。

六月二十二日希特勒党徒发动了战争，七月二十二日，他们向首都开始空袭。差不多每天都有法西斯飞机飞来。我们的驱逐机和高射炮不分远近，一路截击。但是极少数的敌轰炸机蹿入城市上空。

莫斯科人民，从战事爆发起，在每所住宅里，每家商店里，都有了地方防空团队的组织。不分昼夜，莫斯科的劳动者都站在自己的岗位上轮值，带着空袭警报信号，在房顶上守望，准备保护自己的房屋和工厂。

当德国的十月攻势开始的时候，敌人对城市的轰炸就更频繁、更猛烈。德军把飞机场移近了莫斯科。巨量的轰炸机群每天向城市进袭数次，用自己的驱逐机掩护着进袭莫斯科。和他们抗争也就更困难了。苏联的空军用无上的英勇击破了敌人的空中攻势。飞行员争先恐后地迎击敌人，时常因为不依照秩序起飞，发生争论。

机器和人员虽受了巨大的损失，德军还是继续轰炸着城市，为造成恐怖、困难和混乱，给苏联人民以精神的威胁，破坏莫斯科的劳工生活和数百万莫斯科人民的团结。但是恶魔的思想未能实现！莫斯科的人民没有动摇。莫斯科格外的坚强凶猛，尽责任，守纪律，更注意着自己的生活秩序。

德军轰炸了儿童医院、瓦赫坦高夫戏院、大学校的房舍、平民的

住宅。此外法西斯党就没有什么可宣传的了：莫斯科的企业仍然完整地存在着，继续不停地工作着。

这美丽的首都带着细小的创痕，完整地站立着。

不仅要阻塞敌人到首都来的空中航线，还要断绝敌人的陆地路线。需要在莫斯科周围成立防御圈，若干防御境界地带。在凡是敌人能通过的道路上，应该构筑工事、掩避部、火力据点、防御战车壕及壕沟，建立苏军的据点，希特勒的步兵和战车的障碍。从各方面都有敌人到来的可能，但是我们深信敌人绝不敢从正面来攫取莫斯科，否则一定要碰大钉子，德军要想迂回首都，包围它，再渐渐地缩紧包围圈，用德国的"铁钳"来绞死它。所以一定要构筑环形防御工事。不仅在西方，同时在北方、南方和东方都筑起了障壁，防御敌人的攻打。

数万的首都居民一起挖掘堑壕。工厂中不当班的工人们、高等学校的男女学生们、主妇们、老的少的——都尽了各人的天职。他们都发挥了大无畏的精神，建立火力据点，挖掘防御战车壕，构筑防御桥，砍伐森林，设立障碍，准备炮兵阵地和战壕。在城里——街道上、广场上、十字路口建立防御塞，用铁刺猬做成的防御战车障碍，填塞了小巷子。用沙包掩护着公路，带刺铁丝网包围着哨所，在通往莫斯科的道路上敷设了地雷。集团和集团竞赛着，这区和那区竞赛着，这样提高了防御工作的步骤。

大雨、大雾、严寒都不能妨碍他们的工作。不知疲劳，不怕艰难，打破了一切机械的纪录。六十岁的斯达哈诺夫者□赫洛夫同志在加里宁工厂工作了三十五年，在建筑上完成了两个单位以上的工作。科学家伏罗洛夫和薛明左夫、主妇里高吉娜……千千万万的莫斯科人民努力用自己的劳力来建设。第一国家电力□集团、莫斯科地下线网集团和其他企业集团，在两天之内完成了他们地区的筑城工作。

敌人开始攻击了，敌人冲向了莫斯科。用战车突进，冲破了红军的英勇抵抗。布列安斯克、奥勒尔、威雅兹马失陷了。危险性就更尖锐化了。

在战事发动的初期，莫斯科就成立了国民军。不在动员范围以内的，未曾被征召的爱国青年都设法参加和敌人斗争。志愿兵向国民军团部登记。当战事伸展到了莫斯科，敌人威胁首都的时候，党的莫斯科委员会召集人民武装起来。千千万万的劳动者，党员和非党员，迅速地编成工人营，在城的边区据守了防御阵地。

他们是莫斯科最优秀的人群。他们暂时离开了自己的岗位，去构筑工事，同时研究武器。工作之后，立刻从事军事训练。他们不停地研究，很快都变成了善战的勇士。

工人营的左近是莫斯科居民和他们的眷属。柯尔进金教授和他的儿子薛尔基站在一排；他的夫人就充任这一营的看护妇。像这样的家庭有很多。

有一位十七岁的地质学专门学校的女生妮娜·芍伏隆柯瓦向克拉□诺普烈斯宁斯基区党部要求加入工人营，被拒绝了。她说：

——要是不派我到前线去，我就不离开此地。我的父亲和哥哥都在红军中和希特勒党徒对抗。现在已经打到了我的家乡，我不能在家里坐着。我应该参加莫斯科的保卫。

这样的思想每一个莫斯科人都有的，领导听了芍伏隆柯瓦的话，还是拒绝了。她就默默无言地坐在椅子上。她不走，她坐了一整天。于是营长被感动了，说：这女孩子这样坚决，一定能成一个很好的战士！妮娜就加入了工人营。

莫斯科人民都起来参加保卫。他们出发向四方，向前线，在莫斯科外围第一线迎击敌人，用自己的血肉来掩护莫斯科。

但是这还嫌不足。还需要确保自己，自己的前线，足够的战斗员和武器。要继续不断地把机关枪、迫击炮、手榴弹、炮弹、枪弹、地雷、炸弹供给前方，使莫斯科保卫者不感觉到任何缺乏。更重要的，莫斯科准备了环形防御，无论在任何恶劣环境之下，都应该不间断地用武器弹药接济红军。

莫斯科的工业从战争初期起就改成了军事装备，把出品大量地供给红军——从战车到枪弹，从服装到干面包片。但是当前方移近到了莫斯科，首都受到了直接的威胁时，需要将莫斯科最良好的工厂，设备完美的炼钢厂，以及第一流的劳工干部迁移到更安全的地方去。把苏联人民遵照斯大林的五年计划亲手建设的工厂作无谓的牺牲是不应该的。莫斯科最优等的工业企业就向内地、向苏联东部疏散。

工人们迅速谨慎而爱惜地拆卸了贵重的机床、机器、原动机及受动机、最新式的机械，装上了火车，工厂都迁到了新的地点。在广大的工厂里仅留下了少数的工人和一部分机械。以往在那里成千成万的人工作着，现在只有几十、几百人了。从旧堆栈搬运损毁生锈的机床。他们把旧机床修理，来生产军需用品。被疏散的工厂到达了地点后，就立刻组织起来，虽然规模不大，但是立刻开始制造迫击炮、手榴弹、自动步枪和炸弹。

衰老残疾早已退出工厂领用恤金的人们，又复员了。参加生产的，有妇人、有小孩儿。凡是留在城中的，都是适应制造武器的，所以工作的步骤达到了饱和点。每天有很多绿色军用卡车，把军火装运到前方。

无数荒废的工厂现在变成了小作坊。有这许多小作坊制造零件，就变成了一个伟大的军火生产企业。莫斯科人民回忆一九一九年，当邓尼金攻到莫斯科的时候，在那时俄国没有大的汽车厂、机器制造厂和其他工厂，这些工厂是以后苏联人民建设的。但是那时的莫斯科也能制造军火，供应前方一切需要。而现在，工厂被疏散以后，生产的条件当然比从前差得多，只要有毅力来推动工作。

莫斯科人民就这样地实行了。在每个人的脑海里只有一个思想，怎样保卫莫斯科，怎样给敌人一个严重的打击。莫斯科人无论看见了什么，立刻就想：怎样来利用它做防御上的使用呢？莫斯科的劳工之中产生了很多的发明者。

有一个汽水厂，少女们在那里工作。她们煮果汁和装瓶，当敌人接近了莫斯科，这些姑娘们想——现在谁还需要果汁呢？她们就用瓶子制造武器——瓶子里装满了燃烧性的液体，用作对抗德国的战车。她们这种工作给了前方很大的帮忙。有很多女工得到了国家的奖赏。

做白铁匙子的工厂，从事制造手榴弹。做扣子的改做火绳杆，制造各种零星物件。糖果作坊、牛奶场、金器店——都选择了前方和军队所需要的更重要的工作。

大大小小，新的旧的企业都在紧张地工作着。人们整天不离开工厂，在那里睡，在那里吃，在那里学习机床的运用——一切的一切，都是为了莫斯科。

可以说莫斯科人不是工作，而是用机床和敌人斗争——充实了前方的需要。

英 勇 防 御

一九四二年十月初旬，德国开始了猛烈的攻击，目的在夺取苏联首都。在十月二日颁发给各军的命令上，希特勒说："一切都准备妥当了，为的是给俄国一个致命的打击。"德国的将领集中了巨大的兵力向莫斯科进攻。果然，强大的战车、大炮、空军、摩托化步兵冲到了莫斯科，在攻势发动的初期击溃了苏军的抵抗。德军继续不停地向莫斯科推进，压迫苏军。

在攻击的第七天，十月九日，法西斯党徒在柏林招待各国记者和通讯社长，希特勒的助手琪特利赫声明说："在军事方面，苏维埃俄国已经被征服了。"可怜的愚笨的柏林人都信以为真了。

事实上适得其反，德国的攻击，一天一天地遭遇红军更坚强的抵抗。

苏联的战士，莫斯科保卫者，英勇冲杀，真是一寸土地一寸血。战场距离莫斯科只有一百——一百二十公里了。一九四二年十月十九日国防委员会颁布西线总司令朱可夫将军保卫莫斯科。为确保莫斯科防御的后方和巩固部队的后方，同时为避免德国间谍的活动，国防委员会宣布从一九四二年十月二十日起，在莫斯科城内和近郊实行戒严。

正在德国攻击严重的时期，适逢十月革命二十四周年纪念日。在十月九日希特勒党徒就准备迅速占领莫斯科，但是十一月七日快到了。于是希特勒决定在十一月七日以前占领莫斯科，不让苏联人民庆祝这伟大的节日。

整个世界都在注视着莫斯科的战斗。

苏联人民不顾一切地保卫着自己的首都。莫斯科人民收到了从各地寄来的支援和鼓励的信，用尽了一切可能的方法来协助莫斯科人民。从遥远的东方——西伯利亚、乌拉尔、伏尔加流域，从中亚细亚各联邦——大量的战车、飞机、大炮、弹药和冬装输送到莫斯科。补充预备队和新训练的红军运送到莫斯科战场。并不仅是莫斯科人保卫莫斯科，苏联的人民都尽了最大努力，不让敌人接近首都。全苏联人民用血肉来保卫他们可爱的首都。这一群西伯利亚人，哥萨克人、乌拉尔人、乌克兰人都不顾惜自己的生命，来阻止敌人的进路。

在激战进行期间，十月革命节到了。首都的居民不知道怎样度过这个佳日。他们想，在红场上不会有检阅了，游行更不会有了，不应该将民众集中起来让敌人轰炸。大概莫斯科苏维埃的普通庆祝会也不会举行了。

莫斯科苏维埃的庆祝会举行了——在开会时有斯大林同志的报告。在红场上也举行了检阅——有斯大林同志的演说。节日依旧是节日,领袖和人民共同庆祝。这是一个可纪念的欢迎大会。

国家在此严重危急的关头,每个人都在渴待着,领袖要说些什么?

斯大林同志镇静而自信地说,苏联人民一定能够并且需要消灭德国法西斯强盗。十一月七日的早晨,在红场上举行红军检阅。斯大林同志在宏大的检阅台上对军队和人民发表了演说。

他叙说了严重的情况,在此困难情况之中庆祝了我们的革命节。他还回忆了,曾有过一个时期,国家的遭遇,格外危急,可是结果得到了胜利。现在我们比较革命时期强盛得多,敌人并没有一般人所想象的那样顽强。斯大林坚定自信的语词轰动了整个世界:"我们能够和必须打击德国强盗,还有什么怀疑吗?"

苏联的劳工,全世界爱好和平的人们,听见了这些话,就加强了他们的决心和信心。如果斯大林说了,我们能够胜利,那么我们一定要胜利!

斯大林演说的日期,正是敌人抵达莫斯科和列宁格勒的大门的时候,也给了大家无限的愉快。苏联人民就使用了更多的毅力、坚忍、信心来和德国法西斯强盗决战。

斯大林同志对红军士兵们说:"全世界注视着你们,你们的力量是能够消灭德国强盗的侵略军的。欧洲被德国强盗奴役的人民都注视着你们,你们是他们的解放者。伟大的解放使命负在你们的肩上。不要辜负这使命!"

红军、红海军、陆战队、军官和政工人员在莫斯科会战中表现了无上英勇,完成这有历史性的使命。他们的英勇事件,真是屈指难数。在战后若干年间,人民要搜集一切保卫莫斯科的可歌可泣的事件来鼓励他们的儿孙。

可纪念的事件有，罗科索夫斯基和潘菲洛夫的勇士们，在沃洛高拉木斯克战役中，抵抗兵力较多三倍的敌人，并消灭了八千八百个法西斯士兵。沙赫特曼少校率领了的一团，被法西斯炮冲散成两部分，结果消灭了两个希特勒团。别洛夫将军的骑兵东冲西杀，勇如猛虎，成群的敌战车，在他们的前面溃退。每天有成千成万的德国官兵走入坟墓，尸体遗弃在俄罗斯的大地上，或在莫斯科附近的森林中。

多瓦托尔将军的哥萨克部队在战役中获得了无上的光荣。炮兵用奇袭火力毁灭了敌人的队伍弹药和车轮。在战斗紧张的时期，聂米罗夫炮兵队击毁了五十九辆敌战车。我们的战车施行反攻，迫使敌一○六师的两团撤退。步兵保卫着每一寸土地，直至最后一滴血。他们先让敌人跃进到距离一○○—二○○公尺的地方，才死力对敌射击。

施尔马多夫准尉让敌人接近了自己，就用手提机关枪扫射，同时喊着说：

——谁还愿意到莫斯科来！

海军陆战队造成了敌人的恐怖。德军在莫斯科蒙受了巨大的损失，这是出乎他们意料的。

莫斯科战斗，苏联战士一天比一天英勇，个个视死如归，二十八个近卫军，保卫莫斯科的伟大功勋，已经被编成了歌曲和故事，人们是永远不会遗忘的。

十一月十六日敌人的战斗群，沿沃洛高拉木斯克公路向莫斯科挺进，德军准备加紧冲到首都。第三一六狙击师——现在是潘菲洛夫将军的第八红旗近卫师——阻断了敌人的道路。斯大林同志颁发命令说——无论如何要阻止敌人。于是在希特勒党徒的路上建立了不可冲破的苏联防御壁垒。

二十八个勇士在杜博谢柯夫路口的小壕沟里隐蔽着等候敌人。先发现了德国的队列。希特勒党徒像散步般地走着。这二十八个勇士静静地躺着，注视着敌人的到来。当时德军距离他们只有一百五十公尺了，多勃罗巴宾伍长把两个指头放在嘴里，呼啸一声，这就是开火的信号。德军因为没有准备，大吃一惊，队列停止了前进，七十多具尸体躺在壕沟附近了。自动步枪冲锋队被击溃了。自动步枪手的后面就是战车。二十八个狙击手对抗二十辆德国战车。

"喂，朋友"政治指导员克洛契柯夫·琪也夫说，"二十辆战车——这不算太多。可以一个多一点的人对付一辆战车。我们持续了四小时多。用防御战车武器毁坏它，用燃烧瓶焚毁它。十四辆战车已经停滞在战场上，失去了作用。这时又发现一队新的战车。卅辆战车生力军向勇士们冲来。"

"三十辆战车，朋友们"，政治指导员克洛契柯夫·琪也夫说，"这回我们都得死了，这是无疑。俄罗斯虽大，可是退却无路——莫斯科在后面。"

在壕沟里的勇士们，彼此拥抱，接吻道别，抛弃了枪械，准备了手榴弹，勇士们和金属怪物的格斗就开始了。半小时后，又有十辆战车毁坏了，但是勇士们的弹药快消耗完了。克洛契柯夫·琪也夫把最后一枚手榴弹掷向重型战车，炸毁了战车的轮齿带，机枪向地面一阵扫射。二十八个勇士都牺牲了，但是阻止了敌人的战车。他们没有退路——后面是莫斯科。

苏联部队的顽强抵抗，使德军精疲力竭。所以莫斯科人不肯随便消耗弹药，每一颗子弹都打中目标。德军低落的实力，已经不能突破莫斯科的防御。他们没有料到，会遭遇着红军这样坚强的抵抗。德军的攻势被阻止了。

希特勒和他的统帅部大为震怒，调兵遣将，增添预备队，准备向莫斯科发动一次新攻势。他们距离莫斯科只有八〇——一〇〇公里。虽然，"离得近，可是咬不着"。希特勒党徒决定了，不□任何牺牲，在严冬来临之前，无论如何要占领莫斯科。在十一月中旬，希特勒又颁发了新的命令，命令里说："寒冬将届，我部队装备欠佳——在最短期间，不惜任何代价，应将莫斯科占领。"

调集了大量的人力、军械、成千的战车、飞机、大炮、充足的弹药、汽车，要向莫斯科做最后一次突破。希特勒党徒分三路向首都进攻——从西北，西南——。在西北，沃洛高拉木斯克区，集中有郭塔和侯普纳将军的第三和第四战车集团，他们准备向特米托罗夫和扎高尔斯克攻击。在南方，图拉区，古杰利安将军的第二战车军，是德军最优秀的战车部队。古杰利安曾写过一本轰动一时的书，名叫《注意！战车在前进！》，这一次在莫斯科攻击战中，他应该用事实来证明他的理论。他的任务是经过图拉冲到喀什拉和谢尔布霍夫，在果洛姆那区和西北方的德国集团会合，包围首都的东面，然后向市区进击。在中央部，距离最近，在兹尼维高罗特，莫柴伊斯克，那罗——福明斯克和谢布尔霍夫区是德国的步兵主力，那里有第七、第九、第十二、第十三和第二十军团。他们的任务是兹尼维高罗特和那罗——福明斯克向莫斯科攻击。所有的战车和步兵部队都在强有力的空军掩护之下。

希特勒党徒对士兵们说：你们占领了莫斯科——就有温暖的住宅，在首都你们可以劫取巨量的苏联人的财产，你们可以随意取拿，你们又可以请假回家。此外还对士兵们说，你们占领了莫斯科，苏联就崩溃了。

德军有了这样的成见，向莫斯科进攻时他们使用所有的力量攻击首都保卫者。红军一面抵御敌人，一面打击敌人，歼灭敌人的实力和机械。但是德军持续地实施压迫，距离莫斯科只有四〇—二五公里了。这时他们大声向全世界呼唤说："莫斯科已经在我们的面前了，用望远镜已经可以看见莫斯科的街道了。"

他们调用了远距离重炮,准备向莫斯科射击。十二月二日柏林的报纸留出了一块空白,准备登载占领莫斯科的胜利消息。

幸而有红军的英勇抵抗,幸而早有了坚强的防御准备,到处给予敌人严重打击。在每一尺土地上,都流了无限的鲜血。德军如要前进一步,就得牺牲成百成千的生命。成千上万的德国官兵所找到的"冬季住宅"是坟墓。他们认为快要进入莫斯科了,可是一九四一年十二月六日红军转入反攻。

歼 灭 敌 人

在十月革命节的那天,斯大林同志平心静气地自信地演说,不是无因的。那时候他已经见到了防御莫斯科的英勇削减了德国实力。现在要适时打击敌人。莫斯科城下正是打击敌人的地点。

德军本来向着胜利前进,不料在这里受了莫大的损失。

在斯大林同志领导之下,拟定了打击敌人的计划。就是一个简单而果敢的计划。德军虽在期待着一切,但是并没有期待红军的攻势。因为他们想,红军已经被击溃了。

希特勒所认为的被消灭、被"击溃"的红军,又集中了实力和预备队,一九四二年十二月六日开始对敌人猛烈攻击。红军的攻击使德军崩溃,放弃了村镇、城市,抛弃了财物、仓库、大炮、枪械和战车。

别洛夫将军的第一骑兵近卫兵团,从南方由喀什拉对敌人反攻。高里科夫将军的师从略藏突击。留圣科将军的部队攻击克林,将其他占领了。罗科索夫斯基将军的部队,从莫斯科向伊斯特拉进攻。戈伏洛夫将军的部队,把德军驱逐出了兹维尼高罗特。波尔金将军的部队,从图拉区反攻。

追击着敌人崩溃的师团，别洛夫的骑兵占领了维聂夫和斯大林诺、库尔斯克；高里科夫将军的部队占领了米海洛夫和叶庇方，击退了德国的战车军。古索利安和他的司令部差一点完全被俘。

苏军继续不断地攻击和追逐，使德军全线总退却。自十二月六日到二十五日，苏军缴获了一〇九八辆战车、一四三四尊大炮、一六一五挺机关枪、一二二三三辆汽车和大量的军需品。

在莫斯科城下，德国冻死和伤亡了成千上万的官兵。

苏联的攻击是出其不意的。德军撤离莫斯科很远。所有通莫斯科的道路，对于敌人都是一个大绞肉机。沿路都堆满了德军的尸体。希特勒的计划完全被粉碎了。

红军的十二月攻势，是不能使人忘记的。它击退了敌人，确保了首都。号称"所向无敌"的德军，第一次遭受了惨重的损失。

莫斯科会战的胜利，提高了欧洲沦陷国人民的勇气，证明了打击德军，不是不可能的。

红军在莫斯科的大捷，震动了整个世界，即使德国的后方，也非常震惊。德军知道，估计自己的实力太高了，估计苏联太低了，这一次冒险行动，德国是一无所获。在莫斯科左近失去了父亲、丈夫、子女的家庭，对希特勒失去了信心，都认为莫斯科的惨败是希特勒的错误，希特勒只得挺身而出，向民众申说。承认失败的原因，是对苏联认识不清，对红军兵力估计不准。

（《晋察冀日报》1945 年 10 月 29、30 日）

斯大林格勒之战

崔可夫

> 本文作者警卫军中将崔可夫是保卫斯大林格勒之战的将领之一，这篇文章是一九四三年写的。虽然已过去了两年，不但没有减少价值，在苏联和全世界人民已经赢得了战争的胜利的今天读起来，我们对英雄的斯大林格勒保卫者致以更崇高的敬意。他们不但保卫了斯大林格勒，而且保卫了全世界人民的自由和尊严。
>
> ——编者

在迅速逝去的时光中，从那时起已经发生了很多事变，但我们的思想还是常常回想到斯大林格勒，回想到保卫这个城市的英雄们，回想到伟大战斗的卓绝的教训。斯大林格勒胜利的历史意义，一天天更为人们所认识。最高统帅苏联元帅斯大林同志的天才的战略思想（这种战略思想已为苏联战士们所实现）一天天更明显地呈现在我们面前。

最高统帅部的命令，向第六十二军提出了一个任务：保卫斯大林格勒，不要沦陷敌手。在这个军队中，有来自各个不同区域的苏联爱国志士：有莫斯科人和列宁格勒人，有西伯利亚的集体农民和乌拉尔的工人，有乌兹别克斯坦的棉农和顿巴斯的矿工，有高尔基城的机器工人和伏尔加河上的码头工人，有哥萨克的畜牧工人和维亚特的森林工人。

德国人计划很容易地占领斯大林格勒，在伏尔加河上巩固起来，把我们的国家和伏尔加河流域与乌拉尔区域的后方切断，从东方包围莫斯科，并且向南面进攻，向格罗斯尼和巴库油田进军。伏尔加河上这个名城的争夺战的结果，是差不多可以决定我们整个国家命运的。

德国人把最精锐的师团，其中有三个摩托化师和五个坦克师，调到这里来，其原因就在这里。此外，在德国这个野战兵团之外，还加上了第八航空队，这个航空队按其作战素质来说，是德国空军中最好的。十月中旬，德国统帅部又增加三个师团到这里来。敌人的飞机一天出动达三千次。周围一切都燃烧起来了：德国人的炮弹使煤油库着了火，燃烧着的煤油到处流着，火焰高到八百公尺。热油的烟火造成了烟幕，人们呼吸也感到很困难。常常有人问我：斯大林格勒的保卫者们一天需要打退敌人多少次进攻。说十次或者十五次，是不正确，进攻是不断的，无止境的子弹声和炮声在空中呼啸着。敌人的坦克队不断向我们的阵地冲过来。地雷、炮弹和炸弹的爆裂，使地面为之震动。指挥据点里的障碍物被破坏了，钢骨水泥的大厦带着惊人的巨响倒塌了。城市中每一码的土地，都因炸裂而松软了。旁观者看来，一切活的生物都是应当在不断的炸弹和枪弹所织成的火海中死去的。需要有超人的精力和神经，才能在伏尔加河右岸坚持下去。在这样最困难的时刻，这个神话般的城市的保卫者们说："离开斯大林格勒，我们是没有退却之地的。祖国的意志，人民的命令，把退路封闭起来了。祖国要求我们战斗到最后一人，保卫住斯大林格勒。"第六十二军这样进行着决死战了。

随着敌人兵力的增强，我们的抵抗也更强大更有力了。任何力量都不能打破斯大林格勒的人们钢铁般的坚定性。敌人占领每所房子、夺取每块土地，都要付出很高的代价。五个月内德国人只推进了两公里。

斯大林格勒之战向全世界显示了苏联军队极高的战斗精神，是他们的能力和军事技巧的一个范例。斯大林格勒的每个保卫者都了解，他在祖国面前，对于斗争的结果负有重大的责任。他了解斯大林格勒的命运关系着苏德战场上今后一切战役的进程。他同样把过去的神圣传统，一九一八年英勇保卫察里金的传统保存在自己的心中。

在伏尔加河畔战斗中，每码土地的价值，等于平原战斗中的一公里土地。在普通条件下完全不适用的办法，在斯大林格勒却成为必需，并且在教育、锻炼部队钢铁般的坚定性中起了很大作用。在街道战的进程中，关于战斗地区和部队流动的一般概念都改变了。必须学习在小地区内作战，有时是在某个大厦的两三间房间中。就是我们空军行动，也要适合街道战的条件。我们的坦克战术同样也要由街道战的特点来决定。最初几天的经验已经证明，大批使用坦克是不可能的，因此他们都是以小队的形式活动或单个活动、或者把坦克的下半部埋在地里，而用上部的炮座轰击敌人。

我们的坦克手们在斯大林格勒的街道上完成了许多光荣的业绩。八辆德国坦克曾向战斗中的哈山·亚伯珂夫的坦克进攻。苏维埃的坦克手迎接了战斗，很快四辆敌人的坦克被焚烧并粉碎了。又有几辆德国坦克上来增援，亚伯珂夫的坦克着了火，整个坦克都在火中，战斗员们还是继续射击。

又回想起了这样一件事情。在一个地方，德人企图冲破我们的阵线，从而进到伏尔加河，几辆坦克向一个战壕冲去。过去的顿尼兹矿工、现在的红海军战斗员，米哈伊尔·巴尼加果就在这个壕里。坦克在运动中开着机关枪和大炮，而我们战士的反坦克武器只有两个装着混合燃烧物的瓶子。领队的坦克走得很近了，战士奋勇准备迎敌，但在这一瞬间，炮弹把他头上的瓶子打破了，燃烧着的液体流在战士身上，但难忍的疼痛并没有昏迷他的意识。当坦克走到他身边时，红军战士从战壕里跳出来，带着剩下的那个瓶子向敌人冲去。

各个兵种的战士和军官们用自己的功绩在保卫斯大林城的历史上写下了俄罗斯武装光荣的永不磨灭的一页。我常在战斗中和人们见面，在激烈的搏斗之后和许多人谈话。他们说："走近斯大林格勒时，是最可怕的。在数十公里之外，就可看见伏尔加河右岸奔腾的火海。"但一到城里，人们的精神就振作起来了，经过和敌人一两次搏斗之后他们就变成真正的斯大林格勒人了。他们懂得只有在一个条件下才能够战胜敌人，就是大批击毙德国人，破坏他们的有生力量和技术。不然，敌人的铁拳就会打破自己的咽喉。充满着胜利的愿望的斯大林格勒人，坚持着并进行着决死的斗争。

有些日子，在四公里宽的战线上，敌人投入四百辆坦克、五百多架飞机和七万步兵。在这些前所未有的残酷斗争中，我们是有损失的，但敌人的损失更多。

在斯大林格勒人的队伍中，长成了一批优秀的狙击兵。在住宅的曲径和角落中，在工厂的房舍中，在河岸的峡谷中，狙击兵可以展示自己的积极性和射击的准确性。我只举一个数字，就可说明我们的狙击运动发展的情形。一九四二年十一月，部队中有四百个神枪手，他们击毙的德国人将近六千。在狙击兵中特别出色的，是苏联英雄瓦西利·沙采夫上尉。在斯大林格勒战役的进程中，冲锋队起了最大的作用。常常一个房子一部分在我们手中，另一部分在敌人手中，肉搏战常在楼梯和地窖中进行着。大部队进行战争是不可能的，我们必须成立小的冲锋队。这些新的战术形成之后，我们懂得在将来的斗争中，它们对我们也是有用的。

在伏尔加河上，无可比拟的战斗进行了半年。斯大林格勒的保卫者们以很大的勇敢，坚守着主要阵地并且痛击着德国的师团。此后，红军部队从北面和东南面来了强有力的进攻。德国军队绝大部分被消灭，一部分被俘虏了。红军在斯大林格勒的胜利，造成了德国军队的没落并且决定了德国人以后的失败。

第六十二军的部队，在伏尔加河岸粉碎德国人之后，高举自己的代表着光荣的战斗的旗帜，向西方前进。在乌克兰的河上和平原上，德国人又尝到了斯大林格勒的痛击。

我们的国家,不管把斯大林格勒战斗的老战士们派到哪里去,他们都能光荣地完成自己的任务。斯大林格勒人迅速地技巧地向顿尼兹河北部前进,并且在它的右岸、在争夺顿巴斯的残酷战斗中,获得了胜利。斯大林格勒人用战史上所没有过的夜间突击,突破敌人在主要方向的强大增援,并且强渡德涅泊河,解放了萨坡罗什。此后,他们突然越过德涅泊河,解放了河右岸的乌克兰的五百多居民点。

在德涅泊河畔,正像在伏尔加河畔一样,斯大林格勒人不惜自己的生命进行斗争,并且丰富着他们的战斗传统和军事技巧。在伟大战斗的烈火中锻炼出来的英勇第六十二军(现在是警卫军)的战士们、军官们和将军们,在我们的亲爱的伟大元帅斯大林的鼓舞和领导之下,将胜利地前进到西方去,把我们祖国的苏维埃领土从敌人手中解放出来。

(《晋察冀日报》1945年10月30日)

论苏维埃文化

俞定 作　陆澄 译

  作者俞定是苏联著名的理论家之一。这篇文章是三年前为十月革命二十五周年纪念而写的。译文发表在上海《时代》周刊上。在他概括的叙述中，极其精练地刻画出在二十五年间苏联文化建设的巨大成就，并使我们可以更好地瞻望，在新的斯大林五年计划中，苏联的文化建设将有多么远大的前程。

——编者

  自从十月革命成为一个已成的事实后，二十五个年头已经不知不觉地过去了。在一世纪的四分之一的英勇奋斗的编年史中，苏维埃文化的创立在卓越的成就方面，获得了很高地位。苏维埃文化——这每一个字表示着一个完全新的概念的苏维埃文化，其基础和那种业已废弃了的旧文化是绝不相同的。并且必然的，那些我们称之"苏维埃文化"的东西，现在正逼近着从一个完全新的角度，面对着人类的问题的整个复杂化的解答。苏维埃文化在一个完全不同的路径上，提出了人类在生产程序中和社会生活中的位置的问题；它对人类自身的态度是完全不同和崭新的。苏维埃文化原出自这个伟大的主义，即世界整个财富每一样东西都是由人所创造的，必须独立地为人服务并且助成他的福利；苏维埃文化的发展一致地遵照着这个主义实行，而且这个概念，现在是，并且继续是作为布尔什维克党、苏维埃政府躯干和一切遍布苏维埃土地的公共组织的一切活动的基础的主义。一切遍布这个国家的文化工作都是和这个论点相接近的。在一九一八年第三次全俄罗斯苏维埃会议的演讲中，列宁在如下的非凡的语句中，为一个新的、社会主义的文化的创立，勾画出了这个计划："从前，一切人类的知识、一切人类的才能仅仅为了供给某一些人以技术和文化的幸福而辛勤操劳；并且在另一方面，剥夺了其他人的最紧要和不可或缺的那些东西——教育和自我发展。可是现在，一切技术的奇迹、一切文化的成就，将成为全体人民的共同财产，并且，从现在起，人类的智慧和人类的才干，将永不会成为一种压迫的工具、一种私自用以为利的工具。我们知道这点。我们能够否认这个伟大的历史任务不值得努力从事，不值得把我们整个力量献奉给他吗？并且劳苦者一定会完成这个庞大的历史工作的，因为在他们中间潜伏着革命的、再生和更新的伟大力量。"苏维埃文化在这个术语的纯正的、最最良好的和十分完全的公共了解的意义上，是人民的文化。它是人民的文化不仅仅在于：志在为人民的利益而服务，并为人民所占有，并且也在于——这是非常重要的——它是由人民自身所创立，是环境及时地给予了苏维埃联邦的文化发展一个史无先例的范畴。

　　遍及整个时代，文化在进步的艺术的每个范畴中吸取它的关于人民生活的资料。可是它常常不期而遇：在人民和有创造力的艺术中间的这种亲密关系，在给予这个基础以一些伟大的名作之后，就被强力地分开，并且人民大众失去了他们和文化的联系。

　　文化——特别在它的更高的表示：科学、艺术、文学和音乐——过去是远出乎人民的触及！它的果实仅仅供精选出来的少数人、富有者、"社会的精英"使用。苏维埃联邦，一场强烈的革命业已在这方面发生了。文化和人民现有着联合的力量，且已总合为一个。人民的能力和才干的用之不尽、取之不竭的宝藏现在已经打开了，并且人民自己，达到了一个前所未有的更伟大的高度，现在已经变成为文化发展的推动力。而且，由在文化成就的一切范围中的专家的灵巧的手所创造的每一样东西，现在都已经在各方面成为人民的财产。这就是苏维埃文化的特殊的特征之一。

谈到艺术在人民的生活中的特殊的地位，列宁曾特别强调这个连接文化和人民的链条。他说艺术是属于人民的，艺术必须把它的根深深地植到劳动人民的真正中心。它必须被大众所领悟、被大众所珍视。它必须表现大众的感受、思想和意愿，并且把他们增高到一个更高一点的水准，它必须在他们中间激励和发展一种美满的感觉。

俄罗斯各民族的组织使它无可避免地仔细考虑每一个民族的一切特殊的特征，连同它的历史的和阶级的矛盾。在个别的民族的文化水准上的广泛的差异，过去曾是一个极端的困难的泉源。这个国家的文化水准现在已提高了，并且，同时也已为落后的民族建立了许多特殊有利的条件，为了能使他和进步的民族达到同一的水准。

信仰用一个深远的和巧妙的方法，解决在我们多民族的国家内建立一个社会主义文化这一问题的是斯大林。是他说出了这个主义，就是：在苏维埃俄罗斯每一个民族必须创造和发展它的自身的民族文化。不过，在苏维埃生活的条件下，这个文化，虽然形式是民族的，内容却是社会主义的。就是这个事实，团结和转变了各种各样的民族文化成为一个单一的、一致的苏维埃社会主义者文化。可是，为了要创造像这样的一个文化——内容上的社会主义的、形式上的民族的文化，无数的障碍会被征服。在每一个民族中过去曾活跃着无数的各种分子构成的资产阶级、小资产阶级，和有着国家主义倾向的人物、武断偏见的地主，和过去资产阶级封建时代的遗物。

列宁和斯大林曾持久地指出：苏维埃社会主义者文化只能够建立在先前的文化的基础之上，这个先前的文化是由人类在他的历史的整个进程中所建立的——资产阶级文化包括在内。列宁说过：

"我们只有从知识、组织和建设的总数，只有用人类的力量和工具的贮积——那种贮积由古代社会遗传给我们的，才能够建立共产主义。"（列宁：马克思——恩格斯——马克思主义，一九三七年版，第二七五—二七六页）并且还进一步地说道："无产阶级的文化，不是某些没有一个人知道从何处挑出来的东西；不是那些在无产阶级文化中自称为专家的人的创作。那是全无意义的说法。无产阶级文化必须是巨数知识的，一个民族的广大渊博发展的结果——这种巨数知识，人类在资本主义社会、地主社会和官僚社会的奴役下所日积月累成的。"（同书，第二七九页）

　　这个列宁的简明陈述的前提——它构成了历史的发展的马克思主义者的原理之一，有着一个极有益的效果。老的知识分子的最好代表了解在苏维埃政府文化发展的范围中的这个政策的根本的本质，并且开始把他们自己排列在苏维埃这一边，在文化工作中成为活跃分子；在苏维埃条件下面受训练的新的知识分子的军队，严肃地从事工作，研究和支配进步的科学所真诚地给予的最好的事物；这是一条正确的道路，并且它最后引导到一个苏维埃文化的伟大的开花期。孟赛尔维克，他们也称呼他们自己为马克思主义者，曾用尽他们的全力想把一个非法和不正当的原理归罪于苏维埃制度，并且表示创立一个新的苏维埃文化是不可能的。他们用来反对革命的最最重要的理由是俄罗斯的进步迟滞。俄罗斯——他们辩驳说——不曾达到社会主义发展变成可能和无产阶级专政能够存在的这个文化水准。然而，列宁，他的时代中的最伟大的辩证法专家之一，把这个文化和社会主义问题放在一条新的路上。他辩证说："你说，为了社会主义的建立——文化在我们国内是需要的。很好。可是为什么我们不能够开始用创立像这样的文化先决条件作为地主的驱逐和俄罗斯资本主义的驱逐，然后启程向社会主义前进呢？那儿，在什么书上，你□读到过事件的习惯的历史的顺序的变更是不许和不可能呢？"（同书，第三二六—三二七页）

　　列宁关于这个问题的新的表示，加重了劳力获得向一个社会主义的文化进行条件的必要性，粉碎了这样有害于劳动阶级的利益的这个论争——论争说：社会主义的建立、社会主义文化的创造，在一个例如俄罗斯国家是不可能的。

这个由我们苏维埃社会主义者文化所获得的成功，完全是由于苏维埃政府——全世界的政府的最最自由和最最民主的模型——的努力。那些足以辨别出苏维埃民主的东西是：苏维埃民主本质上是和人民大众的文化进步联系在一起的。列宁和斯大林曾不疲不倦地指出：苏维埃社会的力量直接地依赖于人民大众这种广博而普遍的文化成长和发展。毫厘不爽地，在苏维埃联邦，我们现在悟见了在文化成长和民主成长之间的不能分割的连结。

苏维埃文化有着一切文化的最最深邃的意识形态内容，并且，这不是偶然的。每一个文化的重要要素是它的信条，或者换言之，它的"哲学"。业已陈旧了的哲学见解、被近代科学的任何深远的评价所难以区分的见解，在别的国家的文化的最前的人们中间，现在有时依然风行着。苏维埃文化，相反地，在最进步的科学的哲学的旗下——在马克思——列宁主义旗下发展了。

呈现在俄罗斯的一切民族文化中间，俄罗斯人民本身的文化已努力获得了发展的最高水准，俄罗斯文化以及居住在这个国家的别的民族文化的光辉成就，形成了这个历史的土壤，在这个土壤里，年轻的苏维埃文化是坚固地生根了。然而，苏维埃文化不仅是俄罗斯人民文化的历史的发展成果，并且也是全世界一切文化发展的结果，它是直到现在所创造的，并且今天正由人类在他的历史的发展的前进中所创造着的最好的，文化的合法的继任者和承继人。

俄罗斯文化的历史是特别有兴趣的，并且它提供了许多证明这个事实的资料，即俄罗斯人民现已创立了卓异功绩的文化宝藏。含着远离别的民族的文化造诣的倾向是永远和俄罗斯的本性相背驰的。在俄罗斯知识分子中间的个人的趋向，举例来说，袒护斯拉夫人的倾向复古的阶级，他们曾企图引退到他们自己的俄罗斯硬壳里去的人，直到现在一直没有扮演过任何实际上最紧要的角色，俄罗斯曾努力向每一个有能力教育她的民族学习。然而她仍循着一条她自身的路径前进，并且逐渐展开一个符合于她的人民的特殊的精神和利益的文化。特殊的历史的环境——一个广大的人口、经济的落后、人民的苛重的负担的情境和经济上的奴役、国外侵略者的不断地企图侵占——特别是德国人——这些连同许多别的原因给予俄罗斯的民众运动以一个进步的民主的特性。过去有过许多实例，在这些实例中，被地主和沙皇所激起的人民的不满，把它们表现在神秘的和宗教的形式中，作为一种教派运动的事件，然而，这些都是反对封建制度的一般的政治抗议的一个代表。

列宁指出过去俄罗斯走向解放运动中三个主要时期。第一个时期是贵族政治时期，大约自一八二五年至一八六一年；第二个时期是平民或者资产阶级的民主政治运动时期，大约自一八六一年至一八九五年；第三个时期是无产阶级时期，自一八九五年至一九一七年十月。在俄罗斯的自由而斗争的第一个阶级期间中，在这个国家的政治生活上的特殊的事件是十二月党人的骚动，贵族行列出身的这批革命者，他们在一八二五年十二月，挺身而出反对专制政体和封建主义。正像赫尔岑所写的，他们自觉地走向他们的末日审判，"为了唤醒年轻的一代，走向一个新的生活"。这一时代的民主进步思想，曾影响了每个部门的卓越人群的整个时代，十二月党人在他们行列中包含了像这样的杰出作家，如雪里叶夫和奥杜叶夫斯基。十二月党人直接地影响了这样一个才能卓著的俄罗斯作家、哲学家和唯物论者，如赫尔岑的观念，他在他的哲学演绎法中，更进一步地超过了黑格尔和费尔巴哈，并且极端地接近了辩证法唯物论。而且，十二月党人的影响，直接地帮助普希金——俄罗斯最伟大的诗人和近代俄罗斯文学之父——

的观念，他在俄罗斯和世界文化史上留下了一个不能消除的记号；它直接帮助了格黎巴叶夫，《智慧胜过悲哀》，俄罗斯戏剧艺术的最卓越的作品之一，天才作家，帮助了莱蒙托夫——俄罗斯的和世界的诗的无价的典籍——观念的形成。

封建制度在俄罗斯的崩解，引发了一个被像这样的人道主义者的支持者，如俄罗斯批评家和革命的民主政体论者——倍林斯基、杜白罗列巴夫、车尔尼雪夫斯基的革命的民主政治运动。

十九世纪在俄罗斯文化的发展中是一个卓异的重要时期。在这个重要时期，直接地紧随着倍林斯基、杜白罗列巴夫和车尔尼雪夫斯基，产生了像这样的科学、文学和艺术的非常人物，例如涅克拉索夫、萨尔蒂珂夫·锡且特林、毕萨尔叶夫、施乞诺夫、米乞聂珂夫、孟德列叶夫、罗巴乞夫斯基、托尔斯泰、恰伊可夫斯基、西洛夫和列赛。

俄罗斯文化的一个特别的民族特性是它的非常的意识形态的忠实、品性的可贵和对于人民的忠诚的深爱，这一点说明了为什么在别的国家中的最前沿的人们这样高地珍视俄罗斯文化，并且怀着像这样的热诚和爱恋关注着它。

马克思曾称车尔尼雪夫斯基为"一个伟大的批评者和哲人"，恩格斯称杜白罗列巴夫跟勒新和狄罗德柏比较，并称他为一个"社会主义者勒新"。

俄罗斯文学、音乐、艺术和科学已在世界文化上赢得了最光荣的地位。杜斯妥亦夫斯基、屠格涅夫、托尔斯泰对欧洲和世界的文化的影响是不能磨灭的。列宁关于托尔斯泰曾写过：他的艺术在人类的美的发展上是前进的一步。

然而，俄罗斯文化的另一个特性：不□沙皇的政策，它始终认同居住在俄罗斯帝国内的一切民族的利益的统一。在这一点上，它是真诚的人民的。普希金、果戈理、倍林斯基、杜白罗列巴夫、车尔尼雪夫斯基、萨尔蒂珂夫·锡且特林和托尔斯泰全都了解：乌克兰人、乔治亚人、亚美尼亚人和一切居住在这个国家东方边疆的人民全是俄罗斯人民的弟兄，并且在俄罗斯的各种民族的文化的最前沿的人们，全都用他们对俄罗斯人民和它的高尚的代表者的热爱来响应这种态度和观点。

当俄罗斯文化发展中的新的一页，开始在劳动阶级出现政治舞台的时候，被一个新的、在俄罗斯人民的文化发展中、上升巨浪所伴随着的劳动阶级的升起，带给了最前沿以这样的；如蒲力哈诺夫、高尔基、列宁和斯大林，文化和知识超群的人们。

在苏维埃国家存在的二十五个年头中，社会主义文化的建造者的一个新的和年轻的时代已经到达前部——卓越的科学家、艺术家、建筑家、作家和音乐家。

在一世纪的四分之一的时间中，新的和丰富的文化宝藏已经创立起来了。

希特勒野蛮者，他们自己无力想象一个真正的人道主义，现在摧残和亵渎着宇宙文化的全部的纪念碑。

是他们摧毁了克林的怡伊珂夫斯基陈列所、雅斯那雅，波尔雅娜的托尔斯泰陈列所、有名的新耶路撒冷修道院。他们公然劫掠、夺取和偷盗伟大的艺术家所作的无价的油画，并且把苏维埃人民的民族遗物加以毁灭。在他们的狂乱的和凶残的憎恶中，他们现正摧毁着苏维埃俱乐部、剧院和医院，几百年过去，未来的世代一定会把希特勒主义视作人类的历史中黑暗的一页，如同某一种可怕的传染病，人民一定会惊奇，在二十世纪，像这样的可怕的巨物，怎样能够胡作妄为，并且，为什么在每一个开端，这个运动的领袖人不被人幽闭在铁栅栏后面。希特勒、戈培尔、赫□以及其他废料的可鄙的名字一定将从人们的记忆中被抹去。可是像人类生存和努力进步一样的长久，这些伟大的俄罗斯作家、科学家、革命家和众所共知的人们绝对不会被忘却的。人类将永远珍视俄罗斯文化的创立者的高尚的精神和潜藏的才能，并且不仅这些，人类还珍视他们对人民忠实的服务。

伟大的十月社会主义革命，把一个新的政府形式引导进我们国家——苏维埃。政府的苏维埃形式，在它的本身是一个卓越的文化因素。社会主义革命是被工人们和农民们所完成的。广大的人民群众——工人士兵和农民——他们曾参与这个革命的被吸引进有动力的革命工作里面。由此，革命组成了一个教育广大人民强有力的因素。影响世界历史和千百万男男女女的命运的重要政治问题，在不多几天和不多几个星期的过程中，对他们变成可以领悟的事了。正像我们所知道的，政治的自觉、政治的教育对于文化发展是最要紧不可少的重要元素。为了政治的扩大和人民的教育，苏维埃立即变成了一所群众学校。他们从人民的深处唤醒了广大的男男女女有动力的政治生活——那些人，资本主义曾把他们加上了手镣脚铐，放置在黑暗和愚昧之中。可是人民像一个巨人一样地站起来了。他们矫正了他们扩大的肩部，坚定地站立着，开始越来越察觉他们在生活中的地位。布尔什维克党继续向人民解释着他们的任务。为了保有权力和努力获得胜利，必须去学习，学习每一样东西——从文法的初步到国家和国家工业的管理。

在苏维埃政府真正存在第一天，它就公布了许多法令，这些法令用来勾画出这个国家的文化生活的方向，指示这个国家的文化生活的一般内容，这样地，为一个文化的真正的生长创立了先决条件。一个用来处理报纸和书籍出版的法令是被通过了，依照这个法令一切刊行的报纸、纸的贮积、出版所和整个书籍分配机构都转移到苏维埃手里。最最强有力的文化的媒介物和管理之一——报纸——立即放置在人民的管理之下。图书馆、阅览室、剧院和电影院也都立即放置在国家和公共组织的管辖之下。一个民众教育人民委员会是组成了,并在学校教育方面建立了基本的改革;学校跟教会脱离;教育被放置在一切人——那些人先前被摒除在学校门外——都能够触及的范围之中。一个广大的新文化建设网是创建起来了;俱乐部、阅览室、工厂和公共建设物中的"红角",以及许多政治的和文化的集合。人民委员会苏维埃颁布了特别法令保护过去的学术宝藏和纪念碑。民众的创造能力像一个激动的春天的急流一样泛溢着。人民渴求着文化和教育,愉悦地吸收着,通过剧院和俱乐部的媒介、从报纸和宣传机关所传播的学问和知识。在"文化革命"的这一词中,列宁曾放置了一个广大的意义。文化革命——他说道——能保证我们社会主义的胜利。可是第一件不得不加以完成的事是使这个国家全体人民识字。一个愚昧无知的人是不能够成为一个政治家的,不能有效而胜任地管理工业的。数量巨大的人民必须加以训练,给予一般的中等的和技术的教育,这样他们可以合格地充任在国家和经济部门中、合作制度和文化建设中的职位。一些足够数量的人民,必须加以训练,给予一个在知识的一切范围和部门中的更高一点的教育,使他们适合占有在工业和国家机构中的关键位置。它需要优越的心力扩张和教育的人们。

列宁也把组织者的训练,不论在特殊学校或在政治工作中,都要作为文化革命的一个必要元素。此外,列宁关注在国家和经济机构中的官僚政治斗争,作为一种在文化工作的范围中发芽。凭借文化工作,列宁更进一步地了解到一个合作社的最初步的形式的网,布满乡间——特别是村庄。并且,列宁也把在妇女们中间的政治和教育活动,评价为文化工作,努力吸收她们进入国家和社会工作。列宁对职工会分配一个特殊的职能，为了使这个文化革命获得效果，他曾说过："职工会是一所共产主义学校。"这宣告了：职工会，在它们平日的工作中，必须给予千百万人民以政治训练，应当在他们中间唤起创始的能力和责任心，灌注给职工会的会员，作为一个整体一样，以一种劳动训练和组织的感觉，并从职工会会员中间造就组织者，并且把他们提升到国家和经济的职位。列宁认为教育青年，教育在生长中的一代极其重要。在一九二〇年，青年共产主义者联盟第三次大会的演说中，列宁告诉青年：除非他们精通马克思主义，精通人类所积累的人的知识的贮积，和人类在他的文化的发展过程中所以获得的每样东西，否则他们想成为共产主义者是不可能的。

列宁所勾画的文化革命的计划，包括着我们国家内的社会中生活的每一活动范围。这一计划的最终目的是使苏维埃社会成为一切社会最文明的社会。文化那就是我们现在需要建设社会主义的东西。列宁曾教导我们，它不应该被忘却，就是从一个文化的立足点来看，沙皇的俄罗斯曾远落在欧洲的前进国家之后几十年，历史的条件——在这样的条件下苏维埃联邦发现它自身在不多几年，至多十年或者十五年的过程中，已经达到了这样的地步，走过一条路是必须的，这条路在别的国家跋涉起来，要完全的几十年，从五十到一百年。

为了要给苏维埃政府在它的存在的一世纪的四分之一的时期中所完成的巨大工作以一个概念，我们想对许多问题提供一点比较材料，显示，这个国家在十月革命前，能够自夸些什么，以及由于这个革命的结果所已经完成了的是些什么。

一切文化的基础，是人民的普遍的识字，普遍的识字是由人民在初等和中等学校中获得，学校网的密度和学校人数，是一个政府在民众教育的范围里所做着的一切指数。

在第一次世界大战前夜，在一九一四年，全俄罗斯在校的学生人数是：初等学校——七〇三〇〇〇〇儿童，中间学校——二三〇〇〇〇，各种各类中等学校——六三五六〇〇，仅仅儿童们和少年们总数的五分之一能进学校读书，同时总数的五分之四的学龄儿童全都受不到教育。

苏维埃政府曾在它权力所及，进行一切增加学校的网状组织，在一九一八年全俄罗斯中央执行委员会曾采用《关于俄罗斯苏维埃联邦社会主义共和国学校统一制度条规》，为一切达十七岁年龄的儿童们建立了强迫教育。可是内战和艰困的经济情境，在这情境中，这个国家，在此后几年的时期里，发现它阻碍了强迫教育的实施，虽然苏维埃政府从来不曾忘却这项任务。

在一九三〇年，苏维埃邦共产党（布）第十六次大会上，斯大林指出：这是使初等教育成为强迫教育的时候，并且这样的一个法规在获致文化革命上，将是果断地向前进的步骤。

苏维埃政府，已经创立了物质便利和训练有素一定数量的教师的苏维埃政府，采取了这个果断的步骤。第一次和第二次五年计划使普遍的初等教育的实施，布遍这个国家成为可能。这是在一九三三年完成的。俄罗斯人民和一切其他苏维埃土地上的人民的多年梦想变成事实了。

从一个国家——愚昧无知和文盲所流行着的苏维埃社会主义共和国联邦，变成了一个全部识字和文化茂盛着的国家，整个国家遍布了苏维埃联邦一切民族的言语教学的高等教育建筑物，中等学校和初等学校的广大的网状组织。

学校的数目增加了，并且教育在民族共和国中特别发达。下列的一张表格是其几个共和国在一九一四——九一五学年中和一九三八——一九三九学年中，学生人数的比较：

共和国名称	学生人数	
	一九一四——一九一五学年	一九三八——一九三九学年
亚塞尔拜然	七三〇〇〇	六二七〇〇〇
亚美尼亚	三七〇〇〇	三〇三〇〇〇
土美克	七〇〇〇	二〇五〇〇〇
乌兹别克	一七〇〇〇	一一〇六〇〇〇
塔希冈特	四〇〇	二五二〇〇〇
哥萨赫	一〇五〇〇〇	一一〇二〇〇〇
吉尔吉斯	七〇〇〇	二九七〇〇〇

除了初等和中等学校外，这个国家还□布了一个广大的职业学校的网状组织，在一九一四年，沙皇俄罗斯有二九五所中级职业训练学校，在校学生人数约三六〇〇〇人；在一九三八至一九三九年，在苏维埃联邦，这类学校的数字已近四千所，在校学生人数差不多有一百万人。高等教育的扩张，无论从由人民所作的文化的进步的立足点上看，或者是从在一切经济和科学的范围中高度教育的专家的训练来看，都是极其重要的。在沙皇俄罗斯，初等教育是小康之家的特权，中等教育在财力所能及的范围上仅是贵族、商人和政府职员的特权，而大学教育是"社会精华"独占的特权了。

一九一四年，俄罗斯仅有九十一所高等教育建筑物，学生人数计一一二〇〇〇人。一九三九——一九四〇学年，在苏维埃联邦已有七百五十所高等教育建筑物，注册的学生总数计六一九九〇〇人。此外，二五〇〇〇〇人是高等教育的授学生。

苏维埃政府在教育范围中的活动，使受中等教育和大学教育的人民数字得到了巨大的增加。根据一九三九年的户口调查，他们的数字在一千三百万人以上。在这数字中，一千万人的年龄都在二十九岁以下，换言之，这一千万人，都是在苏维埃政权下面受到他们的教育的，根据同一材料，年龄超过三十九岁的受大学教育的一百万人中，七十五万二千八百五十一人是从苏维埃大学和学院毕业的。

由于苏维埃政权二十年的结果，差不多在每一个劳动阶级的家庭中和过半数的农民家庭中，他们的孩子们已经受到或现在正在进修中等教育，在无数的劳动阶级和农民的家庭中，他们的孩子们已经受过大学教育，或者他们现在正在某一个高等教育建筑物中攻读着。

在清除文盲方面也获得了彰明显著的结果。

文化革命在各民族共和国均有巨大进步。真正地，一个在人民文化水准上的革命已经发生，一个在历史上无先例的革命。根据一八九七年的户口调查，每一千个"外国人"——这是沙皇政府轻蔑地呼喊非俄罗斯民族的称呼——中，年龄自十岁以上，只有三十六人是识字的。甚至在那些存在着学校的民族地区，在"外国人"人民中间的学生比率都是琐屑微小的。在现在巴什吉尔共和国的领土中，过去只有百分之一点四的学生是鞑靼人，巴什吉尔人一个也没有。在一九一〇年，在乌发、古皮尔尼那，有五千学生在中等学校读书，在这五千人中，只有十二个巴什吉尔人和二十三个鞑靼人。

乌兹别克斯坦在过去差不多百分之一百是文盲。学校的大门仅对牧师、沙皇政府官员、商人和公卿们的孩子们而开。文盲在俄罗斯东方的妇女们中至高无上地统治着。

下列的数字说明在苏维埃政府的统辖下，在民族共和国中业已做成的民众教育的成功。

在乌克兰，参加各种各类学校的学生总数，在一九一四年每一千个居民中合计六十四人；在一九三九年，每一千个居民中，计一百九十人，在别的共和国中的各自的数字是：

	一九一四年	一九三九年
白俄罗斯	五三	二一〇
亚塞尔拜然	三一	二一九
乔治亚	六〇	二二〇
亚美尼亚	三五	二六三
土克美	七	一一七
乌兹别克	四	一八八
塔希冈特	四	一七八
哥萨赫	一九	一八七
吉尔吉斯	七	二一〇

一九三九年的数字，没有把参加附属于制造场和工厂的各种各类职业训练学校的学生人数，及工厂和建筑物为了训练，或者增进办事人员的资格而开办的训练班的学生人数包括在内，并且他们也不曾把为了文盲或半识字的人而开办的学校计入。

这数字——显示了高等教育的成长——现在是愈加注目了。在一九一四年，在被俄罗斯苏维埃社会主义联邦共和国所居住的土地上，只有七十一所高等教育建筑物，学生人数计八五〇〇〇人。一九三九年，俄罗斯苏维埃社会主义联邦共和国总计有四百七十所高等教育建筑物，在校学生计四十万人。一九一四年，在乌克兰只有十九所大学和学院，注册学生总数计二六七〇〇人，一九三九年，乌克兰能够以一百四十九所高等教育建筑物及注册学生总数达一二七〇〇〇人自豪。从前，乔治亚仅仅占有一所大学，在这大学里三百个学生受到一个高等教育的课程；一九三九年，已有二十一所大学和二二七〇〇个学生。白俄罗斯、亚塞尔拜然、亚美尼亚、土克美、乌兹别克、塔希冈特、哥萨赫和吉尔吉斯，从前是完全没有任何高等教育建筑物的。可是现在苏维埃政府在一切民族共和国中建立了大学，为千万的苏维埃青年推开了文化的禁猎地的大门。

在苏德战争前，仅仅在乌克兰苏维埃社会主义共和国的高等教育建筑物中的学生数，已经超过了革命前的整个俄罗斯。

一九四一年，仅仅在吉尔吉斯苏维埃社会主义共和国，就有着比革命前整个俄罗斯乡村更多的中等学校，同时在校的学生人数是二又二分之一倍地大过一九一四年俄罗斯乡村中等学校的学生人数。

从前德国在民众教育和她的大学数字的事情上，曾远远地位于俄罗斯的前面。然而，刚正在希特勒党徒攻击苏维埃联邦之前，苏维埃联邦的学生人数已十倍地多过德国的学生人数。仅在列宁格勒有比整个法西斯蒂德国更多的学生。

苏维埃联邦文化发展的深度和广度，特别在各民族共和国中，彰明昭著地从几件事实可加证实，苏维埃政府统治期间，一个成文的字母已经为四十种民族的每一民族创立，——这四十种民族在革命前，是没有他们的成文的字母的。这些民族，例如塔希冈特、巴什吉尔、土克美、喀巴尔狄、亚台奇斯、喀拉喀尔巴克、莫尔达维亚、诺加、英古斯和李士琴斯从前是具有它们自己的成文的语言的。许多先前有着一种它们自己的成文的语言的民族，甚至都很难运用这种成文的语言。假使进一步讲，我们把这件事——在革命前，在学校中不准用本地的语言教授——记在心上，我们获得了过去在人民中间的愚昧无知的无际深度的一幅鲜明如生的图画，和一幅在文化发展的范围中由苏维埃政府所完成的这件庞大工作的图画。摘录在这儿的数字和事实，已为它们表达得明明白白，它们是无法辩驳的。一个真实的文化革命，已经在苏维埃政权差不多近二十年完全地专注于工业、经济和文化的活动的。

苏维埃政府的文化成就的意义，在这个事实的说明中现在是越发清晰和透彻，苏维埃的学校采用这个教育原则，实际上，教育的总的一般性质启示出了：苏维埃政府对于这个问题的政策和在过去俄罗斯对于这个问题的政策之间，同样，今天一切别的国家对于这问题的政策之间的根本的不同。在苏维埃联邦，民众教育是精确地建筑于科学的方式的。从真正的第一天起，学生在苏维埃学校中只能获得被科学所业已检定的这类学识。苏维埃教育没有一点和神秘主义共通的东西，或者跟敌视广大的劳动人民的利益的意见和观念的传播共通的东西。苏维埃学校在这种一贯的科学的世界的远见的精神中训练学生；它训练他们耐苦和勤勉，并且徐徐灌输给他们以人道主义的最最高尚的最最尊贵的观念。

教育的苏维埃制度是正相反地反对一个种族或者一个国家胜过另一个种族或者国家的至高无上的猜忌人和嫌恶人类的、兽性的主义的。它以一种爱的精神、一种国家的爱国主义的精神感染青年。可是在同一时候，苏维埃学校在他们中间养育成一种实际的休戚相关的精神，一种别的民族的利益的理解和一种对别的人民的尊敬。

希特勒党徒在他们自己心中放置了征服苏维埃人民的目的，这些党徒们的计划包蓄着被他所专制的人民的民族文化的毁灭。

只有德国法西斯的蠢货，能够想象得出：奴役像这样的人民——如苏维埃人民——是可能的。这人民和德国人全不相像，在二十五年的过程中——在历史上一个比较地短暂的期间——在国家、经济、政治和文化发展的范围中业已有成效地努力获致了卓异的成果。

在发展一个社会主义者苏维埃文化方面，一个异常的职分是由新闻纸——书籍、报纸、杂志等所作的。这是众所周知的事实：新闻纸是一个国家的文化水准最最重要的表征之一。世界上没有一个国家曾这样艰辛地努力奋斗和显示这样的大的关切，使新闻纸普遍地接近民众。列宁和斯大林对印刷了的文字始终表现一种不寻常的尊重和专注。

苏维埃新闻纸——报纸、学术的工作、美文学和在一切艺术的范畴内的著述、哲学、法律和历史——在人类文化的历史上是一个独立的东西。在所有的其他国家，新闻纸直到现在依然从属于个别的实业家、制造商、地主、公司、银行和托拉斯的私人的和专以金钱为目的的利益。在所有的其他国家，常常能够发现一支"钱价文士"的军队，一个特殊团体，他们随时随刻准备着涂写关于每一样东西的任何事情，并且在单单一天的过程中，他们会多次地舍弃他们所公言的观念和主义。（编者注：此处在上海出版时，为敌寇新闻检查所删去一段）

一个人能够希望在近代的德国——在这个国家中，一个像希特勒样的 Moron（注一），能够以没有受过教育自傲，同时像戈培尔样的一个声名狼藉的国际冒险家，却握有宣传的最高权力——找到新闻纸的什么样的自由呢？

为了要使新闻纸真正地自由，苏维埃政府已把它从私人的和商业的利益的掌中取出，并且把它放置在整个人民的处置之下。

在一世纪的四分之一的过程中，苏维埃新闻纸——苏维埃报纸、苏维埃文学——过去、现在以及将来一直是在追求着最最巍然和最最高尚的标的。苏维埃新闻纸在这样一种意味上教育人民，即严格符合他们的利益，和传播一个精确地建基于科学的原则上的世界远见。完全地在人民的使用下，我们的新闻纸才能够不被任何人所收买。它无情地指示了一切形式的伪善、说谎、神秘、腐败和厌世。它在这个国家的文化发展上扮演了一个卓越的角色。只有一个对于人民的文化进步和人民的物质福利有兴趣的政府，才能够完成像我们国家的政府所完成的关于新闻纸的发展。

在一九一三年，俄罗斯出版了二万六千种书，发行总计八千万册。一九三九年，苏维埃联邦出版了四万五千种书，发行总计七万万册。

一九一三年，在俄罗斯刊行的报纸仅有八百五十九种，一九三九年，在苏维埃联邦刊行的报纸约九千种。一九一三年，所有的报纸的每日发行总数是二百七十万份，一九三九年，每日发行总数计三千八百万份。

苏维埃新闻纸的特殊特征是它在意识上的民主性质，它在各方面都十分易于接近民众和向民众公开。和别的国家的新闻纸比较起来，它是最最民主的新闻纸，因为它只传播民主的、进步的观念——苏维埃、社会主义者观念。

苏维埃政府，放置整个新闻纸在人民的势力范围之内，不论他们说的和写的是什么语言，都显示了异常关切，在这个现时的卫国战争前，书籍和报纸在苏维埃联邦用一百一十一种语言出版。居住在苏维埃联邦的各民族都获得了用他们自己的语言诵读一切著述的机会。

苏维埃文化能够合法地把它自己看作为世界文化的继任者和承继者。它不把它自己远离任何在世界其他人民中间发现的进步东西。

只有法西斯破坏者，二十世纪的那些野蛮人，能够设想得出这个不名誉的想象：用政府的命令禁止由德国的第一流作家，及别的国家的第一流作家所著作的有国际声望的学术作品。在一个禁止海涅、哥德、安那托儿、法郎士、莎士比亚、普希金、托尔斯泰、达尔文、季米里亚席夫（注二）和别的世界的经典之作的国家内，能够有什么文化呢？（编者注：此处在上海出版的为日寇新闻检查所删去数句）

苏维埃政府在它的权力之内完成了每一样东西，使世界文化所产生的最好作品接近苏维埃人民。在过去二十五年中，在苏维埃联邦出版的人类在知识文化的每一个范畴内所创造的最最优美作品，在巨大的出版数量总额方面，远超过各自作家在本国的数量。在苏维埃联邦出版的亚里斯多德、伏尔泰耳（注三）、爱尔法修（注四）、狄德罗

（注五）和贺尔伯（注六）的作品，每本刊行数量都自十万至二十万册；斯宾□莎的作品——六十万册，和费尔巴哈——五十万册。笛卡儿和德谟颉利图以及世界哲学的别的卓越的经典，都以几十万册的数量刊行，自然科学的世界著名的经典作品——达尔文、牛顿、爱因斯坦、门德雷叶夫（注七）、米乞聂柯夫（注八）、帕夫洛夫（注九）和季米里亚席夫，每个人都是以几万和几十万册刊行。

在苏维埃政府的年代的期间，俄罗斯文学的经典出版数量达几百万册：黑尔岑、戈果理、葛雷巴叶陀父、莱蒙托夫、涅克拉索夫和普希金出版总数达三千万册，萨尔蒂柯夫——锡旦特林和托尔斯泰——不低于二千万册；柴霍夫——超过一千五百万册；高尔基——约四千万册；马雅柯夫斯基不低于五百万册。苏维埃联邦的其他民族的伟大作家的经典作品，同样也用俄文大量出版：谢夫成果——乌克兰文学的经典作家——不低于三百万册，阿克恩陀夫——亚塞尔拜然文学的经典作家——超过十万册以上；旭德黑·露斯脱未梨——乔治亚人——不低于五十五万册，奥望斯·杜门扬——亚美尼亚人——超过五十万册以上；沙洛姆·阿历克姆——犹太文学的经典作家——约三百万册。

在苏维埃联邦出版的有国际地位的经典的文学作品，发行数量都自五十万册至一百万册，包括有这样著名的名字，如：巴仑（注十）、巴尔扎克、巴比塞、海涅、哥德、雨果、狄更斯、左拉、莫泊桑、罗曼·罗兰、塞万提斯、安那托儿——法郎士、莎士比亚和席勒。

每一个公平无偏见的世界文化的学生和爱好者一定承认，在它的文化政策上，苏维埃政府被这个愿望纯正地鼓动着，这一个愿望是，以一切由人类最伟大和最高尚的心灵所创立的最好和最优美的智识，丰富它的人民。

苏维埃社会主义者文化，在这个词的真正的意识上是民众的文化，属于人民的文化，它建立在精通和吸收并同化世界文化的一切宝藏这一基础之上。

那些在革命前没有成文的字母，或者几乎没有用当地人民的语言出过任何东西的共和国，在苏维埃政府的年代中，现在已经创立了一个他们自己的本国的文学，讨论一大群科学、文学和学术的问题。苏维埃联邦的人民有着某种值得自傲的东西，某种防护德国野蛮者侵略的东西。苏维埃人民现在防卫着，并且将继续防卫着——直到他们最后一滴血——他们自己的文学、他们自己的语言和他们自己的文化。他们决不抛弃他们已经获得的东西，他们在如此大的努力代价下已经创立的东西。他们决不容忍德国野蛮者贬毁他们的光荣、他们的灵魂、他们自己的新闻纸、他们自己的文学的黄金的记录成为一体的一切东西。

苏维埃文学，在它的创立和发展方面，是在苏维埃联邦人民的文化生活中强烈的革命的一个表征。

十月革命把一个文艺复兴的新时代，文学的再生引导进了苏维埃联邦人民的一切语言里面。

一九四一年，诗歌、散文和剧本的书籍用了四十种苏维埃联邦的人民的语言出版。这些民族，在以前是不具有他们自己的成文的文字的。俄罗斯和国际文学的经典现正用着一切苏维埃人民的语言刊行着，并且，在另一方面，每一年在俄罗斯可以看到一册永远是很大的，用苏维埃联邦的其他的语言所写的文学的出版。这种相互的交换已经获得了伟大的结果，并且已经丰富了苏维埃联邦的一切人民的文化和俄罗斯人民的文化。

作为一个成果，我们现在可把各民族——高加索、亚塞尔拜然、中央亚细亚的歌人和诗人，伏尔加的说书者及歌唱家，白俄罗斯的吟游诗人，乌克兰、吉尔吉斯和卡尔墨克的歌人和诗人的光辉的、可是长久遗忘了的演奏和作品的再生，作为例证。他们的这些短歌和作品丰富了整个苏维埃文化。詹姆布尔和加巴叶夫、托克吐古耳和萨蒂尔加诺夫、菲克拉和皮齐朱巴伐、马耕发和克尔俞柯伐、苏立门和斯带尔斯基、葛姆若德和脱萨大萨以及许多许多别的民族的歌人和诗人，已用他们的有创造力的天才增加了苏维埃文化的宝藏。苏维埃各共和国的民间传说是民众创造的艺术的一个光辉的表现。

今天苏维埃文学是世界最丰富和最富色彩的文学之一。在其中我们找到反映有关人民生活的一切东西。在世界上任何其他国家，作家在人民中间这样广大地被人家知道，并被像这样的信仰所爱恋、尊崇和珍重，是绝无仅有的。

我们的文学，从一个意德沃罗基的观点上来看，是世界上最最进步的文学。它对艺术的世界宝藏已作了大大的贡献，并且，在同时发展了他自身的艺术武器——社会主义者现实主义。

苏维埃戏剧艺术，不仅仅对于苏维埃，同时也对于世界文化有着卓越的重大意义。

可以毫不夸张地说，俄罗斯戏剧艺术在世界上位列第一。苏维埃戏剧现已产生了一大群卓越的和闻名遐迩的演员，例如莫斯科文、卡察洛夫和奥斯杜齐夫，提起这少数几个人便够了。苏维埃戏剧艺术所取得的进步，苏维埃政府不顾任何代价力行的发展，从下列的事实和数字中可以例证说明。

一九四一年一月一日，在苏维埃联邦共有八百二十五所剧院，其中三百一十二所是独占地拨作戏剧之用的。这些数字和革命前的情境相比较，它自身便表现得明明白白。

俄罗斯一九一四年只有一百五十三所剧院。二十五年间，庄丽伟大的剧院已经在莫斯科、列宁格勒、伊里温、明斯克、伊凡诺伏、基洛夫·斯摩棱斯克、罗斯托夫和许多别的大城市中建立起来了。

我们的剧院，正像苏维埃文化的一切其他的形式一样，在种类上是多种民族性的。在过半数的苏维埃共和国中，并且仅在苏维埃统治的年代中，它才向外开花了。一九一七年，在亚美尼亚、土克美、塔希冈特或吉尔吉斯，没有一所常置的、职业的戏院。今天在亚美尼亚有二十七所这样的剧院，塔希冈特有二十三所，吉尔吉斯有二十一所，土克美有十一所。革命前，在乌克兰只有三十五所剧院。一九四〇年乌克兰拥有一百二十六所的剧院。在乔治亚，从前仅有三所剧院；然而今天，已有四十九所。乌士别克从前只有一所剧院，今天它拥有四十九所。

苏维埃文化被苏维埃戏剧艺术——一个在内容上是社会主义的，在形式上是民族的艺术，这样彰明昭著地表现出来了。

苏维埃戏剧艺术复活了一切时代的戏剧艺术中最好的东西，并且，像古代希腊的剧院一样，提供了证明：舞台可以变成在人民生活中的强有力的社会因素。

社会主义者现实主义，正像创造的艺术的一种方法一样，适用于艺术的创造的一切范畴。可是在舞台上，它找到了比在任何其他范畴更强烈的表现。剧本的选择、演员的训练、舞台的管理和布景的装置——这一切问题在一条现代的和特别的路上接近苏维埃剧院，这路在世界的任何别的地方是没有对手的。社会主义者现实主义促使剧院特殊地密接人民、密接演员和观剧者。

现在已变成一个正规的特色：一个共和国的剧团旅行到另一个共和国去，怀着便于相互交换艺术的知识和经验的这个目的。

各共和国的剧团年年到莫斯科来作拜访。莫斯科的戏剧艺术节表现乌克兰、乌兹别克、吉尔吉斯、乔治亚、哥萨赫、亚塞尔拜然、亚美尼亚、白俄罗斯、塔希冈特和布利亚特——蒙古各共和国戏剧的戏剧艺术节,已判明苏维埃艺术的真正大节日;并且启示了:在苏维埃联邦中获得繁荣的民族的戏剧艺术和文化达到了什么样的程度。苏维埃剧院的上演节目可以最好地表示出:苏维埃人民吸收世界戏剧艺术的最优美的东西的程度。莎士比亚、席勒、塞万提斯、罗佩·特·味加(注一一)、莫理哀(注一二)以及其他作家主角。苏维埃舞台上展示其不朽的代表作。

苏维埃舞台——苏维埃戏剧、歌剧、舞剧和音乐喜剧——显示了巨大的成就。——这成就是我们国家的文化革命在二十五年的过程中所努力完成的。一个在这样短暂的时期,在创立像这样的一个艺术方面获得成功的人民是绝对不会灭亡的,是绝对不能够被征服的,是绝对不能够被降低到奴隶的地位的。(编者注:此处为日寇新闻检查所删去一段)

如果在文学、戏剧和音乐的范畴内,苏维埃艺术曾有着它们的伟大的过去的先辈,那么苏维埃电影仅仅在二十五年前才开始萌芽。信任苏维埃电影的发展的是苏维埃政府。苏维埃电影在另一方面说来是伟大的十月社会主义革命的孩子,有创造力的艺术的产物的一切最好的表现结合在一起构成了这个新的、统一的苏维埃电影艺术。

电影在美国和英国现已达到了一个很高的技术水准。可是苏维埃电影,在吸取和同化从技术的观点上看这些国家所能够贡献的最好的东西的时候,并继续创立一种任何其他国家无法匹敌的艺术。在这儿,社会主义者现实主义也给予了充分的表现。

电影有着比其他形式的艺术更多的便利:它在广大的人民大众中间是易于接近和易孚众望。苏维埃电影现已产生了无数述及历史的过去和现代的片子,包含着伟大的十月社会主义革命的最初的英勇的年份、苏维埃人民的领袖——列宁和斯大林——的伟大的描画,在影片中,如《列宁在十月》《列宁在一九一八年》和《带枪的人》,给人留下了深切和永续的印象。

在电影艺术的卓越的第一流的生产物中间，必须把下列影片，如《夏伯阳》《保卫蔡□邨》《我们来自克隆斯达》和《史巧尔斯》加入其中，这些影片描画了红军和他的领袖们的英勇斗争。

许多年来，苏维埃人民曾紧绷起他们的每一根神经，建立他们国家的工业和发展他们的文化。这些历史性的努力已记录在不会被忘却的影片中了。

苏维埃政府为了电影的发展，曾支付了无数的金钱。这个国家现遍布了广大的电影院的网状组织，现在，电影院共计有四万所。

科学和技术在苏维埃文化发展方面扮演了一个极端重要的角色。物理、化学、生物学、医学、天文学、数学、历史、经济、哲学、农艺学和工程学都已有着极大的进步，并且在这些学术的每一种学术中间，苏维埃联邦对世界知识的宝藏添加了非常多的东西。现代的世界科学，正像它今天所存在着的，没有苏维埃科学的贡献是不可能存在的。

苏维埃联邦的学术院是苏维埃科学工作的一切主要部门的一个调整中心。它的建筑物装备着最新的技术和学术的文献。一九三九年，在苏维埃联邦有七百所学术研究所，研究工作者计四万人，而且学术的研究工作现正被五百所农业实验站、三十四所气象台和二百所博物院和国家图书馆所指挥着。年轻的学术干部的训练现正大规模地在学术研究机关和高等教育机关实施。一九三九年，一万五千个毕业者被指派为会员。

在苏维埃政府的年代中，特别在最近十年中，苏维埃学术家曾在许多国际集会和会议上诵读论文。许多国际学术集会和会议曾在苏维埃联邦举行。

在苏维埃联邦中完成的文化革命，把一支广大的苏维埃知识分子军队组成了队形。

在联共（布）第十八次大会上的演说中，斯大林说道：这个新的社会主义知识分子的诞生，出身自人民的心脏，是我们国家的文化革命的最最重要的成果之一。

苏维埃知识分子现正在工业中，在属于人民的土地上工作着，并且正在为人民的利益服役。出身自人民的苏维埃知识分子，由劳动者、农民、雇员和知识分子的儿女所组成的知识分子，他们在苏维埃学校、大学和研究院中获得他们的教育。苏维埃知识阶级忠实地和自觉地服务于人民，因为他是人民的一部分。

在苏维埃联邦，现在只有两个社会阶级——他们是密切地被友谊地联合在一起——工人和农民。苏维埃联邦的知识分子，像一个整体一样构成了苏维埃社会的最先进的、受教育的和开明的部门。因此，我们的知识分子代表着整个苏维埃人民的未来。这条道——沿着这条道，文化发展正在苏维埃联邦继续进行着——在使人民大众受到充分的教育。

苏维埃文化在最初的二十五年的存在中所取得的巨大的进步，产生了一个为了科学和技术的发展必须创立的基础和受过训练的力量的编制，这基础和编制使苏维埃联邦在她最最危险的时期中——能迅速地和适当地适应这个卫国战争的需要。因而，红军和红海军能在最适当的时候获得足够数量的最现代的军备和机械的供应——飞机、坦克以及□的材料——在数量上远超过敌人。

苏维埃联邦的一切文化和科学研究机关及所有的她的科学家、文学家、工人、女艺人、艺术家……都在贡献他们的一切努力去满足武装力量的需要，并且加速打倒一切文化的死敌——法西斯德国的胜利日子的来临。学术员珂马洛夫、费尔斯曼、赖欣珂、巴黑以及许多别的卓越的科学家现正以很多成就来增大工业的力量，增加苏维埃联邦的新地区的工业的出产，为工业发现原料的新的来源、增加农作物收获、燃料的供给……我们的作家、艺人、女艺人、音乐家和艺术家目前不甘落后于我们科学家。在这个卫国战争期间中，特米德里·叔斯达珂维赤完成了他的《第七交响曲》，这，置于世界音乐的经典之作中而无愧色。

著名的苏维埃作家——M.萧洛霍夫、△.托尔斯泰、I·爱伦堡、M.囗茜列芙斯卡雅、K.西蒙诺夫、柯尔纳楚克、S.青斯基以及许多别的人们，全体一致地都把灵感转注到这个伟大的战争——苏维埃人民目前和法西斯侵略者作着殊死的战争，同时他们的著作反转来感应了在前线作战着的军队的战士和在后方工作着的男人和女人，使他们的作为成了前所未有的英雄主义的伟大作为。

现在我们国家的人民正在英勇地作着斗争，击退法西斯主义的黑暗力量的凶恶猛攻，同时正在为完全击溃希特勒军队铺砌道路。为了保卫他们的文化和从伟大的十月社会主义革命所努力获得的东西，红军战士一定会进行艰苦的斗争，歼灭侵略我们领土的德国侵略者。每一个工人、每一个集体农民一定会加倍努力，供给前方以数量日益增加的飞机、大炮、坦克、自动枪、机关枪、配备、衣服和食物。

我们文化所获得的成就是苏维埃国家的力量的明证。由于文化革命的结果——苏维埃联邦现已转成一个强有力和坚不可摧的力量。人民——他们在一世纪的四分之一的过程中业已创立了一个像我们社会主义者文化的文化的人民，是绝对不会被征服的。他们绝对不会低下他们的头做奴隶。我们现有为了摧毁希特勒军队，继而为了创立一个通达到我们社会主义者文化更远大的、无限制的进步的情境的每一个必要条件。

（注一）Moron是智力发达至八岁而止的一种人。

（注二）季米里亚席夫是俄罗斯生物学家。

（注三）伏尔泰耳是法国哲学家、剧作家（一六九四——一七七八）

（注四）爱尔法修为法国哲学家及作家（一七一五——一七七一）

（注五）狄德罗为法国哲学家及作家（一七一三——一七八四）

（注六）贺尔伯为丹麦剧作家。

（注七）门德雷叶夫为俄罗斯化学家（一八三四——一九〇七）

（注八）米乞聂柯夫为俄罗斯自然科学家。

（注九）帕夫洛夫为苏联经济学家。

（注十）巴仑为英国诗人（一七八八——一八二四）。

（注十一）罗佩·特·味加为西班牙诗人及剧作者（一五六二——一六三五）。

（注十二）莫理哀为法国喜剧作家（一六二二——一六七三）。

（《晋察冀日报》1945年10月31日，11月1日、2日、3日）

柯斯佳伯伯的游击队

E. 费伦斯基

苏维埃政府不久前将"苏联英雄"的荣衔颁给游击队指挥员——孔斯当京·薛尔格亦维奇·柴斯洛诺夫。

无疑，柴斯洛诺夫是一位出类拔萃的人物。他在一九〇九年生于一个白俄罗斯村中，九岁的时候他已经在看牛了。当了四年的牧童，他到邻村去做一个鞋匠的学徒。然而，鞋匠的行业似乎对于他并没有多少吸引力，因为两年以后我们发现他成为维里基·□基技术学校的学生了。他不久后进入最初的真正行业，当机器驾驶员的助手，实现了他少年时代的一个梦想。后来他连续做过机器驾驶员、工头、工程师，最近在白俄罗斯最大铁路交点之一当了站长。他为人进取而有生气，迅速超越众人，他的车站未几就成为那条线上最好的。

德国人进攻苏维埃联邦，侵略白俄罗斯的时候，柴斯洛诺夫把大批站上的设备撤退到后方，和他的三十个左右的工人躲避在森林里，他在那儿组织了波列西的第一个游击队。

柴斯洛诺夫，或者像他在游击队中出名的柯斯佳伯伯，证明是一个能干的指挥员，他同部下只是用炸毁桥梁、放火焚烧敌人的仓库、破坏德国人的供应列车来困扰德国人，在第一个月就创造了惊人的纪录。

可是这种普通游击活动的有限范围并不能使柯斯佳伯伯满足，他决定了一个大胆的计划。他把部下带回了原来的城市，假装做一个纯粹给物质欲求所驱使的人，在他本来的铁路车站上请求工作。德国当局相信了他的故事，派他管理火车头的工人。他们因为极需要熟练工人，甚至赋权给他去雇用他们。

柴斯洛诺夫不让时间错过，把他部队中所有的人安插好，回来工作。不久，柯斯佳伯伯的游击队员，在该线的各地段做着机器驾驶员、伙夫、转辙手、维持秩序的人和其他各色各样的铁路工作者。他的军队布置就绪之后，一个行动的计划筹备妥当，包括秘密交通的方法，接济爆炸物的系统，柯斯佳伯伯和他的部下□□危险里工作。

柴斯洛诺夫以训练有素的工程师，发明了一种制造地雷的灵巧方法，可以使地雷从煤场运上火车头，不致引起怀疑。机器的烧煤间以惊人的次数屡屡发生爆炸，地点的转换支配得这样精巧，德国人简直完全觉得神秘莫测；虽则每一个俄国机匠由一个武装的德国人监护着，谁都无法明白这些地雷是怎样找到走进烧煤间的路的，但它们在火车行驶于两站之间的时候始终不变地到了那里，结果是除了火车头本身的损坏以外，路线的一段不得不暂停行驶。

扑朔迷离的活动依了广泛的范围进行着。第一个月内毁坏了五十个火车头，第二个月则六十三个。可是烧煤间的爆炸并不是德国人不得不应付的唯一困难。每一天带来了几桩附加的不快事件。有一天有人把三个火车头送下了山坡，损坏了三架其他的机器。另一次两个火车头莫名其妙地出了轨，使它不能工作了好一会儿。

于是列车的破坏开始了。最坏的一次发生在路线急转的地方。地雷埋得如此巧妙，列车急速地向下斜抛过去。所有的车辆被捣得粉碎，大约死了三百名德国人，伤了许许多多。

同时游击队员操纵着各色各样离奇的小动作：他们冻结火车头的紧要部分，把水倒在路轨上使它们冰冻，让机件出毛病，向苏联飞机发信号唤他们空袭铁路交点。柴斯洛诺夫的部队到这时候为止，数目已经超过了一百人，使对于德国人非常重要的一条铁路干线的工作绝对地受到了影响。

法西斯狂怒了。他们为"游击首领"的头颅出了一万马克的赏格。全队秘密警察出动追查游击队。

嫌疑终于落到了柴斯洛诺夫的身上。柯斯佳伯伯逐渐觉察德国人在监视他了。他的行踪间谍追踪着,他知道是应该隐身的时候了。然而说起来容易,做却繁难,为此他不断地被人暗中跟随着。一个黑夜他到澡堂去,把他的深颜色的外套和游击员□□掉换了一件浅色的羊皮短外套,才溜过追踪者的眼光。

他手下的一部分人留在站上继续游击活动。所有其他被怀疑的都跟柯斯佳伯伯走,躲避在森林里。他们在这里组织了一支新的队伍,由铁路工人和当地的民众参加。队伍急速地增长,在短时间内数目就有了七百个人。柴斯洛诺夫首级的赏格也增加了——到现在为止是五万马克。可是他依旧和从前一样神出鬼没。德国守备队、给养仓库、交通和车辆继续遭难。在这个时期内又是六十五个火车头被炸到了半空。

柯斯佳伯伯游击队的名声传遍了白俄罗斯。人民从四面八方蜂拥到他这里来。柴斯洛诺夫证明自己是一个优秀的指挥员,在密林中精娴地运用兵法,给德国部队和征讨军以奇袭和致命的打击。

我来讲讲柴斯洛诺夫在白俄罗斯的森林深处领导的一次大规模行动吧。德国人直接从希特勒那里接到了不惜任何代价肃清在这一区域活动的游击队的命令。他们用了真正的德国彻底手段着手办理这桩事情,大约三个配备了大炮、堑壕臼炮、坦克和装甲列车的师团被派担任行动。德国人有了这样可以自由调度的庞大兵力,几乎把游击队包围成功。形势严重的时候,柯斯佳伯伯的游击队和活动在附近一带的其他几个游击队联络了,统共有两千人光景。

然而德国人有三个师团的兵力,继续加紧包围。好像没有什么力量能够解救游击队了。可是柴斯洛诺夫,一个天生的兵法家,找得了一条出路。他详细研究了一番地势,和当地的樵夫一同缜密地考虑,发动了一次俄国游击运动史上被认为最出色的行动。

正当一个较小的队伍在港湾的地方抵住了德国人有两小时之久的时候,游击兵力的主力退到了新阵地。指挥员发了一下暗号,游击队放弃了现在一直挡住德国人的阵地,开始在这样一种状态中后退好像要给人一个全军狼狈逃窜的印象。他们向南撤退,把德国军队诱入森林的深处,森林突然变得稀疏了。在一片空地的对面德国人看见了他们信以为逃窜的游击队的最后的几个人。

法西斯确信胜利是属于他们的了,冲过田野追赶上去,让坦克和重炮在他们后面迟缓地在森林中行动。于是他们就这样纯粹落入柴斯洛诺夫为他们预备好的圈套。

给后退的苏联爱国志士引诱着的法西斯军,抵达了空场的时候,驻扎在林子入口处空场两面的两个强大的游击队向现在没有了庇护的敌人发起了攻击。一千五百挺步枪和"汤美"枪,六千架机关枪对准了德国步兵射击,毫不怜悯地把他们扫倒了。

活着的德国人转身逃命,因为没有什么东西能够抗拒这些为他们的自由、土地、可爱的白俄罗斯而作战的人的打击。两千名希特勒党徒在波列西森林中的空场上找得了他们的坟墓。等到德国指挥部镇定下来的时候,柴斯洛诺夫早已远走高飞了。他差不多绝无损失地撤退了他的部队。这个游击队的活动,可以给你一个苏联全体游击运动的概念。

(《晋察冀日报》1945 年 11 月 3 日)

战争中辛苦的人

V. 柯支夫尼可夫

一次坦克战是要持续一小时甚至几天之久的,展开这样的一次战斗,也类似在海洋中两个□队的战斗一样。

一个打坏了的坦克并不会沉陷下去,或是像船只一样地炸成碎片沉入海的。就是一个尚未开动起来的坦克,也必须以强烈的炮火削减它。

苏维埃坦克手从来没放弃过他们被打坏了的坦克,而是战到最后的一颗子弹;设若炮塔被打坏了,也要转动整个坦克向炮扑去。

坦克救护队,用那注视的眼睛,透过战争中的硝烟,看着我们的坦克手,假若有一辆被打坏了,救护队便立刻派人去救助。

坦克救护队的工作就是一种要有超人的劳力与勇敢的。

成百辆的坦克,被这个队从炮火中救助下来,抱回安全地区,修理之后又送到战地去了。

中尉萨拉玛丁的坦克首先突入一个村庄,坦克的鼻端撞到一所仓房的墙壁里,对德国人的自动推进炮继续开火,直等到仓房烧起来。坦克隐藏在这燃烧着的碎木片里,当自动推进炮沿着公路已经退却的时候,便又向它扑去了。

萨拉玛丁热情地冲上一座架在一条狭窄泥浆的河流上的小桥,桥是被拆坏了,坦克从那儿掉下来,它静静地停在那里,鼻子朝天伸着,好像是一匹生驹的马。

坦克手在附近掘了一个洞,取下机枪来防守它。

夜降临了,夜又消失了,他们有两个人战死,萨拉玛丁自己也受了伤。

天亮的时候，军曹叶古尔·柯斯修柯的坦克救护组爬到坦克手这儿来，他们检查了一下，便开始挖掘。他们在坦克下面挖，直等到前面的地成为水平的时候，坦克又恢复了与地平线平行的位置，坦克手重回到坦克里开起火来。

坦克又陷到泥泞里，他的枪又不得不停止射击，于是便把它取下来支架在地上。

坦克手再回到隐蔽所取来他的自动步枪。

在距离坦克数百米的地方，柯斯修柯和六个自己的人急急忙忙地掘着一口在村子中间的普通水井，用那些从被毁坏草棚里找来的木头把它上面架起来。

坦克手的生死的斗争，显然给柯斯修柯的人做平静事情的时间是减少了。

事情做完，柯斯修柯他们那伙子人拖着一根电线杆到井边来，锯成两段，再把电缆紧紧地缠绕在这两段木头上，然后放在井里，用土填埋，那松散的一头穿过一个牢结在坦克后面钩子上的滑车和一个□行拖拉机的钢钩。

德国人携着炮越过左岸来，想消灭这辆坦克，可是河岸陡峭，使他们不能射中这暴露的目标。炮弹落在地面上，碎片从坦克的装甲上弹回来，锵锵地响着。

柯斯修柯上了拖拉机，并把它开动，电缆从地皮上升起，在它拉紧的时候，□□地哼着，当一些碎弹片碰上时，它也就像一支巨大的竖琴回响着。

柯斯修柯那伙子人们肩头上扛了木棒拥挤地围着坦克——坦克动了，向前爬走，把木棒也碾碎了，因而这些人在这如炮弹碎片一样的碎木片之飞散中，不得不找一个隐蔽的地方。

不久坦克拖到岸上来，向德国人的那门炮射击，消灭它之后，便又向西方前进了。

柯斯修柯那伙子人卷起电缆，和工具放在拖拉机上，拾了一些柴，便开始做饭——早饭和午饭——在两天艰苦的工作中，他们从来没有不吃饭。

吃晚饭的时候，柯斯修柯第一次伸伸懒腰，那些从他嘴里讲出来的话，也就不像是命令了。

"天哪！我希望我有一支六弦琴，现在，我是在这种心情里，我感到好像将从这河里拖出我的爱人或是哪一个标致的姑娘似的。"

"她就是个标致的姑娘。"叶求图哈夫反驳道，"现在她弄断了德国人的骨头啦！"

我知道这样的事实，"HUN（注）不可能抄袭我们所做的工作"。葛尔巴兹加入了。以前他是诺窝罗斯克的一个码头工人。"举例说吧，他们可是太蠢笨了，上星期我们拖走了他们一辆虎式坦克。起初，所有的德国人都围起它来，而且骚动地带来了电缆。但是也不济事，他们在集体吃饭之后，不久就到别处去了。于是我得进入工作，在二十四小时里，我们就像从啤酒瓶上拔出软木塞一样地把他拖起来。"

★★★★★★

在一个刮着凛冽的大风寒冷的夜里，在另外的一条河岸上我又遇见了柯斯修柯那伙人，以下就是我所见的情形。

葛尔巴兹穿着衬衣在右边靠近河流的地方站着，全身上下都湿透了，不耐烦地等着柯斯修柯发给他的一份伏特加——（苏联的一种麦酒，译者注）大口地吞下后，葛尔巴兹快活地大呼一声，嗅了嗅手指，拾起一把工兵用的铁铲，走到水里，推开浮冰，他就在水里潜了很长的时间没有露出头来。

看着那滚滚的流水，柯斯修柯生气地说：

"我们在这里已经浪费了四点钟,可是还找不到它的鼻端,它用全速力猛撞到河岸上,它的犄角穿进很深的。"

"来,暖一暖吧。"当葛尔巴兹重新出现在水面上的时候,他喊:"这该轮到我的班啦!"于是他又赤身露体地立在岸上。

天正在下雪,踏在脚底下的地面沙沙作响,在这样的严寒中,我的身子在颤抖着,于是就走到离此地不远的一辆拖拉机那里去,在放热气旁取暖。

潮湿的空气因炮火的怒吼震漫着,时□一股橙黄色的光芒,在冰和黑暗的罅隙上显出亮来,但当它消逝的时候,可就把我们留在幽暗中与沙沙的雪中了。

葛尔巴兹走上来,他又喝了一次酒,心情很愉快。

他大声说:"三天以前我们从 HUN 那儿偷到一辆'豹'式坦克,这真是开玩笑呵!一个侦察员回来告诉我们,在那边山谷里有一辆'豹'式坦克,机师同它在一起,在腿上拴了一条电缆后,我就向前爬去,泥泞是怕人的,当我正在爬行的时候,忽然我对自己奇怪起来。请你原谅我,我已经是四十五岁了,并且有了四个孩子,可是现在玩起捉迷藏来,我把鼻子□在泥土里,这样,我爬上德国的坦克。"

德国人在附近繁忙地工作着,向着螺旋钳,用他们自己的话诅骂着,我很小心地把电缆扎结在坦克的钩子上,因为怕他们听到声音,所以我得按照各种规则去做,你知道我是有一双强有力的手的,假如我曾经对某个人说过"你——要——怎——样!"那他一生都会记着我的,我们急急开动那两辆拖拉机想把它搞上来,可是那时发生了什么事情呢,那真是可怕得很,我们想在黑暗中是要迷失路途的,可是德国人的炮火照得这个地方如此明亮,连找个隐蔽的地方都不可能,他们离开了炮与臼炮落下的地方——自然啦,就在他鼻子底下拖走了这未有价值的东西是使他们很痛心的,他们打倒了一个拖拉机的驾驶员，伤了另一个。我想，这样你们是太仁慈啦，我叫他们在瓦斯调节器拴上一根绳。拖拉机驾驶员在一旁爬行，用手拉绳索来管制它，这以后，我们就没伤人，当一些炮弹片打断了电缆时，有一件很扫兴的事情发生了，似乎我们的全部计划都要失败，而且消耗了这么多的燃料。因此我得爬回去找那毁坏的地方，正当我在那里绾一个很美的活结时，我看见两个弗里茨（德国人很多都叫弗里茨，这里就用来代表德国人。译者注）从黑暗中一跃而起，向我奔来，其中一个就好像足球，我在他肚子上踢了一脚就把他踢飞了，也就像在竞技场里一样我同第二个角斗起来，自然我不能叫他活着回去，为了他，我真像要得一个奖章和奖状似的，我的衣袋里有一个螺旋钻，就用这个我把他弄死，赶快接好电缆。我喊："走吧。"可是我站不起来，因此就爬到这辆坦克上，躺在那里喘气。你想想，我是多大年纪了，而且流了很多血。以上就是我们怎样从德国人那儿得来"豹"式坦克的情形，那差不多是完好如新的，虽然有一些无关紧要的零件丢了，可是我们会从毁坏的坦克上搞到的。

"葛尔巴兹！"那是柯斯修柯的声音从河那边传来，"拿起电缆来"。葛尔巴兹拾起那电缆的一端向河边跑去。

中午时，有四辆拖拉机在前面一线式地开动着，把这辆坦克从河底拖出来。

★★★★★★

一天，当我旅行在战场的路途中，我看到一条长长的宽阔的犁得很深的犁沟，通过火线向西边伸去。

我请求我的旅伴给以解释。

"这多半就是被坦克救护队拖起的一辆坦克所留下的痕迹呀！"她静静地解说着。

"这真是辛苦的工作啊！"当你问那些坦克手时，他会告诉你，由于他们努力的结果,有多少辆坦克得救了。

在我的眼前升起了这样的景象,经常是有德国的、俄罗斯的拖拉机在不同的方向同时拖一个坦克,靠近这紧张的拖引的电缆旁,为了防止被人拆断,经常要进行交手战,这就是在伟大的忍耐与技术的一方常常是胜利的,难道不是我们的人民已经从他们的工人阶级无比的忍耐与技术那里获得了荣誉吗?(刘崇庆译自国际文学第十一卷五期)

(注) HUN 系元朝时入侵欧洲之蒙古人,而此处则为代替德国人的字眼。

(《晋察冀日报》1946 年 1 月 18 日)

在 满 洲
——旅行琐记

康士坦丁·芬

中国人民生活条件的出奇的困难早就引起了许多资产阶级的理论家对于中国问题的注意,甚至产生了一批专门研究中国精神的狭隘的"专家"。他们的理论研究广泛得很,无所不包,但是照他们的意见归结起来,中国的人民是幼儿的人民,同样是这批"专家"又确信着,要想了解这精神也不难,在中国起码住上二十五年,最好不要离开一步,另外一批人主张五十年为期,第三种人说中国人民的精神不管什么时期根本就不可能理解,理由很简单,因为即使中国人自己也不理解。

对不起,我在满洲住了一个月多一点,这期限,就是从最最自由的理论家来看也未免嫌太微小了,可是我已多少有了某些关于中国精神的概念。

在满洲的上空坐着飞机不是可以看到统治着它的田园的模范的,应当说是壮观的次序吗?

这是播种了高粱和玉米的地带,它的整齐,好像是用尺子画成的一样。村子的四周,围着正方形和长方形的一片鲜绿色。菜园真多,使你从远处看去好像庭院似的。在世界上哪里去找另外一个国家,从"天空"看下去有这样的宁静、和平、富足?

满洲的田地大多种了高粱。高粱之于满洲正如小麦之于乌克兰,木棉之于乌兹别克。细长的,有两人高的茎秆戴着褐色的繁花,照着阳光实在好看。

我知道这样说是不正确的。高粱的种子不是一把一把地播撒,而是一颗一颗地点种,要靠繁难的劳动,田地里才有这么整齐的行列,你才能从飞机上看到那种壮观的景象。

当然,不是单纯爱美的动机驱使中国农民这样做。中国人民确有爱美的性格,特别表现在图画上、制图上、建筑上、织物的色彩上,但在这种场合与爱美是毫不相干的。正因为每一片土地甚至小得眼睛看不见,都被充分地应当说是巧妙地利用起来,好像不是用中等数学,而是用高等数学计算过的,正是这种艰苦的劳动,而不是别的,使得满洲的田地"从天空"看下去这么美丽。中国农民本身在这上面根本就没有想到美的概念,因为在满洲的成百万的农民中何曾有一个坐过飞机呢?

贫困,中国农村的无可比较的贫困,关于这个说了许多,也写了许多,然而对于那些没有亲眼看见的人终归是不可理解的。唯一的原因是在于诗意的人民在自己的田里做算学。当你们走进中国的农村时,首先映入你的眼里的是中国农民为了糊口、不饿死,而进行的那种热情的、惊心动魄的劳作。这甚至不是为生存而作的斗争,这是某种不知疲惫的斗争,或是确切些说:"热病。"正是这种热病打击着,磨难着日本强盗所尽量掠夺、无情榨取的伟大人民。

当你看到这些中国农民所用以耕种土地,所以取得收获的真正原始的农具——鹤嘴锄,锄,锄,你就会懂得唯一的真正的工具是人本身,是人的不可置信的劳动。

在一个最紧张的劳动日里,我看到了一群中国农民的面孔,这是些因劳动□精疲力竭而变成死色的面孔,不,这些人一点也不像是儿童,相反,这是些比较年轻的人们,但是因为非人的劳动而早衰了。

"劳动稍差一点就吃不饱饭。"一个半老的农民王庆富对我说。

"为什么?"我问。

王庆富对翻译员叽叽咕咕说了半天。这时太阳强烈地燃烧着村中

的街道，一群赤身露体的小孩子在发臭的瓦砾堆里爬来爬去。

"他说，"翻译员对我说，"土地这样少，就在好年成也难养活一家，何况还有这个捐那个税的，都一样是出在农民身上。日本兵经常到这个村子来往，想要什么就拿什么。"

一条乡村的街道，黏土打的围墙，在街道两侧，墙上有狭窄的木门，通入内院，院是中国式的茅屋。这里住人的拥挤和泥泞污浊简直不能想象。什么家具也没有，经常是一条炕，一堆长满了虱子的烂布。烂布上是人。

在一条乡村的街道上我看到以下的事件。靠近土围站着一个高个子的中国人，干瘦的脸上有几根稀疏的小须，手里不知在搞什么，好像按摩。我问翻译员这在搞什么。

"这在玩戏法。"翻译员回答我。

这时我也看出了那高个子中国人的手里有一滚圆的小石头。那小石头一下子不见了，一下子又出现了。周围围着一些人。他们很注意地看着他的动作，可是似乎没有好多兴趣，很冷淡。耍戏法的大声叫喊着，使尽一切力气想在脸上表现出点活气。他从腰里带的泥污的袋里取出一块磨光了的小铁块，一下就"吞"了下去。他张开口，证明确实吞下去了。他张着口站了好一会儿，但是周围的人没有一个发生兴趣，于是耍戏法的又解下袋子，脱掉褴褛的上衣，打着赤膊，用手立在地上，走着，然后又翻了三次筋斗。

只是由于饿死的恐怖所引起的绝望，或者由于疯狂病才能使他这样做。中国人——天生的体育家。他们的体格是很发达的，任何一个观众都能像耍戏法的那样来几下，而且未必比他做得不好。果然，有一个子不大的中国观众向后退了几步，用手掌支着地面，姿态比那耍戏法更好看，用手走路，然后又翻了五次筋斗。

耍戏法的坐在地上，旁边放着破衣服，灰黑色的破衣服躺在黄沙上，活像一只大螃蟹。耍戏法的两手支着头，蹲着。样子很颓丧。过了几分钟，有一老农妇给他带来了一些高粱饼。她推了推他的肩膀，引起他注意。耍戏法的吃了一惊，抬起头来看着站在他旁边的农妇，手里提着高粱饼。我永远不会忘记他的眼睛。眼泪沿着他的脸向下掉。他迟缓地，好像表示敬意地用骨瘦的手指捏碎高粱饼，然后放进嘴里吃。

在南满铁路的一个车站上我认识了李树春。他是个农民。他的外表是个道地的中国型的老百姓。戴着一顶宽边的尖顶的草帽，正中有一朝天孔。穿着一条原是黑布的而被太阳晒成褐色的短到膝盖的小裤。穿着同样的布制的狭小的短衣，露出筋肉挺绽的胸脯。

列车还得等一些时间。靠着亲切的中国翻译的帮助，我们就和李树春说起来了。实在说并非彼此交谈，而李树春先对我说起斯大林，我已记不清我们的谈话是从什么开始的，只记得翻译员忽然以李树春的名义对我说："斯大林住在莫斯科。"

一开始我以为这是他问我的问题，这是因为语言知识差，没有用适当音调来表达而产生的结果，正要准备作答，可是翻译员又给翻译李树春的话说："难道你不知道这是世界上最伟大的人吗？"

李树春说斯大林说了很久。他告诉我，在昨天晚上，他村子里的一些最受尊敬的人在他——李树春家里开会，讨论这样的问题。谁是现在世界上最伟大的人。他，李树春，不致在我面前吹嘘，这是他所想不到的，而且对他也不必要，但是他无论如何总会记起，在他的村子里他不能算是最后的一个人，然而村子里那些受尊敬的人昨晚不是在别人家里，而恰恰是在他家里，在李树春家里开会讨论这样重要的问题。

村子里的最受尊敬的人之一昨晚在李树春家里发表了如下的思想。

一个人很难有许多亲戚。有，当然很好，但是假如亲戚穷了，那就得救济他。然而事情并不只是食粮。还有用忠告和劝说去帮助的义务。食粮当他吃完了可以不吝啬地再给，而当自己也没有了的时候，亲戚也就不来借了。但是受尊敬的人却经常须以忠言给予愿意听取的人。一般地说，人之所以伟大和重要到底在什么地方？这就在于他常常想念和关心这么多的人。人因为思虑和思念而衰老了。他们经常都是殚精竭虑，费尽心血。在这种生活里的道路上铺满了牵挂。当然，每个人首先关心着自己的父亲、母亲，然后关心着叔伯，然后关心着大儿子等等。他的祖先的遗教要他这样做。但是在世界上有这样一个人，他关心着许多人，成百万人的幸福，帮助他们生活。真奇怪，他怎能有这么多的时间花在这上头呢？更加想不通的是他的思想为什么能使周围的人都懂得。离李树春住的村子不远驻扎着一个队伍，有三十个红军和两个军官，这些人没有例外全是些了不起的大人物。当然，李树春不敢相信，这是他自己方面的很大的勇敢，而他只认识到红军的战士和军官简直没有一个不是卓越的人物。同时又说到他村子里其他的受尊敬的人也有和这相同的意见。这些红军战士和军官不知什么缘故对于中国人的一切疾患，一切生活情况知道得这么清楚。于是就发生这样的问题，为什么会是这样呢？他们回答说，这是斯大林教给他们的。这个人的精神是多么伟大！

"这是个非常伟大的人物啊！"李树春继续说，"他把我们从日本的奴役下解放出来。"日本在满洲的胡作非为谁也讲不尽。不论有多少小说和故事，和实际比较起来简直算不了什么。但是有一件事很奇怪，李树春坦白地说，不只是他一个人，整个他村子里的一切人，从小孩到大人，都不懂为什么苏联红军不让中国人杀戮在满洲的日本人。就是这样做也还不能偿还日本人所欠中国人的血债。李树春请求说，如果允许的话，他只举一个例子。有一次，有五万个中国人被赶去构筑木凳寨（译音）城区的工事。日本人强暴地把中国人赶出村子去。其中许多人因为过度劳动和饥饿而死了。其余的在工事完成后，日本人就干脆把他们枪杀了，以免他们泄露秘密。这一个例子仅仅是在日本统治时期中国人所受的千千万万的痛苦事件之一。总的说来，李树春公开说，住在他们村子邻近的红军战士和军官是非常奇怪的人。几天以前他们村子里的一些农民因为制止日本死囚向苏联军官行凶，结果自己反遭杀害。这当然是件很惨痛的事件。事件怎么发生的，苏联军官和红军应当看见了和听到了。真是奇怪的人，难道因为仅仅只有一个中国人，而他的做法也是不正确的吗？如果是类似恶棍一流人，那他们当然不会比日本更好些。这件事是不能与斯大林和他的军队为我们人民所做的事相提并论的。（王子野译自一九四五年十月二十六日的《红星报》）

（《晋察冀日报》1946年2月1日）

论 爱 国

巴尔梯斯基 作　李少石 译

本篇译文原载于《群众》第十二卷第十九期,现在把它摘编刊登出来(小标题也是编者加的)。我们觉得是特别有现实意义的,因为现在国民党内法西斯反动派正在"爱国"的伪装下,进行反苏、反共、反民主的阴谋活动,而这篇文章早就把什么是真正的爱国主义以及在"爱国"旗帜掩盖下的法西斯保卫者的危险性讲得很清楚了。

——编者

一、历史证明共产党人是一贯的、积极的、忠诚的爱国者

工人阶级运动(和民主运动——编者)的反对者的思想武库中最常用的武器——坦白地说,是最危险的武器——就是这样一种控诉,即说,共产主义者和一切左翼的工作者,一般地都是不爱国的,甚至在苏维埃国家建立了以后,共产主义者已实际上证明其热烈的自我牺牲的爱国心后,其他国家的共产党人以及和他们合作的人,还继续被人指为"他们国家内部的敌人",而共产主义的思想则被描写为与爱国主义对立的东西。随着法西斯运动在许多国家中的滋长(今天则是法西斯残余的挣扎——编者),这个在爱国主义旗帜下的、对进步男女们的反动的逼害日益严重,但对于共产党人的爱国心的试验不久就到来了。德国法西斯帝国主义者奴役爱好和平的民族的掠夺战争,逼使社会各阶层各政党不能不以行动来证明谁准备为国、谁准备卖国。这个最高的火的试验,揭露了什么东西呢?

第一,在欧洲被德国占领的国家中,出卖自己国家的,却是那些

在战前甚至在战争爆发时最自诩为爱国而谴责共产党人为"不可靠"的法西斯党人和其他极端反动分子。

第二，共产党人在保卫他们的国家的自由和独立反抗德国侵略主义及其同谋犯的蚕食中，实际证明了他们百折不挠的忠诚。无论任何地方，他们都是爱国分子的先锋——反对德国侵略者暴行的工人农民的先锋。

爱好自由的民族对苏联英勇的士兵和游击队的爱国行为，对南斯拉夫、法国、波兰、希腊及其他被德国人暂时占领的国家中的英勇的爱国者，无不表示羡慕，并以此为值得这将来要记载在历史上作为爱国英雄主义和忠诚的无上榜样的行为，有许多是共产党人和其最接近的战斗同志做出来的呀！

某些劳动人民的敌人提出如下的争论：不错，联合国内的共产党对反希特勒的战争是采取了爱国的立场，但这不过是偶然的罢了。因为共产主义的思想并不保证她的信徒们，在任何战争中都拥护他们的国家，因而在另一战争中他们也就可以采取非爱国的立场。

这是一个由正确的前提得出来的不正确的推论。当然，共产主义者并不准备拥护任何战争，而只拥护正义的战争、解放的战争，但也只有那些战争才是爱国战争。侵略的战争并没有什么爱国的意义在内，不管他们怎样把它涂上光荣的色彩，而且某一国的罪恶的统治者所发动的侵略战争是一种暴行，不单对别个国家的生命不利，而且有损自己国家的生命和荣誉。因此，假如反动的统治者要把他们的国家投入非正义的战争、侵略的战争中，真正的爱国主义要求该国人民不但绝对不去支持那战争，而且甚至要反对那战争。

不必从远的地方去找例子，也用不着讨论德国的事情，因为瞎子也该知道，假如德国人民的大部分能够稍加注意□他们自己国家的命运，他们就早已起来反对希特勒政府和他的可恶□帝国主义的冒险了。现在且谈谈德国帝国主义者从前的卫星——罗马尼亚、芬兰、匈牙利、保加利亚吧，二十多年来，这些国家行政和司法当局就把共产党人和与共产党合作的工人团体的会员，当成是"叛逆"，要求长期监禁，这事是很有意义的。当战争爆发时，安多尼斯哥、李蒂、霍尔泰、费洛夫之流，打开城门迎进德军，使他们的国家都和希特勒站在同一战线的时候，那些国家忠心耿耿的罗马尼亚人、芬兰人、匈牙利人、保加利亚人的爱国任务是什么呢？自然是不去支持法西斯战争，而且反对法西斯战争。因为和希特勒德国站在一边来战争，必然要损害到这些国家的重要利益，战争胜利损害愈大，因此德国胜了，他们的独立就完了。

这些国家的亲希特勒的统治者们所做的事情，无疑是要建立德国对全欧的控制，他们这样子做，就把他们的国家带到毁灭的边缘。但是，这些一再出卖其国家的德帝国主义的工具们，却隐藏他们的罪恶在爱国主义的旗帜下，而同时把那些为要从德国暴政及法西斯战争的破坏下，将国家挽救出来，而自我牺牲的战斗的共产党员及其他的真正爱国者，送上绞刑架或送入牢狱中去受苦刑。

因此，历史的经验证明了共产主义的立场是一贯的、积极的、忠诚的爱国主义的立场。

二、爱国主义不是排外主义，不是狭隘的民族主义

某些劳动人民的敌人，把爱国主义和资产阶级的狭隘的民族主义混淆起来，说共产党人和一切诚实的民主战士，对于爱国是半条心的，因为，他们没有把自己的民族放在其他一切民族之上，这只是幼稚的民族偏见和帝国主义野心的一种似是而非的烟幕，而那两者恰和真正的爱国主义相反。

我们知道民族或种族偏见，即认自己的民族或种族是最优秀的，

比其他的一切民族和种族为优,这种概念,很久以来就为反动分子所培植,目的是要在反民主运动的斗争中争取政治落后的群众,反动分子经常煽起对别的民族或种族的仇恨和轻蔑,把民族的偏见变成侵略主义和法西斯主义的毒氛,于是以那些方法如残杀犹太人、迫害黑人或攻击邻国等,来证明其民族的"优秀"。但当需要起来作爱国的战斗以保卫他们的国家使其不受外人侵略的时候,这同一的侵略主义者和法西斯主义者便和敌人议和——如在欧洲的沦陷国家——或者如美国或英国某些亲法西斯的分子,起来破坏对敌的共同战斗,帮助敌人,使他不至完全失败以求达到对敌人妥协。

这些民族主义者和侵略主义者喜欢引用一句格言"我的国家对也好错也好"。显然的,他们以为对他们政府的政策作为伪爱国的支持,就可以使每一个侵略别国的生命和自由的行动变成有理,这自然是对爱国观念的一个明显的曲解,是没有历史的或政治的根据的。

据我看来,殖民地压迫和民族压迫的政策,并不是为国内整个的人民谋利益,而只为一定的上层阶级谋利益,这些阶层因剥削殖民地而得到物质的手段,又用这物质手段来加强他们对殖民地及对本国的控制。他们酷爱采取一种狭隘的自私政策,以别国为牺牲,那样的政策在国际关系上散播并把灾难带到各民族去。

甚至温和的资产阶级民族主义,也把自己民族的利益或其上层阶级的利益和别国民族的利益对立起来。反之甚至是最热烈的爱国主义也尊重一切爱好和平的民族,相信各民族平等,伟大的俄国民主政论家甚至在前一世纪就注意到和着重提出爱国思想的这一方面。杜布诺留波夫说:"真正的爱国主义和对其他民族的仇恨是不相容的。"伯林斯基则热诚地宣称"爱自己的国家,就是说,热烈地希望看到人类的理想在这国家内得以实现,并尽自己的可能来推广这个目的,否则爱国主义就变成野蛮主义,后者爱自己的东西,只因为它是自己的东西；憎恨一切外国事物，只因为它是外国事物，对自己的丑恶也热爱不止。"

因此，真正的爱国主义是和民族自大自私、对别的爱好和平民族的憎恨全无关系的。

三、爱国必须与国际合作联系起来

劳动人民的敌人常常否认共产主义或社会主义的信徒可以是爱国者，因为他们说，这些人是主张劳动人民的国际团结的，我们的反对者叫作世界主义，就是说，不管自己国家或轻蔑自己国家的意思。

这是完全的诽谤。共产主义和世界主义没有什么相同之点，虽然是在劳动人民国际团结的旗帜下战斗，共产主义运动在每一国家作为工人阶级运动的先锋都是深深植根于其本国的泥土中的，共产主义并没有把真正的爱国主义和无产阶级的国际主义对立起来，反之它把它们结合起来了。

只有腐儒和头脑糊涂的人、工人运动的敌人才敢说工人阶级不能一方面爱自己的国家，同时又为和其他国家的工人阶级的兄弟般的团结而奋斗，只有说谎者和诽谤者才敢说工人阶级在为劳动人民的国际团结而奋斗时，就已不再是爱国的，而成为世界主义与他们自己的国家民族绝缘。这一工人阶级可与自己国家绝缘，或抛弃自己国家的说法，本身就非常荒谬，因为近代的工人阶级是国家的主要肢体，不只因为它的数量，而且因为它的政治上经济上所扮演的角色。一个国家的将来，主要依靠在工人阶级的身上，因为工人阶级与国家的关系如此亲密，作为工人阶级的政党的共产党是不能抛弃它的国家的，除非它要和它自己的所有的重要的根基都断绝关系。

工人阶级的意识中是没有世界主义的，世界主义只是国际大银行、国际加透尔、大股票投机家、国际军火大王（即《贩死的商人》)的代表们、代理人们所特有的东西。这些士绅们才是真正信奉"国家是在自己过得好的地了"那句拉丁的谚语。他们中间,许多人说他们并不矢忠于某一政治主张,他们喜欢说:"我们是商人,超政治的。"不错,他们真的是商人,买卖是等于他们生命的一切,这并不能阻止他们憎恨人民的每一次民主运动,或阻止他们不去雇佣法西斯或亲法西斯牌子的政治代理人,去打击民主运动。

而且正是因为他们对金钱的狂热的崇拜,这些国际的投机家,不只愿意出卖他们的货物,而且同样愿意把自己也去卖与出价最高的外国帝国主义者。许多国际金融家不单是在中立国的,而且是在法国和盎格鲁撒克逊国家的——是准备替德国法西斯侵略者服务的,经过他们的加迭尔或其他和德国人的协定,他们直接间接地对加强希特勒德国的军事力量作了贡献,而且在战争中有许多人为了德帝国主义的利益,在自己的国家内损害战时生产。

因此我们可以肯定地说,国际垄断者和投机家的世界主义,并非"超政治"的,反之,它是反民主、亲法西斯政策与引起第二次世界大战的危险政策有着密切关联。如不遏止它,一定产生新的战争的危险。

和这个国际掠夺的致命政策相反,和侵略主义法西斯主义相反,聪明的工作者宣扬国际友好、国际团结的政策,从工人组织的行动的团结开始,归结于一切民主国家的密切合作以反对法西斯主义,保障各国的和平、自由与独立,这一政治路线不是和各个民族的爱国情况完全符合吗?

这正是把爱国和国际合作联系起来的政策,这个政策是共产党人和一般进步的工农知识分子所主张的。

四、反苏的意向和爱国是不相容的

有人怀疑进步人士的爱国主义,理由是他们总是和苏联亲善的,譬如，他们会提出这样的狡猾的问题"不否认他们是一个外邦的忠实的朋友的人，怎能叫作爱国者呢？"

是的，没有一个国家的聪明的工人、或进步的农民、或知识分子会否认他们是和苏联协调的，但是这种协调不是和任何国家的真正爱国者的最崇高的愿望相符合吗？这是对社会主义国家的一种协调、友谊，而社会主义国家是没有帝国主义野心的，它尊重、拥护民族平等和民族自决的原则，并且是世界和平的可靠的保卫者和坚强的堡垒。伟大的苏维埃国家的崇高的本质与作用，现在已为爱好自由的国家的广大人士所认识、所称许。只有最反动的亲法西斯分子，才继续诽谤苏联。

一切反希特勒的国家都承认他们的利益，是和苏联长期合作，以维系持久和平与爱好和平国家的安全，不可分离的。那么各国的真正爱国者，坚信与苏联保持友好关系和密切合作，最能保证他们国家的安全，又有什么可奇怪呢！很明显的，这一信念，是今天爱国主义的自然结论。另一方面，同样明显的，反苏的意向，是和爱国的信念不相容的。自然，有人曾企图以伪爱国主义来粉饰他们每一反苏的政策。但过去数十年的历史，已一再指出，这样的粉饰，不久终于会脱落的。在此次欧战的前夜或战争中间，这一表现特别明显，例如，德国的附庸的统治者们曾极力企图以伪装的爱国主义来粉饰他们的可耻的反苏政策，但不久这种伪装便被剥下了。现在大家都明白，安东尼斯哥、里蒂、霍尔泰、和费洛夫等所进行的是反爱国的战争政策，大有害于他们的国家。今天，在这些国家中，谁敢出来复述那些反苏的假爱国的口号，谁就会变成人民眼中轻蔑的对象。现在，波兰还有谁相信毕苏斯基、贝克和他们的同谋犯们的反苏、亲希特勒政策是以爱国为目的的呢？

法国和英国的慕尼黑派的"爱国主义"的命运，也同样可怜。

这些人违背了自己国家的利益，顽固地拒绝成立反德联合阵线，企图使苏联孤立，让希特勒在东面行动自由，甚至法国的达拉第、雷诺政府和英国的张伯伦政府，还对反苏阴谋比对保卫自己的国家更感兴趣（首先是以政治、军事的援助给予反动的芬兰，芬兰那时已成为进攻苏联的基地，后来更变成德国的附庸国）。

后来苏联同心协力，不仅不会妨碍英国工人战时的爱国情绪，反而激起了这种情绪的增长，这可以由英苏军事合作后英国工人阶级在历史上第二次充满了热忱劳动的精神的事实得到证明。

同样地，在其他国家，在英法对德宣战后，工人和苏联的协调也激起了他们的爱国热忱，这些事实业已为法、南、捷、波、保及其他国家的公正观察者所证实。

甚至我们可以这样说，在有政治觉悟的工人中，爱国情绪的发展是在苏维埃爱国主义诞生的那一天真正开始的。

当俄国的工人变成了他们国家的主人以后，其他国家的觉悟的工人，自然而然地对苏维埃国家感觉到一种深切的爱，而开始叫它作世界工人的祖国，他们对苏联国家的爱，同时，又引起了对他们自己国家更深切的爱，为的是他们感觉到自己的国家，是他们自己光明的未来的所在地。

五、真正的爱国者必须为消灭法西斯为民主自由而战斗

第二次世界大战期间，强烈的爱国主义在许多资产阶级的国家中重行生长，蓬勃起来。对德战争胜利后，它自然不会停止，而且必须生长。

从历史根源上说，爱国运动是和年轻的资产阶级民主的革命运动密切联系着的。一百五十年前，法国爱国者的口号是：自由、平等、博爱。到十九世纪的下半叶，爱国主义才在大多数资本主义国家失去

其生动的民主精神,而被统治阶级改变为一种迷信品,用来欺骗群众。今天在群众中再生的真正爱国主义,是依循着而且发展了过去一世纪的伟大爱国运动的最优良的传统的,它把反对外来压迫者斗争中的自我牺牲的精神,和政治上强烈的民主和进步的趋向结合起来。它从对自由的爱好中,从反对剥夺群众权利,反对阶级压迫,和反对社会寄生分子施于工人的残酷的剥削的抗议精神中取得鼓励。

今天,当法西斯是世界各地民主自由的主要敌人的时候,没有真正的爱国主义不带上明显的反对法西斯反对反动的性质。以爱国主义旗帜炫耀,法西斯保卫者,是一种特别危险的伪爱国者,因为他们要阻止那主要的爱国任务的完成,即□根除法西斯主义纳粹主义的任何遗迹。

在今天再生的爱国主义,并不是一种无聊的仪式,而是一种为着我们人民的自由和快乐的将来而献身的斗争。在若干暂时为德国占领的国家中,我们曾见到军民壮烈斗争的例子,参加的不只是工人,而且有那些早就表现了没有任何能力或意志去为推进社会的理想而进步的真正战斗的分子。许多由民主知识分子出身的游击战士,青年爱国者,能够接受崇高的理想的激励,并且如果必要,能够为那些理想牺牲生命。

当然,共产党人,无论在什么地方,都是这一爱国运动的先锋。因为共产主义同时以民族解放和社会解放的理想,来武装及鼓励它的信徒,这是其他主义所没有的。今天,共产主义是先进工人和知识分子间,他们的日常生活,对英勇的过去的回忆,对美好的未来的憧憬,这一切的联系物。无怪群众对共产党给予那样的有力的支持和信任,如我们今天在法国、南斯拉夫、波兰、保加利亚甚至意大利、芬兰、罗马尼亚所见到的。

在苏联爱国主义自然达到更高度的发展。

每一国家的爱国运动无疑地将继续为消灭法西斯反动、国家民主化及保障安全与独立而战斗。各国的工人、农民和知识分子的真正爱国主义，都准备着抵抗一切帝国主义的野心，准备着在正义与和平合作的基础上来改善国与国间的关系。真正的爱国者必将支持一切被压迫民族的自决权，为劳动群众生存的合乎人道的条件而战斗。（新华社延安九日电）

（《晋察冀日报》1946年3月10日）

兖州之夜

合众社记者 罗尔波

【新华社山东二十八日电】自从日本投降以后，世界上已经没有宣战的战争了；但是在昨天晚上，在这个前线上，却发生着马哥勃罗用中国的鞭炮恐骇敌人以来的一次最奇怪的军事烟火表演。那不算一次战斗，因为那全是单方面的；那也不是一次暴袭，因为没有变位和受伤。

关于兖州的情况，是吴化文将军于一九四二年投降日军，把国民党新四师改编成汪精卫的第三方面军。他现在以六七千士兵控制着兖州。在一月十三日以前，吴是处于不利的情况下，这是因为共产党的军队紧缩对城的包围，直到占领了城关，并曾突破城墙，控制了一处缺口。当停战命令下来后，共产党军队在某些地方撤退二里，有些地方则四五里。他们没有撤得更远，因为他们首先不承认吴的军队为国民党的军队，第二因为他们发现吴出城建立新的碉堡。同时那些住在城四周的人民奔来见共产党方面的领袖，申诉吴部时常出来抢掠、毁坏他们的家，奸淫他们的妇人，并且强迫他们去作无偿的劳动。

停战以后，共产党说吴几乎每天晚上都扮演几种鬼把戏。仅在济南小组访问该城时例外："烟火"通常是发生在城墙及其邻近，但有时候出城的伪军，也进攻共产党的哨兵和观察所，于是才发生双方的射击。

昨天黄昏，我坐在共产党的一个指挥官的司令部里，倾听那些反对伪军的人民的诉苦。他们系应我的邀请而来，但是我没有时间全部听，所以他们很多人站在门外，由四个选举出来的人讲话，那些谈话的人，是老百姓农民、赶车者和工人。

一个很小的农民张开泰（译音）的故事，最令人难受，他的哥哥张开成（译音）被伪军命令替其找女子，当这件不可能完成的任务失败后，他被打得吐了三个月的血，直到现在还躺在床上。当七个伪军把他打得人事不省的时候，便去轮奸他的妻子，把她伤害得有两个月都不能从床上动一下。

其他的人告诉我，他们如何被抓去作强度的劳动，如何挨饿受打，直到能够逃出来的时候。有的告诉我他们的房子如何被拆毁，而把材料拿去建立碉堡。有些人说他们的房子被伪军烧掉，因为伪军说他们会掩护八路军。

我轮流问他们，在这种情形下，他们认为应该如何处置。我发现他们不全是报复性的。有一个人说，他希望伪军缴枪，以便像以前一样到城里去做买卖。另一个说，假使不这样做，城里的人民将会饿死，因为伪军不让他们出去买粮食。显然共产党并没有封锁正常的商业贸易。一个姓张的说，他希望要吴化文出城来对他的罪恶负责，又说帮助过日本人的中国人，不能见真正的中国人。而在日本投降后，他们更不应被允许有武装。张对于应该如何处理具有很明确的意见，可能是他哥哥的遭遇有助于他得出这样的意见。

当老百姓谈完了并且散了的时候，已近十点钟了。当我从黑暗中走上一个前线指挥所时，城上传来了几声步枪的射击，马上我们便看见了一个大的粉红色的灯笼在城墙上，但是此外都是黑的。当我们走上了前线时，枪声停了。于是我们在指挥所坐下喝茶。过了一刻钟，已经完全没有枪声了。一会儿一个通讯员进来，报告枪声很密，我们便更接近前线，有两组步哨走出阴影问过口令，并检查我们，最后我们到最接近的观察所旁，仅离城墙二里多，枪声又停了。

指挥员说："如果伪军知道有一个美国记者在周围，也许他们不愿认真地表演。"刚好这时候步枪又响了，机关枪也开始响了，五分钟内，这个地方有了一些炮的声响。指挥员说，伪军偶然也用迫击炮和野炮射击，在两天以前，一个炮弹打死了一个农民，一块弹片把一个小孩儿的脸撕去了一部分。

枪声不只是正对我们这一段的，当枪声趋缓和的时候，指挥员有些敏感了，他想观察所是颇为安全的，但这也可能是伪军出来摸哨的，那是夜间目的之一，所以我回到指挥所。

这时候有几声枪响在我们的右边，指挥员有一点发怒了，连长用很郑重而又带一点中国的口头语告诉他的部下，除非伪军确实出来进攻，共产党不允许还击。

连长十分平静十分确信地说："假使我们的任何一个人打了枪，就可以杀我的头。"

于是他告诉我，我们的位置，靠近城的一角，从伪军方面射来的子弹有时就响在右侧方。今天他又给我一张地图来说明这件事。

突然火车头的汽笛一声又一声地响了。

"现在灯将要挂起来了。"指挥员说："枪还要打得多起来。"

完全不错，城墙果然照得像一座竹场似的，几乎在同时，步枪和机关枪都加入了这个骚动。共产党的士兵在阴影下沉着而感兴趣地守望着。

半点钟以后，我们认为不会有什么大的进攻，所以我们仍回到村庄，但是枪声仍然愈趋愈强。

我又完全迷惑于为什么吴将军每天晚上要消耗很多发弹药，去使老百姓睡不着。于是共产党的指挥员用一件事实说明他们为什么要这样做。他说，济南小组的一位美国代表，在几星期前就到了城里。他以天主教的德国神甫当翻译，那位美国人和神甫从未在晚上出过城，所以他们相信吴的军官的报告，吴的军官伪称他们被攻击，而他们要抗击共产党。他们为什么不相信呢？因为首先他们听见了微弱的枪声，此后便是火车的汽笛，接着就看到城墙上的灯光了。汽笛是一种警报，照明灯是防御攻城的一个很简明的记号。美国人和神甫似乎也就相信他们捏造的事实了。总之，他们想人为什么要做些不为什么的事呢？

火车的汽笛使我在上床十五分钟后还不能入睡。

三月五日作于兖州城外中共军司令部

（《晋察冀日报》1946年4月1日）

中国解放区的家庭生活

[美] 斯坦因

共产党员热心于家庭生活的改革，但他们并不以革命方法或以任何对私人生活的干预进行此工作。陈腐的在中国家庭中的封建传统——歧视女人，盲目地尊敬长上，家庭对社会的半孤立状态等，在实行新民主主义经济的、政治的以及社会改革的各种政策中间，已逐渐被克服了。

强调农村变工合作的新的农业生产方法，慢慢地打破了农村家庭的孤立状态。凡男女年过十八即有选举或被选举权，及以公开开会讨论方式解决地方问题，也促进了家庭成员在其家庭生活中的平等关系。普遍的教育及政治上的唤醒，这是在各种群众运动当中都有的，使人们日益觉悟到改革家庭生活的迫切需要，对他们的家庭发展有极大的便利。日益增进的中国人民的民主精神，找到了充分发挥的机会。

共产党员对家庭生活的态度是积极的。即使在他们自己的队伍中间，他们也毫不忽视或减低家庭在他们要建立的社会中的重要性。

像劳动英雄吴满有这类农民，是非常注意中共领袖及其干部的私人生活的。从我所见闻中间，知道农民们对新民主主义的先锋战士的尊敬，一大部分是由于他们过着简单、朴素及正常的生活。我拜访过他们很多人的家庭，见过他们的爱人，看到他们对自己孩子的喜爱，这些孩子常喜欢带着健康的稚气的好奇心来看造访的客人。

除了个别的，一般都没有什么行李箱——只有衣服、书籍、铺盖及一般用具。他们用的家具都是他们工作机关的组织设置的，连他们住的窑洞在内。并不禁止私有财产，但这些人没有薪金，而且是到了延安就已穷了的；因为长途行军花光了钱，在国民党区背一个小包袱作了几年地下活动没有钱；或者是边区穷苦人家出身，而边区在战前只有少数富有者度着安适的生活。

但如有人问他们是否觉得自己很穷，他们一定非常惊奇。经过数年的努力，他们现在已是丰衣足食，他们孩子们玫瑰色的面颊也说明他们并不缺少什么东西，不论男女都没有将来要过的怎样舒服的想头，他们所最需要的是外边的书报杂志及美妙的音乐。

而他们的性的关系、婚姻以及道德又是怎样呢？

乔治·马海德，这个在延安国际和平医院工作的美国医生，给了我以下的答复，也对照有我自己的观察。

因为一个医生，他就先从性病说起。这在党政机关当中只占百分之二，军队中也不高过此数，他们都反对男女关系混乱，军队中是严禁与女人发生关系的，但只要环境许可士兵却可以结婚。

经济条件已不是党政机关人员结婚的阻碍，他们的收入可以维持家庭，特别是大部分妻子均有职业，产前产后有两个月休假，面对孩子又有适当的抚养。

父母与家庭对婚姻已不干预，没有"露水夫妻"，也没有"小老婆"，而在中国其他地方小老婆的制度仍是存在的。一夫一妻制在中共区内坚决被执行，娼妓及歌女已经绝迹。

不管所有这些先锋战士都忙于工作学习，恋爱与求婚却是正常的——"我可以说其紧张和热烈不亚□美国或其他任何地方"。乔治补充着说。

未结婚前的同居，不认为是犯罪行为，因为这里的人们不矫揉造作；但这却是不合于无明文规定的党的军队的以及其他组织的道德的，而人们一旦恋爱成功即行结婚。

夫妻间的纠纷比较起来是很少的。理由大概是夫妻志同道合，大家都有新的广阔的人生观,因此纯粹的私人间的纠纷,就比中国其他任何地方降低到极小的程度。离婚是既不禁止也不提倡,当夫妻在离婚前,同志及朋友们帮助他们冷静思考,如可能即不离婚。

新民主主义先锋战士的新式的家庭生活,对延安乡村新婚姻法的宣传与推行,有很大的影响。几世同堂的旧式的大家庭尚未被打倒,但这些家庭的人们同意一年选举一次家长的事情,却越来越多了。这些"民主的近代的家庭",可以在家庭会议上讨论耕作计划、全家财政及个人要求,这在报纸及秧歌戏里均有宣传。

包办孩子婚姻不是非法的,因为旧的习惯还未充分令人们认识到这种婚姻的不道德的性质。但如果男女一方反对,父母就不能像别的地方一样,来强迫孩子结婚了。这进步因素在乡村中对旧式家庭的影响,及这种婚姻的举行次数,像随时在增加着。但童养媳现在却是禁止的。(魏伯节译自《红色中国的要求》)

(《晋察冀日报》1946年6月26日)

列宁和我们同在

哥洛娃尼夫斯基

事情发生在聂伯河附近的地方,这儿的林木依旧黝郁苍茏,能够听到的音响,只有几道溪流潺然回环于溟色之下。就是这样的一座林子,有一天被德国人密密地包围起来了。

飞来的炮弹穿过林木,爆裂声震荡着。深入敌后的著名加尔平戈连剩下的战友就隐藏在这林内的什么地方。这个连曾经给敌人很大打击使之狼狈不堪。他们令敌人不敢冒昧接近已经七天了,现在正陷于弹尽粮绝的境地,每个人都受了伤,结果很少有什么希望的了。到处尽是德国人,他们的豹式坦克在路上来回走动的声音,是可以听见的。事实上,纳粹对付这九个还活着的人原可毫不费力便消灭掉,但他们不这样做,宁愿继续包围着这座林子。

树林和丛木都是敌人认为最讨厌的东西,他们在等待时间,坦克把守着林子的三面,空下的是人类所不能希望脱逃的一面,因为那里是一片沼泽地,单是蚊子便会把人都吞食掉。

脱离敌人的机会似乎是不可能的,可是加尔平戈还是同着他受伤的战友们漫行林内,情形宛若被追逐的野兽。他始终不倦地寻求脱逃的道路,但都失望了,他一想起那样勇敢善战的弟兄会被命定死亡时便很难过,他们也正如他本人,一样地为饥饿与失血而萎靡困顿。

到了第八天清早,那时德军的射击停了一会儿,他们九个人悠然听见来自后方的衣裳窸窣声,不禁吓了一跳。起初声音还隐约不容听清楚,可是渐渐地声音大起来了,他们终于确定有人钻进这林里来。这似乎使人不肯相信,谁能从沼泽方向跑进林里来呢?这儿除了死还会发生旁的事情吗?

虽然子弹已经打完了,但他们还是用没有血色的手把枪举起来等候着。他们终于看见一位老太婆慢慢向着他们走过来,手里提着一些沉重的东西,那些东西使得她走起路来蹒跚不前。

好一会儿她才卸下她的重负并且倒抽了一口气。接着又把这东西提起,向着他们走来。她走到受伤的士兵跟前才把包袱搁到地上,把布结解开,之后便温存地问道:

"还活着吗,亲爱的?"

"如……你所……见。"加尔平戈结结巴巴地回答。

"这儿有面包和牛奶,这是列宁送来的。"她边说边把面包撕成两块,动作时那褐色的双手胀满着青筋。

"列宁送的?"士兵们委实不能相信自己的耳朵听到的。

"当然是列宁送的!不是他还有谁?"老太婆反驳说,"那些弗里茨(指德国人——译者)到处都是,我是知道的,可是列宁现在还在这儿呢。"当她弯下身子把泥罐里的牛奶倒到可怜的古老杯子时咯咯地笑着。

"喝吧,趁热呢,"她催促着,把杯子递给第一个战士。

"列宁!"他惊叫起来。对了!那是一个集体农庄的名字。

"你可把牛奶弄泼了。"老太婆看到这情景有点不高兴。

人们的眼睛都转移到青年士兵,跟着又移到老太婆身上。

"我该这么说,"她确切地说,"那是一个漂亮的集体农庄。不管德国人怎样到处乱闯,可是列宁是安全的。母牛都藏到沼泽地区内了。"

老太□粗率胡乱地拉起包袱,粗声大气地说:"再在这儿待下去是没用的。我的男人正在沼泽地里等着你们下去呢。把这张布条挂到你们的军服上去,到了动身之后问起我来是没有用场的,因为我们得赶紧在烟雾升起之前越过那些沼泽。"(吴楚译自莫斯科新闻)

(《晋察冀日报》1946年7月10日,《副刊》第43期)

南 库 页 岛

马里津 作　吴楚 译

　　商船队现正循着海洋航路由符拉迪沃斯托克（海参崴）载运旅客驶向千岛列岛、库页岛、堪察加、楚科达等地。我们的乘船每天都超过几十条，船上载客□千名，他们都是到库页岛去的，同船的人有建筑师、森林管理者、渔夫和集体农庄庄员。

　　库页岛的天然物产特别丰富，有茂密的森林、丰富的水产、珍贵的皮毛、无尽藏的煤炭以及其他资源，可是岛上的矿山、渔场、林地，过去在日本统治者经营之下，到处都可以看到胡乱浪费的痕迹。

　　在击败日本以后，苏联人民随着红军也进入南库页岛，重新建立他们自己的生活方式。

　　现在，那里山林之间，人们可以听到拖拉机、汽车、火车所发出的不停的声音，那里现在已经开工的煤矿达二十二处，鱼肉罐头厂二十九处，制革厂两处，大规模造纸厂六处，橡皮鞋厂一处，海狮皮制炼厂一所。许多工厂均已扩大规模。

　　文化教育方面，现在完全小学一百九十七所，医院一百二十所，治疗所也已开办。各城市的电影院、剧场、俱乐部全部开张营业了。

　　海参崴与南库页岛及千岛列岛各港埠间客运货运之定期通航亦告设立。库页岛内地各城市间每天都有客车货车来往。岛内现已通行之铁道长达七百公里。

　　这片偏远地区今天已与国内文化及工业中心城市连接起来了。犹兹诺、萨加林斯克居民现可与海参崴、伯力、莫斯科等地通话。犹兹诺、萨加林斯克与伯力间的空中距离仅三小时。

　　我们无论在克苏林斯克、岛格里哥斯克、利索格尔斯克、涅维尔

斯克，到处都可见到人民在热忱地进行建设工作。未来的工厂、货仓、公寓、住宅、俱乐部与公共场所均在修厂赶建中。

政府所关怀的不仅关于移民的运送，而且关切到他们在这儿的生活。巨大而坚固的住宅足使人民无虞霜雪风雨。

五年计划的末期，伯力区渔业将以巨大产量供应全国所需。特别是南库页岛的大量鱼产。不久，南库页岛的沿岸将满布机械化的渔场、造船厂、修网厂、最新式装备的罐头厂，而现在之罐头厂则在加以扩建。同时南库页岛的煤、木材、造纸厂业亦正展开一幅美好的远景。岛内的煤产量也将在数年之内提高到战前远东总量之半。木厂与纸厂行将装设新机械，用新式机器企业代替古老笨拙的工业。现代化的木材工业将以其产量充分供应建设工作。

今后几年，制造家具之类的工业也将在此设立。（《真理报》七月八日）

（《晋察冀日报》1946年8月4日，《副刊》第68期）

延安被炸目击记

[美] 史特朗女士

编者按：史特朗女士系美国各报著名专栏作家，著有报告文学多部，其中以中国抗战为题材之《五分之一的人类》一书尤脍炙人口，此次她代表美联社八个报纸的记者，于七月中旬抵沪，于八月一日由平飞延采访。本文系专为美联社而作。作者自称：本文任何美联社记者都可以转播、任何美联社报纸都可以转载。

【新华社延安七日电】八月二日上午，约十一点三十分，雷鸣般的爆炸声把我们引到门外，翻译员来敦促立即跑进防空洞，他冒烈日匆匆走来，对警报发得太晚不断表示歉意，因为没有意料到会有空袭。在明朗的阳光照射下，我看见一架飞机似乎很讨厌地就向着我头上飞来，约为两千米的高度。延河把延安分成两部分，我当时就在河的西岸上，飞机都向延安东部飞去，那正是军事总部所在和重要官员所住的地方。在我附近的步枪手，在深至膝踝的草地里，用来复枪瞄准着。

但飞机太高，打不到。不久，我们就到了防空洞，这是一个坚固的沙岩的防空洞，安有可移的木门，延安有许多优良的防空洞，因为过去常常遭受日本飞机的轰炸，事实上城内几乎完全被毁掉了，大部分人民搬到小河两边山上的窑洞里。我们那个防空洞挤满了人，有妇女和婴孩儿，但没有惊惶。我大部分时间站在洞外注视，炸弹在一英里外河对岸军事总部与机场一带爆炸。最后乌黑的浓烟冒起之后，解除警报响了，人们回家吃饭。

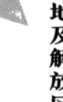

与美军观察员共同调查，加上中国人的印证，表明七架战斗机先

后飞过延市，以机枪和烧夷弹集中向那一架停在地上的B24式飞机扫射和投掷。这架飞机是六月二十六日于壮伟的事件中从成都飞到延安来，停在距城约一里的地方。战斗机都飞得很低，因为延安没有高射炮，B24飞机由于燃烧弹的准确轰击而被完全毁坏了。

后来还有一架轰炸机紧跟着飞到，投落十一颗炸弹，从弹坑的大小判断，大约都是五百磅的炸弹，其中九颗落在军事总部与机场之间的直线上，但较近于军事总部。另两颗投落山边，该处正在割草的四十个农民都散开，无人中弹。轰炸机向西南方向飞去，大概是返西安，这地方十年来经常是袭扰延安的来源。当地中国人认为：轰炸机目标是要炸军事总部和四十个农民，因为B24式飞机已经被毁坏了。无论如何轰炸是极不准确的，除了山麓之外，什么也没有炸到，这不足为怪，因为延安大部分地方都是山麓和窑洞，均很难命中，除了现在已成为废铁的B24式机之外，没有任何其他地方受创。这架飞机是在六周前戏剧性地由成都飞到延安的。延安机场的守卫员以为是敌机，用步枪瞄准起来。飞机上的门开了，飞行员刘善本出来举手敬礼，高呼："打倒内战！"当刘氏解释他不愿与共产党打仗，只希望有一个团结一致的中国，并愿保存这架飞机，给以后联合政府的国防部时，每个人都欢呼致贺。延安共产党人士赞同刘上尉不欲以飞机来进行内战的意愿，而且缺汽油，没有零件及装备，也无论如何很难使用的。共产党有空军一说，简直是开玩笑，六星期来，刘上尉及他的B24即为延安空军。此地粗陋的飞机场，是仅仅为了美国飞机每十天一次与美军观察组联络而设的。某些共产党人提议卸除飞机装备，因为由于中央政府长期封锁，此地金属异常缺乏，飞机上的零件、五金，正是此地所迫切需要的东西，但大多数人因感情的理由，决定反对这一建议，因为飞机非常新式，很有价值，并且将来终有一天，以优美的方式把刘上尉连同这架飞机一起送还中国的联合政府。于是决定把这架飞机展览。"让饱受日本飞机轰炸却从未走近的看到轰炸机的边区人民,看看它究竟是什么样子。"展览原规定下星期农闲时举行,现在却不能展览了。B24式机现在只好给延安的工厂当废铁用了。

延安人士视此次飞机轰炸为内战正式宣战,他们称:"看一架美国飞机怎样炸毁了另一架美国飞机呀!"他们觉得这是非常可笑的。当我们从防空洞出来到山下时,我看到中国国旗——曾被认为是国民党党旗的青天白日旗——高高飘扬在旗杆上,飘扬在南京上空的也是这同一旗帜。我指着这旗帜,提出我认为更加困难的问题道:"你们是否仍然像抗日战争时那样,将蒋介石的肖像和罗斯福、斯大林、丘吉尔的悬挂在一起呀?""当然!"回答是出乎意料的,"我们从未宣传要推翻蒋介石。"这是在轰炸后约十五分钟的一个明确的答复。

(《晋察冀日报》1946年8月9日)

女英雄莉良娜

吉洪诺夫

照片上一个年轻、庄重和被一种内在的光彩照落着的脸正对你凝视着。那双美丽而略长的眼睛含着严厉的、忧郁的目光。她好像在倾听什么，她的头发修得很短，像我们红军里的姑娘一样。浓密的眉毛使她脸上增添了严肃的气概。但你很容易想象出莉良娜·季米特洛伐是快乐的。她的确是这样：她坚定、勇敢而且快乐。她临危不惧，正如她的祖父季米特洛·勃掠大达，这个为争取保加利亚独立而斗争的游击队员一样。孙女跟他走上了相同的道路。当这个中产阶级的苏菲亚少女幻想着和平与安静生活的幸福时，她就走到母亲面前，若无其事地，好像这是很普通很平常地说："妈妈，只当你没有四个孩子，而是三个吧。我把自己献给工人运动了。我大概一定要死的。但是我必须这样做。你还有三个呢。"——那时还不知道她的弟弟将要死在战场上。

这个女大学生后来是小职员——在保加利亚大家称作"女官员"的，被视为危险分子而解了职，她就以争取祖国的自由为职业了。集中营换来换去，被逮捕了几次，活动一天一天艰难了，可是她那顽强的性格却是任何东西不能折服的。

她亲自跑进纺织工人和烟草工人群、地下工作群中，是苏菲亚少共的书记。德国人和他们的走狗把她关在"亚先诺葛拉特"集中营里，想致她死命。十天后她却从营里逃出来——又回到故城的地下去了。这廿六岁的少女——区委书记及中央委员，她工作时是永不知疲倦的。

在公聂俄维茨区她被警察包围了。无论什么狡计都无济于事，只有视死如归的勇敢才可以挽救她。于是她手持武器，穿过埋伏为自己打开了出路。

她的生活对于不愿向法西斯强盗妥协的一代是很有意义的。那些反抗欧洲最可怕的、残忍制度的新的年轻的力量还从来没有这么明显地被人感动过。德国法西斯主义入侵到保加利亚的国土上，并且找着了走狗和刽子手。但是远远传来了莫斯科的呼声，美丽的，庄严的，正如至高真理的象征一样。远远传来伟大红军日益接近的消息。难道眼看侵略者的政权已经开始动摇的时候还不斗争吗？难道还有比在这些决斗的日子里为人民服务更愉快的吗？像她这样手持武器，与希特勒强盗作战的少女在欧洲有许多，在苏联更多。

她已经看见了美好的未来。离她这么近。只需要光荣地通过一条困难的、每一步疏忽都有死神威胁的道路。可是她就死在这胜利的前夜，这是多么不公平啊。

如果早晨你跑上那环绕着波洛夫齐夫的小山，在你面前将展开一片灰色的屋脊的海和绿色果园的岛，可是你看不见那成为莉良娜最后堡垒的小房子。我只晓得这是一个不好的屋子，因为那里面住过叛徒。屋主人出卖了莉良娜。

那时她结束了自己光荣的一生。她进行过战斗——战斗了十二个小时之久，单独抵抗了成百个敌人。这可以写成一篇史诗。黑夜渐渐代替了阴暗的黄昏，天空闪烁着射击的火花，手榴弹的声响，然后朦胧的黎明开始了，然后太阳在波洛夫齐夫升起了——莉良娜却还在作战。手榴弹的碎片击伤了她。她仍旧射击。她只知道一件事——不能被征服。而她也没被征服。她不投降。死了的她，使敌人们惊恐不已。

或者会以为这种事情是在很古的勇士时代吧，然而它却发生在去年。

她幻想胜利之后去看看闪烁着光荣之火的莫斯科，然而她竟等不到这一天。但是，我们的女英雄莉良娜的名字传到了莫斯科，传到了苏维埃人民的耳中。这个名字在苏菲亚的小山上被来自斯大林格勒的红军战士们熟读着。在这次欢迎中正有着那伟大的、莉良娜为它献出了年轻的生命的真理。

（《晋察冀日报》1946年8月29日，《副刊》第91期）

美国人需要世界观

赛珍珠

  本文作者赛珍珠是美国有名的女作家,即以中国农村生活为题材的小说《大地》的作者,她在本文中对美国国内的帝国主义分子追求世界霸权的图谋,发表了精彩的意见,特摘译刊载,以飨读者。

——编者

  在这个极度沉默的世界之中,我们美国人近来常常彼此谈到我们必须,也应该,而且能够开始争取领导的地位。

  在我们这样焦急,而全世界却是沉默的时候,让我们先探讨一下我们所提出的领导地位,然后再探讨一下也许正在等待着这种领导的世界。不,还有第二种想法,让我们倒过来,先探讨这个世界,然后再讨论我们的领导。

  这个沉默的世界,听见我们自己要求领导地位时,并没有欢迎与喝彩的反响,因为这个世界是不喜欢美国人的。第一件要紧的事情是我们必须承认这一点,我们可以在我们自己的杂志和报章上找出几件这种事实,这些杂志与报章正在印刷我们大多数人都早已晓得了的事情,那就是我们美国人在目前的世界上最令人憎恨,也最令人惧怕。我们已经证明了我们对敌人使用原子弹时可以不预先警告。就这一件事亦足使每一个有常识的人惧怕我们,不信任我们。我们可以说没有东西能把这种惧怕与不信任去掉。可是我们必须想法子做一些事去掉它,那些事是实际的,并且在我们重获信任以前不能中止。没有人曾经写出原子炸弹的使用给予美国人民的全部损失有多么大。

  世界不喜欢我们的另一个原因就是几乎当每一个国家的大多数人

民不是在遭受饥饿就是挣扎在饥饿边缘的时候,我们美国却充斥着奢侈品。我们像一个富翁居住在贫民巷里的一座大厦中,而决定要继续维持优越的生活,这种处境是不愉快的。一个人愿意作一点适度的慈善事情,只要这种慈善事情不会降低他自己生活中的乐趣。经过这次战争,我们比参加战争时变得更有钱,更铁石心肠了。在目前这样的日子里,一个人假如不肯降低他自己生活的水准,也不去改善别人的生活水准,那他一定是要有硬心肠的,那么我们被憎恨也是自然的了。

我们被人憎恨还有一个原因,就是许多美国人的行为很坏。不幸得很,在这些国家里,许多人都已晓得华盛顿、林肯以及其他有名望的美国人。印度、中国,甚至日本人民对于这些伟人的事迹比我们对于他们伟大的事迹所晓得的都要多。可是他们还不能看出我们伟大的人物与现代美国人的行为之间的关系,美国人的抢劫与奸淫,美国人在拥挤而狭窄的东方的大街上撞倒没有过错的人民,这些行为都很难使东方人民了解。"他们甚至连他们已经杀死了多少人都不肯回过头来看看。"一个沉静的中国人有一天用这样尖酸的话对我说,当时我的脸为了我们美国人的耻辱而通红,从杂志上,我知道在欧洲也有类似的事情。

我自然晓得我们被人憎恨不完全是因为我们的人民行为太坏——行为是这样的坏,简直已经到了需要我们教师与教授来重新研究一下我们的整个教育制度的时候了,从而要找出为什么竟造就了这么多愚笨、粗心、孩子气的男女。一般的东方人在18岁时就会有一些别的发展——假如不是在智慧方面,至少在他们自己的人群里会懂得一点礼貌,而把别人当作人看。

但是在亚洲,现在怀恨美国人的人民对于美国人的个人行为不光是恼怒与厌恶,我们被怀恨是因为更复杂的事情,愚昧的与粗野的行为只是这复杂事件的一种表现而已。惹起怀恨的根本原因，是因为我们对于全球各地受压迫的、受灾难的人民的国家理想——历史上最伟大的理想，在黑暗的世界里做了一世纪明灯的理想，已经在这次战争中牺牲了。

我们的独立宣言，以及人权法规曾是福音。今天，含有的魔力消失了，福音也变成了空话。活在黑暗国家里的男女，为了逝去的希望而呻吟，不只是对美国人失去了希望，并且因对美国失望而对全人类都不抱什么希望。

我们是怎样地被别人了解着，我们的每一件小动作是怎样地为别人传述着。用这种复杂的嫌恶，人们在学着怀恨我们，在印度的一个小乡村里，一座在沙漠上用泥草堆成的小屋——一个人在一张土制的纸片上，写给我看："××先生不是一个人民的人吗？假如是，那么你对于他卑陋而愚笨的称誉英帝国主义的事如何解释呢？"

在埃及，有这样的呼声："美国在这里有一支很强大的卫队，大约有二万五千人的队伍，我们埃及人只好把这种军队当作支持英帝国在中东的野心。"在阿萨姆的人们这样说："我们一定要相信美国的政府真能代表美国人民的意志吗？假如是的话，那么在这世界上就不会再有希望了。"

像这一类的声音今天太多了，是无法说完的。他们不论在夜间或白天，时时刻刻都不曾忘记我们仍然制造原子炸弹。

聪明的一条路是我们应当知道别国的人民是怎样悲愤地注视今日的美国人，平安的一条路是我们必须认清在我们谈论世界领导地位的时候，别国人民的眼睛里正在增加对我们的憎恨。

在我们继续制造原子弹的时候，我们提出的世界领导地位是什么呢？领导，领导，是领到哪里去呢？谁知道呢？除去这个原子弹之外，在我们的领导地位里还有什么力量呢？假如说战争已经给了我们一些教训，那就是人民不能也不会为强力屈服。他们可能牺牲他们的身躯和他们的生命，但是他们不会放弃他们的思想和他们的精神。

因此，我们美国人今天处于非常可笑的地位，一方面我们宣讲我们最适合来领导世界，甚至在精神方面，可是同时，我们没有原则，也没有纲领，在我们的周围却涌来了其他国家不曾感到的憎恨。由于我们相信一般美国人不知道他们在世界里所处的是什么样的地位，所以我就承认这个伟大现实的具体事实。因此，对于这些一般的美国人，我亲自写给他们：

现在警觉世界对我们新起的憎恨还不算太迟。这种憎恨在目前正在高潮，但在历史上还不算久。

世界对于我们的态度如何才能改变呢？不能用谈话或抗议来改变。我不会很快地忘掉一个印度人的眼里所遭受的重大创伤，那印度人是最近代表官方到美国来请求在世界上的饥荒中供给印度人民食粮。因为他是奉政府之命来的，所以美国政府必须得听他的报告。我们在华盛顿的一位有权力的官员听了他的报告之后说："就是一个爱好小狗的人也必须决定一下他将要饲养哪一只小狗。"

那位印度人带着这几句话回到他的本国。可是我一直记着这句话。它用很简单的方式正好表示出了美国领导地位中所缺乏的是什么。

那就是，我们在想片面的词句，我们在想我们最欢喜什么，我们是铁石心肠，把人类与狗一样地看待，眼看着有些人受饥寒、被忽视、被压迫，欺骗我们自己，觉得把我们弄铁石心肠是必要的，总之，这是欺骗我们自己，而别人的憎恨一天一天地增加着。

让美国领头来做不是用空洞的权力、武力、政略以及过去用过的可憎恨的种种方法，而是利用未来的新方法，为供给世界的种种需要而建立一个正确的世界观念与行动。

现在是时候了。现在来玩弄腐朽的权力政治是我们的愚笨。帝国主义的时代已过去,在世界上没有新的土地可以允许把我们的国旗升起来,今天每一块土地都属于某一个人,获取任何一块土地都是战争,想长久占领它就等于是永久的战争。

但是世界上的人民都等候着参加新的互助的生活。让一个新的与合乎实际的理想主义从美国人的脑子里想出来,一个先是以世界观念为基础而最后及于一切事物。(摘译自四月二十八日《纽约时报》杂志)

(《晋察冀日报》1946年9月6日)

醒醒原子弹的神经病

赛凡斯基

作为□□□□柏德森的特别顾问,我差不花了八个月的时间,对于□亚欧洲的战时破坏作了一番研究。

在研究过程中,我曾视察过作为我们的原子弹目标的广岛和长崎,□□□□,探问目击者,还照了好几百张照片。

在东京我曾告诉记者们,据我考察结果,认为原子弹(不是指将来的而是指已经丢下了的两颗)的威力是被太夸张了。

据我实地考察所得,它们和传遍世界的歇斯底里的幻想有着惊人的不同。

装饰还完好的玻璃窗自然是碎了,但它的单条嵌架还在,只不过震弯了,所以爆炸的冲击,不可能是不平常的。

在距爆炸中心约一英里的广西医院里,大部分窗架被震掉了,但是因为近旁没有木房子而免于火灾。在医院里的人,对于爆炸力并未感受到严重的影响,一般讲来它的效力和一颗TNT(三硝基甲苯,即黄色炸药)炸弹在远处爆炸所引起的灾害相仿。

广岛的死亡总数毁坏和恐怖情况正和报道的一样,但是破坏的性质也并不特殊,炸裂的强度和产生的热量都没有通常设□□□□。

□长崎三合土的建筑内部都被火烧空了,但是仍然耸立着。□□□城区的建筑虽然是以木材为主□建造原料,但遭炸以后,实际上并未毁灭。这曾被解释为它们似乎被中间的山丘把爆炸阻隔掉了的缘故。但是在长崎的另一部分,没有山丘阻隔的一直线上也逃过了严重的损害。长崎的那股原子弹的烈风,实在是着地以前就自耗损了的,只有少数的房屋被震塌,没有一幢房子着过火。

在广岛和长崎究竟发生了些什么呢，没有根据可以记明白。

我看了许多烧毁的城市，我准备在广岛得到根本不同的景象，然而，使我惊奇的是广岛看来和别的□毁的日本城市极相似。

我曾经听到建筑物被空前的高热所毁灭的话，但是在这里所见的建筑物依然相当完整，甚至上面还可见有未毁坏的旗杆、灯柱、漆□杆、警报汽笛以及其他比较脆弱的东西。

在作为目标的"T"型桥，我预料这光秃的地方上的每样东西都在瞬息间气化掉了。但并不如此，在别的任何地方，我不能找到一点不平常现象的痕迹。

离原子弹爆炸中心最近的三合土建筑，（有几座只有几垛墙的地方）也没有什么大损坏，甚至包括壁板。房顶和精巧的屋外发现火焰的存在；就是说，火是被爆炸本身所发射的热引起的，这可以假定原子弹在着地之前爆炸得太早了。如果在原子弹爆炸范围内的热度是异常高的话（新墨西哥州的实验证明这一事实），那么这热量一定在空中就损耗掉了，打击广岛的只是原子弹所生的烈风。在原子的分裂中，牺牲者并不是立即死掉的。他们像在任何火灾中死去一样。

在爆炸中心，原子弹所生的烈风，很可能强烈到使他们中的许多人受到内脏的伤害，尤其是肺部的伤害——似像通常高度炸弹所引起的习见的结果一样。

（《晋察冀日报》1946年9月13日，《副刊》第104期）

我对美国的印象

爱伦堡

苏联消息，记者爱伦堡，于今年四月赴美游历，历时两个月，离美赴欧前，曾于六月二十六日《纽约时报》发表《我对美国的印象》，兹录于后。

几小时后，我将离美赴欧，我在美居留两个月，承美国同学邀请极感愉快！我生平已见过许多事物，但不访问美国，实在说不上了解世界与人类。

我在纽约看到过一种雪茄，售价二百元，只可供几天吸。我在密西西比河三角洲看到一家人，一年只挣一百元。

我在美国看到过许多理想主义者，也看到了一些真正奴隶驱使者，我看到庄严雄伟的大学，也看到"狮群"俱乐部主持的宴会，席间那种吊□带或电灶商人对仆役们咆哮如雷，其威武犹如雄狮。

在密苏里州罗克维城，一次我想买杯酒，有人对我说，"酒是禁止的。"另外有人劝我驾马车到邻州去买。当我们的车到达两州边界时，有人招呼我们过桥，要我们付一元半钱，因为桥是私桥，而人们对我的解释是："我们尊重私有财产。"由此可见，在有些情形下，美国联邦或州的政府权力极大，但在另一种情形下，政府竟毫无权力。

如果不是美国记者老说美国自由，而苏联缺乏自由，我就不会提起下面这一事实：我曾在田纳州居住，那里竟禁止讲解达尔文的"进化论"，而在我们苏联，反动宣传是禁止的。

哪一种做法好呢？禁止"进化论"还是禁止□□□□？

我还记得南斯拉夫□□时，有些人因为□□事故被剥夺了选举权,美国□教会对此事大为不满,我曾在密西西比州住过,该州有一半人口还没有选举权。

我在美国看到许多堂皇的事物:例如使生活舒适的几千种东西、纽约的壮丽景象、底特律的工厂、巨大的田纳西水电工程,以及高度的物质生活水准;但是我们看到的是美国的东西,还是美国人民精神上的可塑性。

美国人民年轻,它有时使人想到少年,它已经实现了技术上伟大的成就,我相信它一定能创造一种新的人类文化,它赋予一种真正的智慧,它有好几种高尚的特质,直率而刚毅,勤劳而有力,它勇敢向前,但不取直径,有时不免兜圈子,走冤枉路,但它始终在前进,这对于我们正是一种鼓励!美国人将协助人类共抵康乐之门。

我在美国看到过许多我所真爱的事物,也看了许多我所厌恶的事物,我回国时决定加以严格批评。我对于批评我们苏联的美国人,也并不反对。

有人说他们之所以造谣生事,是因为据说苏联不许他们入境,不过我确实知道莫斯科驻有许多美国记者,有的据实报道,有的歪曲报道,有的抱怨着自由受了限制,常说他们"战时"在苏境游历,总有苏联外交委员会的代表奉陪。

当我此番在美国游历时,我也有国务院的代表陪伴,但我不仅不怕自由受拘束,并且对于关切之情,无任何敏感。

双方当局对外来记者的态度,显然与对他们国家□的人民的态度并无多大关系。我是以朋友的身份访问美国,专来观光与求知。但是在有未到过莫斯科的记者中,显然有不少是苏联的仇敌,他们在未入苏境以前,对报道些什么早已胸有成竹。

我打算谈一谈报纸,因为我对于他们的态度深感遗憾!大而严肃的报纸,为了耸人听闻,大肆刊登关于苏联的虚伪报告,企图叫人相信美苏两国不免战争。

我要大声呼吁，战争不会发生，莱茵河上的士兵们，以及在斯大林格勒与诺曼底牺牲的英雄们，都可以为它作证。

在我访美的两个月中，美国反苏运动正掀起高潮，我真想一怒而去，但是我不仅看到了报纸，也看到了他们的记者，我知道美国人民并不想要战争，因为他们记得斯大林格勒，他们对苏联人民并无恶意感。我们这两个大国人民都伟大而高尚，为什么要争吵呢？我们的利益真有尖锐的冲突吗？没有。使我们相斗的不是别的，正是那些准备第三次世界大战的讲演者制造的迷雾。

此刻，我将向我的美国友人道别。我要说，我不知道什么时候我们两国人民能相亲相爱？什么时候那种愚蠢而罪恶的，关于第三次世界大战的言论会终止？什么时候我们再会像兄弟一样重逢？我不知道时间，但却知其地点，即在法西斯思想的残骸之上。

我相信，美国人民在不久会制服它的效法法西斯的领袖，以及梦想发动打到莫斯科的是十字军的人们。同时我要告诉美国！谢谢它友善的招待，谢谢它的好意！谢谢它的坦率诚恳！再见。

（《晋察冀日报》1946年10月7日，《副刊》第128期）

游 美 观 感

爱伦堡

反苏的思想家，喜欢把苏联描述成一座"营房"，所有的人都住在里面；但实际上我不知道世界上是否有任何别的国家，会达到像美国那样十足的标准化的。

我游历过数十个美国的城市，除了纽约、旧金山、新奥尔良和波士顿外，我还发现有许多城市，完全没有了它们自己原来的特点，他们只简单地表示了一定数目的美国人集中而已。

事情也是标准化了的，到处可以看到同样的裤子、咖啡馆和躺椅，同样的房屋，同样的家具、陶器和衣料，虽然如此，我们实不同意欧洲审美家嘲笑美国标准化的意见。

更令人遗憾的则是某种道德上的标准化，美国人非常喜欢讲他们的自由，虽然他们的观点，是□好感情，而最后他们的行动是受外部支配的。报纸和电影充分剥夺了人民的个性，这就是美国□□时总伴随着娱乐的原因。

美国人很知道怎样赚钱，但是他们还没有学会怎样花钱。他们对于工作比对休息所表现的能力大很多，在美国大都会娱乐的事情，也许就在他们露天游戏场、在海滨，青年人的样子很快活。但是在电影院里，你可以看到半睡不醒的冷淡的观众，他们对于很可笑的镜头，也很少报以笑声，尽管大部分的州对于买酒多少有所限制，可是到处有醉汉。在相当短的时间内，美国人创造了显著的技术，有些美国人看到那些工厂、那些纽约的伏式的桥梁、自动饮食店，以及精致的剃刀，就轻易认为整个人类的文化是集中在美国了。在密歇根州杰克逊城有一位新闻记者告诉我说："罗马是一座普通的肮脏的城市，没有什么东西可以看,没有一座摩天大楼,只有一些可怜的小狭房。杰克逊与罗马比起来就像一座伟城了。"对于这样的人,我怎样向他解释古代的文艺复兴之宫,怎能与杰克逊的摩天大楼相比呢?或者除了可以买到雪茄、自来水笔以外,也还有拜占庭的艺术品和拉斐尔的壁画呢!

美国人对于古代世界的知识是不够的,他们对于古代世界的历史和地理研究很不充分,我遇到一群学生甚至连苏联的一个城市名字也说不出来。政治水平也是很低的,美国的报纸经常写两党制度,是真正民主的保证。应该指出:两党之间找不到思想上的分野,或者说在北方的共和党人与南方的民主党人之间,人们也找不到有什么意见上的分歧。

美国的发展道路与旧的欧洲的发展十分不同,当美国的物质文化迅速地达到了高度的水平,而他的精神文化则还在初创时期,我们既然知道美国人的精神旺盛,就有权利可以说这一大民族的精神文化,应当是伟大而独立的。

美国老百姓的政治觉悟性已经有了某些改变,不仅忠实的而且有思想的人,凡是有能力认清历史发展的,都团结在罗斯福的周围,即使他们现在被辞退了,或者他们自行告退。而前总统的活动,并不是没有痕迹地消失了。

工人们已开始表现独立的思想,团结和对于他们对民族使命之觉悟性,工人们受权术家和赌徒所指敲的时代已经结束了。美国的作家,不像法国的作家,是与人民有联系的,而且在我看来,好像一棵高大的树,有许多牢固的根。

电影方面,已经产生了真正的幽默天才卓别林,马克司兄弟(美国著名演员),也有了能够感动人民的真正的诗。

最后纽约的建立,总还是优美的,虽然是不宁静的,美利坚知识分子已经存在了，他们还是脆弱的和困难的，似乎还在广告牌后面，酒吧间的热闹的娱乐后面，教堂的传教后面，他们是躲在消极否定□□的悲哀，有时是乌托邦思想的微笑后面，但是就在知识分子中，也愈益有了勇敢的人士，他们知道□□之道，不在于逃避或者孤独，而在于别的上面：必须提高美国老百姓的精神水平，提高到他们从生路到死路上息息相关的技术水平那样的高度。

(《晋察冀日报》1946年10月8日，《副刊》第129期)

我是个民主的商人

史纳逊 作 杨荫樵 译

本文由法兰西新闻社发表。

烟台解放已有十八个月了，在中共领导下实现了新民主主义。虽然商人们愤慨地痛斥在美国摇篮抚育的蒋家海军的封锁骚扰与破坏，可是烟台业已成为中国一个新的都市，在那里新的企业开展有如雨后春笋，而旧的也并不关门大吉。

烟台是解放区最大的海港口岸。它的人口，包括城郊山麓坡地的村落在内，共有三十万人。在一九三八年，日寇占领后，居民曾渐次锐减到八万左右。

沿山东海岸线的日本占领军，不久即为驰名的八路军所围困着，等红色"膏药旗"帝国崩溃的时际，残余的敌寇遂由水路狼狈地逃出了烟台。奴才成性的□军，虽然失去了主子作靠山，还顽抗强有力的八路军，作了两日的困兽之斗，他们终于滚蛋了。

美国巴贝海军中将的两栖部队，企图像在天津、青岛及□□岛所为一样，要求在烟台登陆，不过烟台的中共当局不挠不屈地屹然不为所动。

"一个同盟国竟然要求□中国人民的军队自己所已解放的海□上登陆，这里，我们已经确立了治安秩序，而且敌军或已解除武装，或则复员遣散。这样无理的要求，居然出自并肩作战的盟国，未免令人诧异莫□。"烟台英文□社和□愉快的非共产党员的主笔这样告诉我。

显而易见地，由于一切巧妙杰出的外交折冲，美国人是被说服得□词□托了。虽未□直□明言誓以武力抵抗美军的登陆，当时□□市长□肯定□对美军将领说："假使第三次世界大战的第一枪声，要倘或在烟台鸣放，我们是感觉痛心的！"

这是一九四五年五月间的事，此后，新民主主义之都市经济政策的楷模，就在这风光明媚的山东港埠，找到了丰□□腴□沃壤。

现任烟台市长姚侦明氏下了一个定义说："我们的政府虽是着重于大多数人民的利益，而对于私有的企业并不给予阻碍。相反地，我们极力鼓励它和扶助它，我们的经济就立基于私有资本。"

在日寇未攻占烟台之前，这□方是半殖民地性质。在日寇占领下，它成为十足的殖民地。所有这些时期，它只是为帝国主义的经济侵略，做了深入的□庶腹地的门户。现在终于□民主主义领导之下，烟台对于民族经济的发展□自然起了重要的作用。

"我们依靠农村，发展城市的经济。农村出产物在这里销售，而农民们的需要，则由城市工业提供。"市长是在给我上了一课经济分析的物□教程。

机器工具制造、纺织、渔业及海产泡制等，□成各部主要的工业。私人经营的面粉厂、卷烟工厂，及远近闻名的酿酒公司等，则为其重要的企业。

"在刚解放的时候，烟台只有十六家纺织工厂，每日共织布五十匹。去年十月间，增加到四十六家，出品增到三倍。由那时起，工厂的数目急剧地增多了。"在会见谈话中间，市长敦促我亲自到各工厂去看看。

在我观光烟台市的最初几日，我曾经巡视了无数的机器工厂，与其他种类的工业。工人们和经理们都同样向我述说了进步与改善。这两个词简直挂在每个人的唇边。

"我们已自动地减低了我们工资的要求，为了得使我们工厂得以推进生产。"告诉我这个的工人，是一位久在机器工厂作了三十余年工的老手，从他使用的旋床上仰起脸望我，满脸涌现着欣悦可掬的笑容。

他说工人们感觉生活很安定，因为他们的薪水不是根据着钱数，乃是按照食□价格而受酬的。如此，他自己每日八小时工作所得的工资就是每月二百四十斤粮食。这个工资足敷供养他家庭中其他三口。

这家工厂的经理，彬彬有礼，过多地鞠躬哈腰，引导我参观了机器间的各□门，他伫立在旁边，耐心地倾听着。随后，他也发表了他的意见。

他说："我们劳资双方的合作大大改善了生产。"

市长告诉我，这种关系□是保护私有企业政策的基石。一位职工会领袖后来很明确地解释了这个政策说："罢工吗？我们这里没有罢工。罢工是保护劳动的一种方式，现在政府保护我们，所以我们做工，根本没有罢工的思想，因为我们生产的努力可以帮助打垮蒋介石向我们进攻。"

政府培养私有企业政策的另一个基石，是财政上及物质上的扶持，大量数目的无息贷款发给基础的工业。一九四六年，政府发放贷款总数为北钞七四五五四四〇〇元，约合蒋币一四九一〇〇〇〇〇〇元。此外政府银行还贷给了北钞四六七〇〇〇〇〇元的透支数。

此项贷款的分配只有百分之三点二给了合作社。其余都是给了不同种类和大大小小的各样的私营企业。其中最多的数目，是百分之三九点五给了基础工业。

每逢私营的工厂缺少需用的原料，政府方面常常替它们采购或借给它们，然后给它们应有的利润，收回制成品以抵充欠款的偿付。同样的，遇有企业本身不能做有效的推销，政府□买进工厂的生产品。

经济发展政策另外的两个基石，是保护关税政策和□性的累进税制。前者阻止了足与本□出产品竞争抗衡□外来货物的任意倾销，同时也鼓舞剩余货品的适宜流出。

捐税是轻的。譬如营业所得税，最高不超过盈利的百分之十五，而只对于资本超过北钞两万元的，方始征收。这宗税是累进性质的，总平均的税额仅为百分之八，税额的占□是由商会开会民主□评议。商会会员几乎包括所有本地的工商业家，此外仅有不几□其他□税。

市长说："最令人兴奋的是商号数的增多。解放初期，共有二千二百十二家商号，现在有了三千七百二十余家。自从农历年节后，有百余家□张商号开门。"

溯自对日胜利日，中共部队以秋风扫落叶之势，收复失地，伪组织的傀儡们抱头夹尾到处奔窜，他们包藏□祸心，积极散播诽语谰言，妄称共产党行将没收所有的私人财产，意图中伤离间。有些大富贾，由于不了解政策，未能及时烛照奸谋，而盲目逃亡到国民党地区。

"他们在那些地方的经验，必定是异常可泣可悲的。他们已有许多先先后后陆续回归烟台。"市长补充说明。

这里的商人具有特殊的典型风格。他们头上戴着传统的中国式瓜皮小帽，身上穿着绸面皮里的长袍，足蹬昂贵丝绒的便鞋。把他的双手隐秘于宽大的袖筒以抚弄取暖，这样商人中间的一位——规模颇大的同顺烟厂的经理——当我问他营业的状况，他丝毫没有抱怨，他竭力称颂政府对于卷烟的保护、税率的措施。同时，在目前内战与海上封锁的艰难日月，劳工们乐于同舟共济，尤其使他感到莫大的快慰。

纵然听过了这样的赞扬嘉许之后，在与其握别的刹那，他的叮咛话语，更是难能可贵。他的□□确实浸渍透露着盈溢的自觉的尊傲。

他嘱咐我说："当你写文章报导解放区的时候，务请告诉外界，关于我们这些新民主主义商人的情况。"（转载自五月二十日《烟台日报》）

一九四七年三月二十七日写于烟台旅次

（《晋察冀日报》1947年6月29日）

作家的呼声

爱伦堡

【本报讯】莫斯科广播：苏联名作家爱伦堡，于十月四日真理报撰文题为《作家的呼声》。摘要如下：苏联人民无论过去和现在对其他各国人民都没有抱着仇视的态度，苏联人都以友好的感情关注遥远的美国生活。我们的兵士在德国易北河欢迎美国盟军。不论怎样，我们苏联人民是快乐的，因为我们是胜利的人民。我们情愿忘记一九四二年的惨状，当时苏联人民不断与德寇斗争流血，而美国不断大发其财。但是我们到了美国的作家，无论什么时候，都没有造过谣言，都没有提出过引起仇恨的态度；反之他们□解释美国人民一切良好的特点。

美国老爷企图玩弄刀枪来代替讲道理

假使我们现时还不得已要来骂某些白种人所干的黑暗勾当，那是因为美国帝国主义者在威胁世界。

八月十八日哈立曼在××城商会上发表演说，在战争时期，哈立曼先生是美国驻莫斯科大使，他曾看到过俄国人民的悲哀和自傲，他很清楚地知道我们之所以能打胜仗，是因为我们爱好和平和痛恨玩弄战争的人。可是哈立曼先生在战争时期发了大财的城市商会上，胡说什么"苏联威胁"他们的和平，说美国应当起来斗争，反对"苏联扩展势力"。并说美国准备充分的原子炸弹。战争挑拨者主张采用原子弹，只是因为某些美国人不喜欢我们的社会制度。但是谁喜欢什么东西，完全是用不着争论的。可是美国老爷们企图玩弄刀枪来代替讲道理。美国的社会制度不会引起我们赞扬，比如我们认为他们那里划分人种把戏,美国南部省份所存在的奴隶制度,实在是侮辱人格;但是无论我们的正义主张与美国怎样不同,我们决不想去毁灭美国的城市。

号召战争的美国 却高叫人道主义

在战争年代,美国说了许多漂亮的话、口说:"各国人民都应当享受其自由生活的权利";在获得胜利后,他们加上了以下的更正:"各国人民都有享受美国托管的权力。"在中国、朝鲜、越南、菲律宾,许多十分幼稚的人们,相信大西洋宪章,但是他们对于自己的幼稚,着实付出了昂贵流血的代价。欧洲各国在希特勒铁蹄下获得解放后,常被人们提起的共产党,在欧洲各国迅速地发展,从而成了强大的人民的政党。共产党之所以在别人的前面,只是因为在艰苦的斗争时期,他们经常是民众的先锋。在许多国家都成立了有共产党人参加的联合政府,因此美国财主们就想到那里去"整顿秩序"。他们决定打开欧洲的门户,使其享受美国的"恩惠",与美教徒给巴基斯坦的"恩惠"是同样一口事。欧洲遭受饥荒,美国连忙口口声声"帮助",他们可算是宽宏大量,他们首先给予希腊充饥,在法国、意大利,美国人这样说:假使能把在政府中的共产党人赶出去,那么他们就能够得到粮食和煤炭。并且美国政客也这样说:"苏联在干涉别人的事情。"这正像小偷在旁边叫喊捉小偷一样。美国不喜欢信神,却常乞求上帝,非法处死黑人的时候,竟说是"慈悲仁爱"。因此号召战争的美国,高叫人道主义是没有什么奇怪的。

大野心家想把近东当做纽约市的近郊

美国说他们为"保卫美国的安全",但是无论谁都不会相信南斯拉夫在威胁纽约;谁也不会相信,假使南斯拉夫不变成美国的领土,美国是不能高枕无忧的。关于管理的里雅斯特，南斯拉夫和意大利曾争论很久，大家知道，住在这个城市的有意大利人和南斯拉夫人，美国帝国主义者认为，那里是容易弄到手中的地盘。那里能成为良好的美军地基，美国报纸大肆鼓吹在地中海历来就存在美国人的利益；美国人眼中看中了希腊和土耳其的海港，从前墨索里尼使地中海成为意大利的内海，现在美国野心家把整个近东当做纽约的近郊，而地中海是美国的里湖，美国野心家同时并高声叫喊说什么"苏联侵占别人的领土"，"在干涉别人事情"，各国人民都知道：部分人在实行侵略，另一部分人却贡献自己的力量鼓励别人；一部分人在抢夺别人财物，而另一部分人正在给予大公无私的帮助。大家知道谁在战争时期做投机买卖，发了大财，谁在斯大林格勒城下英勇杀敌。

美国人民渴望和平 好战分子欺骗他们

美国人民与其他各国人民同样渴望和平，假使他们辨别不了国内好战分子，这只是因为他们的新闻记者捏造谣言，每天在混淆是非，把许多美国人欺骗得莫名其妙，他们向美国人宣传，处在俄国南斯拉夫阿尔巴尼亚人威胁之下。而实际上，报纸土匪在威胁美国人。任何的帝国主义者，对于世界都是很危险的，他们把自己的艺术基础认为是人类的高尚成功。无论在什么时候，我都没有否认艺术的意义，我也喜欢舒服的条件和漂亮的东西，我坚决相信机器在人的生活中有用处，但决不能以汽车数量来估计某个国家的文化水平。关于这点你不要和坐在汽车里的人们谈论。我不否认美国洗衣机比我们的好，但是我坚决反对崇拜洗衣机和新自来水笔的人们。坏笔可写好字的人，恐怕要比拿着新式自来水笔写不成字的人要高贵得多。

我们是文化的保卫者 贪婪的蛮子企图毁灭欧洲

从前有人曾把土耳其称为"欧洲病夫"，依靠伦敦、巴黎、维也纳而生存，现时资产阶级的欧洲病夫，他的病态已非常危急，他暂时能活下去，是由于美国侄子替他们打强心针。这个侄子有钱，马上即变成伯父了。资产阶级不能离开的东西，就是野蛮行动。资产阶级在战前可□毁灭了成千万吨的物资，把它们当垃圾沉于海底。把千万石粮食当肥料焚烧。

我们的政策是大公无私的文化保卫者。对于资产阶级，文化就是他们的棺材，而对我们，文化是精神生活的来源。我们不仅已有了进步的文化生活，而且还使文化继续向前推进。无论科学艺术，我们都跑在美国前头，在新社会事业中，我们已跑在一切人们的前头。正因为如此，美国宝贵的最好的书籍、影片、油画都是与资产阶级对立的人所创造的；正因为如此，各种生动艺术作品与各国人民所注意的民众学者、作家、艺术家，都是站在我们这一方面。

谁在反对我们呢？反对我们的是一帮贪婪不足的蛮子，他们正在企图掠夺财物，毁灭西半球。让欧洲各国人民知道，究竟谁在威胁他们的家乡、他们的儿女、他们的父母。让所有美国人知道，好战分子究竟叫他们干的是哪些黑暗的勾当。在我们祖国无论谁都不愿意战争，无论哪个人都反对战争，这些话并不是对哈立曼说的，他自己很明白这点，这话应该对那些还没有懂得哈立曼诡计的人们说。

和平的号召 是苏联誓言

我们共和国从成立已快满三十年，在他产生的时候，就发起世界和平的号召，这个号召已变成了他的誓言。我们共和国在二十年来，一贯彻底地保卫和平事业，号召各国解除武装。我们的报纸，无论在什么时候，都没有发表号召进攻其他国家的呼声。但是希特勒德国侵略我们的时候，我们曾保持了俄国和平人民的荣誉，能够迫使老练的军阀投降，而获得最后的胜利。我们拥护和平，而且正在努力维护和平。我们的代表在各种国际组织中不仅在保卫莫斯科和布尔格莱德的儿童，而且也还在保卫纽约和马撒加的老少，他们是在保卫全世界的母亲，是在保卫欧洲，保卫巴黎、旧金山美好的房屋。

我认为最好由哈立曼先生回想一下他从前在莫斯科看到的情景，当发表挑衅演说之后，应把历史思索一下。哈立曼先生在苏联看到源源不绝的德国俘虏纵队时有何感想？不知有良心否？

和平事业掌握在人民手里 凯旋的日子会到来的！

一年以前，我在巴黎看到两城市间之桥断了，当时我问，为什么不建设一座新桥？一个悲观主义者回答说："要它干什么？很快又要打起仗来。"不久以前，在我国境内作了五千公里的长途旅行，人民都忙于建设工作，他们在建设桥梁、学校、住宅和城市。可能某些悲观主义者会责备我们抱过分乐观的思想。可是我们并不是鸵鸟的"乐观主义"，把自己的头埋在沙漠里，看不见任何东西。墨索里尼派乐观主义就是如此。这是开炮前五分钟的乐观主义。我们不仅看到威胁、看到发财致富的投机商人，他们自己也得到了很高的红利。虽然这红利会用血染红城市，但是我们也看到在美国国内有良心人士，也看到许多饥寒交迫的欧洲人民，也看到保卫和平的强大战士。他们都反对干战争挑拨的勾当。自然我们也有锐利的眼光，我们知道和平事业坚固地掌握在人民的手里，我们的理智和文化必获胜利；我们认为凯旋的日子是会到来的。

(《晋察冀日报》1947年10月10日)

我看到了真正的中国

密凯尔·开昂 作 章枚 译

我在那地图上叫做"中国"的地方待了八个多月才找到真正的中国。我到那地图上叫做"中国"的地方,是从世界大商埠之一的上海进来的。我到那真正的中国来,则是经过山东海岸上的一个小小的渔村进来的。

坐着一只航海的大洋船来到上海。在上海所有的码头上,从世界各处来的船只正在大量卸货。在外滩,在上海所有的马路上,奢侈的汽车闪烁着红的、绿的、蓝的美丽颜色,和世界上别处一样华丽和现代化的高大楼房,耸立在天空里。商店里堆满了华丽的绸缎、贵重的照相机和自来水笔、巧克力糖和奢侈的罐头食物。但是这些商店的玻璃窗底下,我看见生病的要饭的小孩儿蜷缩着睡在那里。我在较大的马路上走了许多里路,而到处我都看见男男女女和小孩儿在饿着,在病着,穿得破破烂烂。

我以一个外国公使馆职员的身份,曾和所谓"中央政府"的大小官吏谈过话。我和这些官吏谈话,有时是在他们常常借以请客的浪费的鸡尾酒会里面,有时是在他们华丽的现代化的办公室里擦得发亮的大书桌旁边,或是在他们那夏天有冷气,冬天有暖气的家里的奢侈环境当中。他们穿着整齐的制服和华丽的衣裳显得很不错,而从他们的嘴唇上溜出来的词句也显得满好听。但是若有人在他们会话的光滑的表面的下去发□一下,总会发觉他们老是失去信心、不安、傲慢、急躁、不满和过分挑剔。我发觉在国民党政府里做事的年轻的男女们,回到自己家里时,总是悲观而不愉快,并且常常害怕着一种他们不愿说也说不出的某种东西。

我到了北平。对我来说，这似乎是世界上最美丽的城市之一。当我出去和燕京、清华和北大的学生谈话时，我发现这些学生有敏锐而灵活的头脑，并且对各种知识有很高的学习欲望。但是他们不能把他们的思想限制在寻常学习的轨道里，他们被那学院外面的许多重大问题弄得心神不安，这使得他们很愤怒而紧张。在北平的美景之下，我感觉到有一场可怕的暴风雨正在酝酿着。

我在南京、上海和北平住了八个多月以后，我渐渐感觉到我在生活着的那个世界有点不真实，是一个停滞的世界，在这个世界里没有一个人能和他自己或他的邻居长期和平相处。

这就是那地图上和大部分的世界上人们所称为"中国"的地方。但是在最近三个月内我已经发现这不是真正的中国。

我走进真正的中国是经过山东海岸上的一个小小的村庄，我由一条颠簸的小船摇到岸边。那里没有发光的汽车把我很平稳地接到现代化的旅馆里。头一天晚上我睡在高粱铺上。第二天晚上我坐在一辆敞篷的大卡车上吼叫着通过冰冷的黑暗。到了第三天我才感觉到我已经与真正的中国会面了。这次会面是在解放区，这里生长着一个新社会的象征，它留在我的脑里永远不忘。

在天亮以后不久，我就看见一条长长的人的行列延伸在前面的大路旁边。当大卡车追上他们的时候，我看见他们正在拉着推着很大的独车，上面高高地堆满了货物。从汽车的后部有人喊着告诉我：

"他们是运粮食和供给品给前方部队的。"

独轮车的行列似乎是无穷尽的。我开始数它……一百，二百，四百，五百……后来我简直数得厌烦了。当卡车在桥边停下来的时候，我下了车想用力把一辆独轮车抬起来。在那些老百姓善意的哄笑当中，我尽力把它抬起，跌跌撞撞地向前面进了几步。但是人家告诉我，这些人们要每天把这些货物在寒冷的天气里推着拉着走五六十里,有时甚至要走八十里路,而且对一个刚从国民党地区来的人说,其中最感动人的就是这里并没有当兵的用鞭子或刺刀押着他们走。他们紧张地用力向前走了又走,完全出于他们自愿。

我在山东无论走到什么地方,总看见类似的小车行列绵亘于大路之旁。我总看见他们喘着气,挥着汗,推着、拉着那些车子走上陡斜的多石的山路,我总看见那些推车的人在村庄里作简单的休息,养精蓄锐等待着又一天的沉重工作。

也许对于你们生活工作在山东解放区的人们来说,这些推车的行列似乎是一种很平常的景象,但对于我□从外国和国民党地区来的人来说,这不是一种平常的景象,这是一件惊奇的事情。这是自由的人民保卫他们已得的自由要做的事情的一个感人而生动的证据。

我是一个一点也不懂这里的话的外国人,我常常很难确定我对解放区的印象和认识是否正确,但是有一个印象,我无论到什么地方都能得到的,而且是任何语言的隔阂都不能妨碍我得到的,那就是"自由"两字。

你们也许知道在对日战争时期,西方的民主国家曾有一个口号叫做"争取四大自由"。这四大自由是:言论自由,信仰自由,免于穷困的自由和免于恐怖的自由。在全世界建立这四大自由是西方民主国家所应当斗争的目标之一。

我可以告诉你们,虽然德国和日本被打败了,但西方各民主国家至今离达到这个目标还有一段长远的道路,并且在他们国内至少还有两种自由未实现,那就是免于穷困的自由和免于恐怖的自由。我可以告诉你,国民党地区,据我看到的距离得到自由的目标甚至更远。让我告诉你,我在国民党地区所经历的一段小故事。有一天当我还是奥国公使馆的成员的时候,我和一位朋友到南京城外山上去打猎。在一个小山洼里我射中了一只野鸡。我想在城里我家里已经够吃够喝的了，这野鸡明明是属于老百姓的东西，对他们更为需要。我就拾起这死了的鸡，走到一个小庄上。有一个老乡正在井口打水。我微笑着把那野鸡送给他。他吃了一惊，看看那野鸡又看看我，然后一句话也没说就转身急急忙忙走进庄里去了。我就跟着他。一些老百姓聚起来了，我一边微笑一边说我把那鸡送给他们，他们瞪目瞪着我，一点也不笑。我可以看出这不是因为他们不懂我赠送的意思，而是因为他们全被吓住了。我不明白我为什么吓了他们。但我吓了他们，却是事实。

现在当我已经经过了山东的许多村以后，我发觉这种恐惧在这里是不可能的，假如我把同样的东西送给这里的老百姓。他们也许觉得很有趣，他们也许不接受我的礼物，但是他们绝不怕我。

因此我觉得山东的人民已经摆脱恐怖的自由，这是西方民主国家要得到但还没有得到的。除此以外，由于我已经过了许多村庄，并且看见那些老百姓已经有了足够的粮食蔬菜和肉类，我觉得这里的平民比较西方各民主国家的广大群众对摆脱穷困已得到更大得多的自由。并且因为我已经听过无数的热闹的村民大会。我对于山东人民已有了完全的言论自由，已无说的。

因此，根据我的判断，我觉得山东解放区的人民在许多方面都比西方各民主国家在真正进步的道路上前进得更远，虽然西方国家在这道路上比他们开始得早并且有许多这里的人民所没有的有利条件。

农村的生命力和自由的最充分的表现似乎就在那无数的村民会议里。在我参加的会议里面，他们说的什么我几乎一个字也听不懂。但是语言的隔阂不能掩盖住那会议的活跃和民主的本质。根据我所能观察的程度，任何人有话要说就都说了，而且高兴说得怎样激昂就怎样激昂。任何人如有不同的意见也可以说。在闪烁的油灯光下注视着人们的脸，我看见很少人不注意听别人的发言。开起会来总是很长。最简单的问题也和最大的问题一样，用同等的精力讨论得一样的彻底。在散会的时候我几乎每次都感觉到每一件事情都已为每个有关的人所彻底反复讨论过，而取得一个真正反映一般人意见的行得通的决定。

许多夜里躺在床上睡不着，听着附近开会的哄哄声音，我自己心里想，假如我对这些会议的印象是正确的话，那么山东的政府是建筑在一个真正实行着的民主制度的基础上面。这些男人女人和小孩子这样彻底而积极地解决他们自己村庄的问题，就是新生的中国，是一个民主的中国的最确实的保证。

去年在南京，我和另外一个外国记者正要走进那所谓"国民大会"正在开会的地方。看见三辆黑色大汽车轻快地开进院子来。有许多人从里面涌出来奔向各个方向去。我们两人发觉自己被一群铁面的人逼到墙根上，他们的手放在口袋里，人们的口袋凸起来，显然里面装的是手枪。我当时以为我们一定是在芝加哥，而这是一群土匪正在抢劫银行——然后我看见一个留小胡子的小个子在更多的铁面人当中很快地走了过去。我才知道原来这是蒋介石到了，而那把我们押起来的铁面的人并不是芝加哥的土匪，而是他的一部分卫队。

我想起这件事的原因是昨天晚上头一次会见山东解放区的省主席黎玉同志，而他到我的住宅来和蒋介石之到那所谓"国民大会"，我不能找到更鲜明的对照了。这里没有大汽车停下来时刹车的尖声，也没有特务把每个在场的人逼到墙根上去。黎主席静悄悄地走进院子，只有一个警卫员同样悄悄地相隔几步在后面跟着。他和我握手后就坐下来。那警卫员也规规矩矩地留在外面。

如果人家要我把我印象中对山东解放区政府和国民党地区的政府的区别归纳一下，我可以这样来说明它：国民党地区的政府是和那地区的人民完全不同而隔离的东西，而山东解放区政府则是与那地区的人民完全成为一个的东西。

他们的主张和目标很明白地不过是他们周围的人民的主张经过他们集中起来组织起来使之更尖锐有力而已。

国民党的宣传家们关于解放区政府讲了各种可笑的互相矛盾的话。一会儿他们说这些政府是一个铁的独裁，一会儿又说那里根本没有政府，只有几股残匪。一会儿他们说那些政治官员生活在无聊的奢侈里，并且用狡猾的诡计来欺骗人民，但不到一分钟又说这些官员是愚蠢而不识字的农民，生活得像猪一样。

当然，在我来到解放区之前就知道所有这些都是可笑的无稽之谈。但是去观察这里的政府实际上怎样做的，看看它实际上与国民党那些宣传家们所描绘的有多么强烈的对比，则是非常有趣和令人兴奋的。

举例来说，当我住在滨海南路的时候，政治指导员李希清同志花了很多宝贵的时间帮助我了解那地区的情况。我记得有一次和他一同到别的庄子去的路上，我倾听着他解释土地改革、教育、慰问前线和其他的问题。我在看到我们走过的时候，老百姓向他微笑着招呼他的那种神情，我又用力去想想，在我认识的国民党官吏之中有哪一个具有他那种坦白诚恳和不加吹嘘的自信的百分之一的呢？我实在想不出。

我对解放区事物看得越多，我就认识到他们真是一个大家庭——为了自由，为了民主，为了进步，并且为了一切人类社会里认为好的有建设性的东西而团结奋斗着。

(《晋察冀日报》1948年1月11日)